СЕРИЯ «ДЕТЕКТИВНЫЕ ТАЙНЫ» —
БЛЕСТЯЩАЯ ИГРА РАЗУМА И ЧУВСТВ!
ЧИТАЙТЕ ВОЛНУЮЩИЕ И НЕВЕРОЯТНЫЕ
РОМАНЫ МАРИИ БРИКЕР:

МАРИЯ БРИКЕР

НЕБО ПОД ЗЕЛЕНЫМ АБАЖУРОМ

ЭКСМО

Москва

2012

УДК 82-3
ББК 84(2Рос-Рус)6-4
Б 87

Оформление серии *С. Груздева*

Брикер М.

Б 87   Небо под зеленым абажуром : роман / Мария Брикер. — М. : Эксмо, 2012. — 320 с. — (Детективные тайны).

ISBN 978-5-699-55014-2

Ее солнце похоже на апельсин. Ее мир — четыре комнаты старой московской квартиры. Ее единственная подруга — потрепанная кукла, а собеседники — любимая мама, старушка-соседка и компьютер... Жизнь незрячей студентки-заочницы лингвистического вуза Алены сделала крутой вираж. Она стала свидетельницей жестокого убийства близкого человека, чудом спаслась и оказалась на вокзале без денег и документов в обществе бродяг и беспризорников. Теперь ее цель — выжить и отомстить... Но как это сделать, если по пятам идут убийцы и полагаться в этом мире решительно не на кого? Остается довериться интуиции и найти во враждебной толпе человека, который... сам нуждается в ее помощи!

УДК 82-3
ББК 84(2Рос-Рус)6-4

ISBN 978-5-699-55014-2

> «Рука, ощупывающая внешние предметы, дает слепому все, что дает нам глаз, за исключением окрашенности предметов и чувствования вдаль, за пределы длины руки».
>
> *И. М. Сеченов*

> «Когда гаснет телесное око, загорается око ума».
>
> *Виктор Гюго*

От автора:

Все события, описанные в романе, являются вымыслом. Отделение транспортной полиции, где происходит часть событий книги, ничего общего с существующим линейным отделом транспортной полиции Ленинградского вокзала не имеет. Сходство персонажей с реальными людьми случайно, как и возможное совпадение имен героев.

ПРОЛОГ

Москва, апрель, 1988 год

— Хорошенькая, — улыбнулась Ира, глядя на вопящий щекастый комочек в руках акушерки, и расплакалась от счастья.

— Вес — 3200. Рост — 58 сантиметров. Баскетболисткой будет, — пошутил неонатолог, высокий и острый, как карандаш, мужик.

— Художницей она будет, — возразила Ира. — В деда девочка. Чую — его порода. Он был самый

5

настоящий талант. Только не успел себя реализовать. В Строгановку поступил с первого раза, но учиться не вышло. Из-за войны. На фронт ушел. А когда вернулся, такое время настало, что не до творчества было. Страну пришлось поднимать. На завод пошел работать, передовиком стал. Алешка, когда вырастет, обязательно Строгановку окончит...

— Мамаша, у вас девочка! — строго напомнила акушерка, усталая тетка с отекшим лицом. Была она крайне неприветливой особой, но в данную минуту Ира любила весь мир. Даже эту оплывшую сволочь, которая постоянно ее унижала и подкалывала во время родов. Какое ее дело, есть муж или нет? Какое ее дело, во сколько лет она решилась завести ребенка? Почему раньше не родила — не ее собачье дело! Спасибо, хоть роды провела нормально и не оставляла одну. Правда, пару раз шастала чай пить с шоколадкой, которую Ира на роды прихватила. Врач на нее только взглянул, осмотрел вначале, а потом явился во время потуг и чуть не сломал ей ребра, надавив своим весом на живот. После этих манипуляций Алешка выскочила на свет, как пробка из бутылки. Ее Алешка. Белоснежка. Чудо. Красавица.

— Имя, наверное, от Алены производное? — заметил неонатолог. — Сестрица моя племянницу Леночку тоже Алешкой величает. Такая шантропень растет. Вы поосторожней с мужскими именами, мамаша. Вырастет разбойницей.

— Вот и я говорю, что за мода такая мужскими именами девок называть, — буркнула акушерка. — То Слава, то Валера. Теперь снова-здорово — Алешка! От Ленки производная — Алена.

— Кончай бухтеть, Октябрина Петровна. Нор-

мальное имя. По мне, так лучше, чем все эти новомодные Симоны, Марианны и Кристины. Язык сломаешь. Не знаешь, Зурабов сегодня на дежурстве?

— Ушел уже.

— Как появится, скажи, чтобы посмотрел девочку, — добавил врач тихо. — Ну все, я здесь кончил. Если что, я в отделении реанимации. Мальца сегодняшнего проведаю.

— Проверяй, не проверяй, а не жилец он, — вздохнула акушерка. — Рожают козы поздно, а потом удивляются, что дети больные выходят. — Октябрина Петровна умолкла и покосилась на роженицу.

Ира слов акушерки не слышала. Маленькая девочка с белой челочкой и большими фиолетовыми глазами заслонила все вокруг. Боль, обида и страх, которые Ира чувствовала всего несколько минут назад, забылись. Осталось только счастье, которое бежало по венам, превращая кровь в искрящиеся пузырьки шампанского.

— Алешка моя станет знаменитой художницей. Она весь мир покорит. Я все для того сделаю. Станет обязательно. Вот увидите, — тараторила Ира, словно боясь, что ее перебьют. — Мне говорили, что дети некрасивыми рождаются. Выходит, врали. Моя красавицей родилась. Она чудо, да? Посмотрите. Посмотрите на нее! Хорошо, что на меня не похожа. Я-то мышь серая. А дочка другого колера будет. Райской птицей вырастет. Натуральной блондинкой.

— Да смотрим, смотрим мы на твою раскрасавицу. Художницей, говоришь, будет? Верю. Не успела на свет явиться — разрисовала все вокруг, — раздраженно заметила акушерка, меняя пеленку под будущей художницей. Завернув малышку в одеяло, акушерка уложила Алешку в куветик под лампу и вернулась к Ирине. — Ну что, голубушка, готова? — спросила она.

— К чему? — удивилась Ирина, ей казалось, что все уже закончилось.

— Сейчас тебя заштопаю маленько, и поедешь в палату спать. Шовчик внешний, так что отключать тебя не будем. Раз-два, и все дела. Смотри только орать не вздумай. Терпи. Ты сегодня пятая за смену. Голова от вашего ора раскалывается.

Ира не кричала. Она потеряла от боли сознание. Очнулась в двухместной палате. Соседняя койка пустовала. Родила она ночью, а сейчас солнце висело в зените, заглядывало в комнату. Неужели она первое кормление проспала? Почему ее не разбудили? Почему не принесли ребенка? Сердце в груди глухо ухнуло, на лбу выступили капли пота, во рту стало сухо и сладко. Она резко села и зажмурилась, комната закружилась, как бешеная карусель. Ира облизнула пересохшие губы, дотянулась до графина с водой, который стоял на тумбочке, сделала несколько глотков. Тошнота отпустила. Ирина осторожно слезла с высокой кровати, доковыляла по стене до двери, вышла в коридор и поплелась на пост. Акушерка встретилась по пути.

— Очухалась, Симакова? Ну и напугала ты нас вчера. Кровотечение открылось у тебя. Пришлось снова бригаду вызывать, наркоз вводить и чистить. Тошнит?

Ирина отрицательно покачала головой, спросила шепотом, где дочь. Говорить было невыносимо трудно, ее высокий голос словно цеплялся за что-то на выходе и шуршал, как пересушенный лист.

— В палату возвращайся шагом марш. Давай-давай, шлепай. Минут через пятнадцать к тебе загляну. Грелку со льдом принесу, — равнодушно сказала акушерка и прошла дальше. Ирина осталась стоять в коридоре не в силах пошевелиться.

Две медсестры провезли мимо тележки с орущими кулечками, уложенными в рядок. Ирина проводила тележки взглядом и вздохнула с облегчением. Теперь ясно, почему Алешку не привезли. Она, мать, отходила после наркоза. Значит, скоро привезут ее лапушку. Она наконец-то рассмотрит малышку как следует, возьмет на руки, приложит к груди, вдохнет молочный запах пушистых волосиков, поцелует пяточки, щечки, носик.

Желание увидеть ребенка было таким сильным, что она сорвалась с места, бегом вернулась в палату и села ждать. За стеной крякали младенцы. Тележки с глухим звуком проехали мимо ее двери несколько раз. Вместо акушерки в палате появился неонатолог, усталый и виноватый. Случилось что-то ужасное, мелькнуло в голове. В груди защемило, холодный страх пополз по позвоночнику. От накатившего ужаса Ирина застучала зубами, ей казалось, что на всю палату.

Василий Петрович присел на стульчик рядом с кроватью, погладил ее по окоченевшей руке, отвел взгляд, задумчиво рассматривая весенний пейзаж за окном, откашлялся, начал что-то ей втолковывать на непонятном медицинском языке. Ира потрясенно смотрела на врача, пытаясь уловить смысл его слов, но ничего не понимала! Врожденный амавроз. Амавроз. Как это понимать? Что это значит? А потом в голове застучало. Врожденный порок. Врожденный порок. Врожденный порок...

— Мне очень жаль, — развел руками доктор. — Ваша дочь родилась абсолютно слепой. Вчера, когда я осматривал ребенка, обратил внимание, что у малышки полное отсутствие реакции зрачков на свет и легкое помутнение сетчатки. Сегодня офтальмолог подтвердил мои опасения. Предварительный диагноз «врожденный амавроз Лебера», редкая форма наследственного заболевания. Обычно в первые полгода проявляется, но при рождении тоже бывает. Сожалею, очень сожалею. У вас есть родственники, кто страдал подобным недугом?

Ирина отрицательно покачала головой, шепнула сквозь горькую сухость во рту:

— Возможно, у отца ребенка... Я точно не знаю. Господи, как же так? Как это может быть? Невозможно! Моя дочка не может быть слепой. Она же художница! Художница! — Язык заплетался, мысли путались. Неонатолог смотрел на нее с сочувствием и молчал. — Доктор, это ошибка! — настаивала она. — Я совершенно здорова! У меня зрение стопроцентное. А мама только сейчас заказала себе очки. Дальнозоркость развилась с возрастом. Беременность протекала без патологий. Анализы были идеальные. Вы ошиблись, доктор!

Неонатолог отрицательно покачал головой:

— Понимаю, в это сложно поверить, но так случается. Дети рождаются с патологиями развития у совершенно здоровых родителей, — сказал доктор, глаза его сделались совершенно больными. — Ничего не поделать, ничего не изменить. У вас есть возможность отказаться от ребенка. В этом случае малышку отправят в специальный интернат, где созданы все условия для таких детей. О вашей дочери позаботится государство. Она не будет ни в чем нуждаться. Дома вы ей такой уход обеспечить не сможете. Решайтесь. — Неонатолог посмотрел на часы и снова уставился в окно, покусывая губы, как нашкодившая первоклассница. Некоторое время в палате стояла тишина. Ирина слышала только стук своего сердца, а потом сердце вдруг остановилось.

— Да как вы смеете? — потрясенно прошептала она, ярость накрыла ее с головой. — Да как вы... Как вы... — Она схватила графин с тумбочки, выплеснула воду в лицо доктору и швырнула емкость о стену. Россыпь осколков разлетелась по полу, забрызгала казенные тумбочки и покрывало на соседней койке.

— Дура! — выругался неонатолог, вытирая лицо рукавом халата. — Ты себе представить даже не можешь, что тебя ждет! Как тяжело иметь ребенка-инвалида в нашей стране! Как трудно незрячего ребенка воспитывать и обучать. Сколько сил тебе придется потратить. Сколько нервов. Ты будешь всю жизнь ее опекать, водить за ручку. Я больше тебе скажу: сейчас пока рано окончательный диагноз ставить, но если офтальмолог прав и это врожденный амавроз Лебера, то в будущем возможны соматические нарушения. Задержка роста и психического развития, умственная отсталость, снижение слуха и другие серьезные проблемы со здоровьем. Всю жизнь ты будешь бегать по врачам и работать на лекарства, носиться по инстанциям, унижаться, выбивать положенные льготы для своего ребенка. Тебе придется доказывать людям, что твой ребенок не хуже других, и мучиться чувством собственной вины. Ты будешь завидовать мамашам, у которых зрячие дети, ненавидеть этих детей и умирать от ненависти к себе. Ты ведь даже не замужем. Мать-одиночка! Так и останешься одна. Ни один мужик не возьмет на себя такую обузу. Подумай, стоит ли калечить свою жизнь. Подумай... У тебя есть еще шанс родить здорового ребенка. Годик подождешь, восстановишься после родов и...

— Пошел вон! — сквозь зубы процедила Ирина. — Даже если бы ребенок родился без рук и без ног... Даже если бы родился уродливой обезьяной! Я никогда бы не написала отказ! Сволочи! Какие же вы сволочи! Да как вы можете? Как смеете! Где моя дочь? Немедленно отдайте мне ребенка!

— Вот и умница, — устало сказал доктор и поднялся, сунул костлявые руки в карманы. — Прости, обязан был тебя предупредить. Тяжело будет, но ты справишься. Сейчас скажу сестре, чтобы принесли твою Алешку. Она у тебя красавица. В выписке адреса и телефоны напишу, куда следует обратиться. — Василий Петрович побрел к выходу, в дверях обернулся: — Себя не вини. Нет твоей вины в этом. Прими то, что есть. Всякое в жизни случается, ничего не поделаешь. Бывают, конечно, чудеса. Наука идет вперед. Глядишь, ученые изобретут методы лечения амавроза Лебера. Ну, счастливо тебе и дочке!

«Бывают в жизни чудеса», — за последнюю фразу доктора Ира ухватилась, как за соломинку. Верить в то, что дочь никогда не увидит солнца, было невыносимо.

Глава 1

НЕУДАЧНИК

Москва. Наше время

Всего один шаг... Темная пасть реки. Перламутр отблесков огней. Холодно. Поздняя осень. Колючий снег царапает кожу. Тонкая курточка. Спина взмокла. Губы соленые... Руки вцепились в литые перила моста. Остыла душа. Один шаг... Господи, прости!..

— Господи, ну сходишь ты за хлебом наконец или нет! Сил моих больше нет! Один шаг ведь до магазина! — раздался над ухом раздраженный женский голос.

Коновалов с треском захлопнул крышку ноутбука и угрюмо посмотрел на жену. Вечно она лезет в самый кульминационный момент. Убил бы! — подумал Лева, но вслух сказал сдержанно:

— Людочка, ну я же просил! Я умолял не отвлекать меня во время работы!

— Тоже мне, Достоевский! — саркастически заметила Людочка. — Работает он! Это я пашу с утра до вечера как проклятая! А ты задницу просиживаешь перед монитором. Бумагомаратель! Гений недорезанный! Работает он. Сколько можно! Обещаниями только кормишь. Я устала на себе все тащить! Вся жизнь из-за тебя наперекосяк! Угораздило же меня выйти за тебя замуж. Пойдешь за хлебом или нет?

— Пойду, пойду... — проворчал Коновалов, вскочил, вырвал у жены из рук авоську и деньги и вылетел из комнаты. «Пойду сейчас и утоплюсь», — мстительно решил он, снимая с вешалки шляпу и плащ.

— Не вздумай утопиться! Вижу по глазам, опять двадцать пять. Так и знай — домой не пущу! И апельсины с бульоном я тебе в психушку таскать больше не собираюсь! — завопила жена вслед.

— Ведьма, опять мысли читает, — буркнул Коновалов себе под нос, засунул авоську в карман и демонстративно хлопнул дверью.

Он вышел в прохладный вечер и маршевым шагом направил свои стопы в сторону набережной. В голове крутились последние фразы его романа: «Всего один шаг... Темная пасть реки. Перламутр отблесков огней. Холодно...»

— Туфта! Графомань голимая! — выругался Коновалов и почувствовал неприятный холод в ногах. Лева замер посреди пустынной набережной и посмотрел вниз. Вместо ботинок на ступнях были любимые тапки!

Он задумчиво пошевелил пальцами ног и решил, что как-то неправильно прощаться с бренной жизнью без ботинок. Да и носки у него не первой свежести, с дыркой на пятке. Со свежестью, впрочем, проблема решится быстро, а вот с дыркой... Выловят его тело из мутных вод реки, а у него конфуз такой. Что люди подумают? Людку опять же жалко. Она, само собой, порадуется, что наконец-то избавилась от неудачника-мужа, но похороны в наше время дело накладное, а денег у нее нет.

Лева в некотором роде предусмотрел этот щекотливый момент и оставил прощальное письмо, где четко обозначил свою волю: после кончины его скромно проводить, никаких поминок не устраивать, торжественных речей не говорить, выпить водки и развеять его прах в деревне Перелипкино, откуда родом его предки. Однако надеяться на супругу нельзя. Людка упряма как ослица и человек мещанской ментальности. Все бы ей сделать как у людей. Похоронит ведь, зараза, в строгом костюме и галстуке, поминки устроит с помпой, памятник на могилке поставит гранитный, созовет бомонд. Вальку, актрису из детского музыкального театра, которая Бабу-ягу играет, причем без грима, подружку свою любимую. И Парамонову, художницу с Арбата. Алкашку-карикатуристку авангардной наружности. Коновалова аж передернуло от мысли, что за персонажи будут рыдать над его бренным телом. И памятники нынче дорогие. В долги влезет или, того хуже, кредит возьмет. Пахать придется вдвое больше, а у нее спина больная и ноги отекают. Здоровье надорвет, не дай бог, сляжет. И будет проклинать его до самой своей смерти. Мало ему проблем на этом свете. Изгрызла, зараза, вечными придирками. Никакого покоя и на том свете не будет. Желание покончить с собой таяло, как бархат растворяющегося в ночи вечера, но покаянная грусть в душе еще плескалась.

Людку можно понять, но разве он виноват, что планида у него такая, писать в стол. Все его высокохудожественные старания никто не ценит. Никто не покупает его прозу с глубоким философским смыслом. Неформат. Сначала Лева держался, то слепых издателей ругал, то глупых читателей, но в последнее время все чаще накатывала меланхолия. Понял он, что причины неудач в нем самом. Графоман он и жалкий неудачник. Пару попыток суицида Лева уже предпринял, правда, безуспешных. Как только он падал в реку, включался автоматом инстинкт самосохранения, воскресали знания, полученные в школьной секции плавания. Лева сам не понимал, как оказывался на берегу. Последняя попытка и вовсе закончилась неприятно. Коновалов даже прыгнуть не успел, только готовился стартануть в последний путь, вскарабкавшись на чугунные перила набережной, как подъехала «Скорая психиатрическая помощь». Людка, зараза, вызвала. Месяц Лев Борисович провел в отделении для душевнобольных, словно он псих! А он не сумасшедший! Просто устал бороться за место под солнцем и не желает быть обузой. Устал...

Ничего, кроме как писать, Лева не умел, а сочинять то, что приносило бы хоть какую-то прибыль, — не мог. Даже коммерческие рассказы, которые Лев Коновалов, наступив кирзовым сапогом на горло своим принципам, написал ради заработка и попытался пристроить в нескольких дамских журналах под псевдонимом Лена Валова, и те отвергли. С журналистикой тоже не сложилось. На «джинсу» Лева категорически не соглашался, а статьи его, по мнению редакторов, отличались излишней заумью и не отражали правды жизни.

В перерывах между попытками пристроить рукописи и заработать Лева продолжал писать свой главный роман, который непременно должен стать бестселлером и вознести Коновалова на вершину литературного Олимпа. Он так старался, сосредоточив на будущем шедевре все свои усилия и творческий потенциал, что потенциала стало не хватать на жену. О чем Людочка заявила ему со свойственной ей прямотой. Мало того, супруга добавила, что потенциала ей никогда не хватало, и назвала Леву клиническим импотентом. Удар был ниже пояса. Лева захлопнул ноутбук и попытался доказать жене обратное, но ничего не вышло! В тот злополучный день Коновалов впервые попытался свести счеты с жизнью. И это не получилось. Однако Людочка сразу присмирела и окружила его заботой и вниманием.

На радостях Лева накатал пару глав будущего бестселлера, осчастливил жену и нашел неплохую работу литературного критика в одном авторитетном издании. Служба оказалась непыльная и приносила хоть какой-то доход. В семье воцарился мир. Несколько месяцев он честно читал присланные книги и с воодушевлением строчил разгромные рецензии на современную коммерческую прозу. Счастье длилось недолго. Один молодой модный литератор сильно обиделся на его критическую заметку и объявил Леве войну. Нервный писатель ему попался. Сначала в своем блоге его приложил, наградив всяческими унизительными эпитетами. Коновалов не растерялся и настрочил еще одну рецензию, где распял автора, как бабочку. Тот взбесился всерьез, накатал критическую заметку на разгромную статью Левы, используя исключительно нецензурную лексику, и принялся заваливать электронный почтовый ящик Коновалова гневными письмами. В переводе на литературный язык суть его претензий означала, что Коновалов мерзкий завистник, графоман, бездарность и неудачник. В завершение всего модный литератор вызвал критика на дуэль. Лева брошенную «перчатку» с достоинством принял, решив по наивности, что автор вызвал его на дуэль литературную.

То обстоятельство, что встречу писатель назначил ему поздним вечером в парке, Коновалова не смутило.

Лева приехал в условленное место в прекрасном расположении духа. С собой он захватил диктофон, чтобы обговорить условия будущей литературной дуэли, а заодно интервью у литератора взять для журнала, дабы умаслить его непомерное тщеславие. Каково же было его удивление, когда вместо ручки и блокнота «дуэлянт» достал из сумки бейсбольную биту и отфигачил нечастного Леву так, что тот очнулся в Склифе с сотрясением мозга, множественными гематомами и переломами.

— О времена, о нравы! — постанывал Коновалов на больничной койке, глядя на свою загипсованную ногу, подвешенную на растяжке. Что он, собственно, такого сделал? Всего лишь дал объективную оценку того говна, что выходило из-под пера модного сочинителя. Мало того, он обеспечил ему отличный пиар. Левина критическая заметка разлетелась по Всемирной паутине, вызвала массу дискуссий, привлекла к автору внимание, а следовательно, увеличила продажи и тиражи. Благодарить должен, скотина, а не бейсбольной битой махать, обиженно размышлял Лева, шевеля пальцами загипсованной руки.

После дуэли строчить разгромные заметки у Коновалова желание пропало. Неблагодарное это дело — критиком работать. Мало того что надо всякий хлам читать, что вредно для психики, так еще потом лечить физические увечья приходится.

Шумиху вокруг инцидента Лева поднимать не стал и заявление о возбуждении уголовного дела о причинении вреда здоровью тоже писать отказался, но и прощать обиду был не намерен. Лева решил отомстить другим способом, немедля дописать свое бессмертное творение, пристроить его в лучшее издательство страны, стать культовым автором с миллионными тиражами и утереть нос модному сочинителю, обскакав его на коне профессионализма.

Вдохновленный этой идеей, Лева взялся за работу с невероятным энтузиазмом, из больницы вышел с новыми готовыми главами, но вскоре его гениальный роман скис. Скис и сам Лева. Проблема была в главном герое, выходил он инфантильным и вялым, живости в нем не оказалось и героизма. Каждый раз, сталкиваясь с трудностями, вместо того чтобы отчаянно бороться и выживать, герой бросался в реку. Ежедневно Коновалов садился за работу с надеждой, что вдохновение снова его посетит, герой оживет, передумает топиться, расправится с врагами, и книжку он, Лева, завершит, но ничего не получалось.

Творческий кризис усугубила жена. Ежедневно Людочка капала Леве на мозги, грозила разводом, если он снова не устроится на работу, требовала, чтобы продолжал писать, закатывала истерики, качала права, в общем, вела себя как обычно. Но если раньше наезды жены Лева пропускал мимо ушей, то после «дуэли» каждая претензия Людочки звенела в голове, как разорванная гитарная струна. Видно, сотрясение мозга без последствий не осталось. Коновалов понимал, что так дальше жить нельзя, но отказаться от мести и выбраться из ямы отчаяния был не в состоянии. Он злился на себя и жену, хотя в душе понимал: Людочка права. Разве о такой жизни она мечтала, когда замуж за него шла? Нет, она мечтала стать женой успешного человека. Радовалась, лепетала, что счастлива, сборник его рассказов к груди прижимала и подружкам хвалилась, что ей честь выпала стать женой гения.

Коновалов тяжело вздохнул, вспомнив радужное прошлое. С Людочкой они познакомились в счастливейший день его жизни — на презентации первого сборника Левиных рассказов. Событие отмечалось в модном кафе в самом сердце столицы, на Сретенке. Людка, тогда еще Людочка, носилась по залу с подносом, обслуживала гостей и не сводила с него восхищенного взгляда. Никогда прежде он не видел таких прекрасных желтых глаз, теплых, как мед, наполненных янтарным светом. Вокруг головы Людочки была уложена шикарная русая коса — большая редкость, раритет, потрясающая огранка. Фигурой Людочка тоже удалась. Крепкая, фактурная, хоть картину маслом пиши. Лицо у нее было простое и милое, но она так тщательно пыталась его скрыть под толстым слоем вульгарного макияжа, что Коновалов лишь силой воображения умудрился разглядеть в девушке естественную крестьянскую красоту. Хотелось немедля ее умыть и насладиться Людочкиной натуральностью.

Когда Коновалова попросили к микрофону для авторского чтения, Людочка вовсе забыла о своих обязанностях и застыла с подносом напротив сцены. Чтение не заладилось. Лева чувствовал ее пристальный взгляд, и строчки плясали перед глазами. Спасло Коновалова от позора появление на столах водки и горячих блюд. Публика рванула закусывать. Лева с горем пополам дочитал последний абзац, спустился со сцены и, набравшись наглости, подошел к официантке, настрочил автограф, добавил внизу свой телефон и вручил книгу смущенной девушке.

Люда позвонила через два дня, залепетала в трубку, что прочитала рассказы и поражена силой его таланта. Лева ненавязчиво пригласил ее прогуляться. Встретились традиционно старомодно у памятника Пушкину. Долго бродили по Москве, сидели в скверике, держась за руки, как пионеры. Пили горячий шоколад в уютной кафешке, дегустировали крепленое вино у него в квартире. Отвратительное, надо заметить, но Людочка пила его жадно, ладошкой по-детски вытирая остатки напитка с пухлых губ. Она слушала его рассказы о литературе, восхищенно кивала и смотрела на Леву с таким искренним обожанием, что он не сдержался и ее поцеловал. Вопреки своим убеждениям. В отношениях с женским полом Коновалов был консервативен и считал, что к телесным наслаждениям люди должны прийти постепенно, досконально познав друг друга в духовном плане. Все его прошлые дамы, с которыми Коновалов заводил романы, к наслаждениям телесным шли долго через походы в консерваторию, музеи, театры и разговоры о духовном и вечном. Некоторые так и не дошли.

Людочка на его поцелуй откликнулась сочно, и через мгновение они уже были в постели. В сексе девушка оказалась горячей, как глинтвейн, и громкой, как оркестр. Шквал ее страсти Леву оглушил настолько, что он не расслышал тональности ее души и вскоре предстал перед алтарем с женщиной, которая совершенно ему не подходила. Слишком они были разные — провинциальная официантка Людочка, приехавшая завоевывать столицу из глухой сибирской деревни, и интеллигент до мозга костей Лева, кандидат филологических наук, коренной москвич, выросший в уютном дворике сталинского дома на Фрунзенской набережной.

Первая ссора случилась через месяц после свадьбы, когда Людочка, осмелев, решила навести порядок в его владениях и обнаружила в кладовке внушительную стопку Левиных книг. Пристроить в магазины сборник не получилось, стоять в переходе и торговать своими творениями Лева считал ниже своего достоинства, а друзья и знакомые уже получили по экземпляру. Тираж лежал мертвым грузом и пылился среди ненужных старых вещей, стоптанной обуви, ведер, швабр и сломанной техники прошлого века. На вопрос супруги Лева честно сознался, что издал книгу за счет спонсора и получил за свои труды только духовное обогащение. Людочка ошалела от этого известия и незатейливо поинтересовалась, на что Коновалов живет. Лева так же прямо ответил, что сдает квартиру, которая досталась от бабки. Платят не слишком много, но денег ему вполне хватает, чтобы не голодать и заниматься творчеством в свое удовольствие. Некоторое время Людочка пребывала в шоке, а когда пришла в себя, всерьез занялась Левиным перевоспитанием и усадила его за стол, чтобы он немедля написал бестселлер и продал его в лучшее издательство России.

Она ежедневно следила, чтобы муж не отвлекался, проверяла количество написанных знаков, ходила по квартире на цыпочках, заваривала свежий чай, готовила турецкий кофе и подбадривала мужа, а вечером упархивала обслуживать посетителей модного кафе, впаривая по ходу Левины книги клиентам. Тираж из кладовки быстро исчез, так же стремительно у Людочки кончилось терпение. Из ласковой простой девушки она перевоплотилась в сварливую заразу. Прямо в сволочь самую настоящую! С одной стороны, жена его поддерживала, с другой — пилила за недостаток денег. Жизнь превратилась в мещанское болото, из которого было не выбраться.

Зачем он на ней женился? Себе жизнь испортил, Людочкину превратил в ад. Она ведь могла устроить собственную судьбу совсем иначе, найти себе достойного мужа из своей среды, который нес бы все в дом и на все руки был бы мастер. А он кто? Неудачник! Жалкий графоман! Ну ничего — скоро он избавит жену от мучений. Она еще молодая, вся жизнь впереди, может, и детей бог даст. Он даже этого не смог. Лева смахнул набежавшую слезу и шумно вдохнул. Октябрь пропах копченым дымком и астрами. Над рекой разлился малиновый закат. Небо вдали заиграло бледными звездами. Погода к самоубийству тоже не располагала. Завтра. Он это сделает завтра.

Домой, однако, идти желания не было. В супермаркет за хлебом — тоже. Хотелось побыть одному и насладиться чудесным осенним вечером, рассмотреть закат. Может, вдохновение накатит и муза погладит его по шляпе. Давненько они не виделись.

Лева высморкался, уселся на перила моста, достал из кармана пачку папирос, размял одну в окоченевших пальцах, чиркнул спичкой, прикурил, выпустил колечко сизого дыма в небо и замер. В нескольких шагах от него стояла высокая худенькая девушка с длинными прямыми волосами. Блондинка. Натуральная. В руках она держала трость и сосредоточенно рисовала ею что-то на асфальте, закусив нижнюю губу. Одета девушка была странно — в старомодное драповое пальто и кроссовки, словно ей было все равно. Она медленно повернула голову, посмотрела на Леву темными глазами, точнее, сквозь него. Взгляд у нее оказался отрешенный. Лицо, напротив, сосредоточенное, но необыкновенно прелестное и свежее. В нем было что-то сказочное и в то же время провинциальное. Брови и ресницы словно выгорели на солнце, на аккуратном носике обосновалась стайка веснушек, рассыпалась по скулам, на подбородке с чуть заметной божественной ямочкой — свежая царапина, губы сочные и пухлые. Она походила на эльфийку из фэнтезийных романов. Коновалов даже заподозрил, что удивительная блондинка прячет под копной длинных прямых волос острые ушки. Внутри Левы все всколыхнулось. Это была она — Муза, которая так надолго от него упорхнула.

Муза резко развернулась в его сторону и быстро пошла прямо на него, рисуя перед собой тростью узоры.

Коновалов глупо улыбнулся, хотел соскочить с перил на асфальт, чтобы поздороваться с девушкой, но трусточка внезапно взмахнула вверх, ударила его по подошве тапка — Лева потерял равновесие, размахивая руками, опрокинулся назад и полетел вниз. Удар пришелся на затылок, в ушах зазвенело, и наступила ледяная темнота.

Глава 2
ЧУДО В ВЯЗАНОЙ КОФТЕ

Это был знак судьбы. Божественное провидение. Чудо! Никак не иначе. Чудо встретилось Ирине там, где она меньше всего ожидала, — в районной поликлинике у кабинета заведующей.

В темном коридоре пахло хлоркой, приторными духами и дешевым табаком. У двери кабинета собралась толпа. Заведующая поликлиникой отправилась на консилиум. Ирина заняла очередь, села в сторонке на лавочку и открыла книгу, чтобы скоротать время. Погрузиться в чтение никак не выходило. Очередь гудела. Мужчины возмущались. Молодежь хихикала в сторонке. Дамы обсуждали сериалы. Старушки и старички ворчливо переговаривались, попеременно перечисляли все свои болячки, ругали чиновников, жаловались на маленькую пенсию и дорогие лекарства, вспоминали социализм.

Ирина социализм тоже помнила хорошо: ненавистную школу, утренние линейки, пионерские галстуки, поездки в трудовой лагерь, комарье, песни под гитару, первый поцелуй, слюнявый и пахнущий дешевым табаком, первые заработанные на сборе кабачков и капусты десять рублей, которые она с шиком спустила с подругой в баре на улице Горького на мороженое и бутерброды.

Она помнила золотую медаль, выпускной, дешевое вечернее платье, сшитое у знакомой портнихи из старых бархатных занавесок, ленту в косе, узкие неудобные туфли на каблуках, стертые в кровь ступни. Скучный МИФИ, нервные сессии, красный диплом. Копеечную зарплату молодого инженера в НИИ, бабский коллектив, индийский чай со слоном, вафельные тортики с орехами.

Лисью шапку и каракулевую шубу, перешитую с маминого плеча, тяжелую, как самосвал, запах нафталина в трамвае. Модные австрийские сапоги, на которые она сдуру одолжила денег, а потом полгода жила в режиме строгой экономии и отдавала долги.

Сыр «Рокфор», который она по незнанию вернула в магазин, неприветливые лица продавщиц, сочные зимние яблоки, длинные огурцы в пленке, трехлитровые банки с густым томатным соком, молочные коктейли по десять копеек, очереди, газеты с портретами вождей в туалете, ядовитый шампунь «Елена», крем «Балет», ленинградскую помаду, от которой неприятно пощипывало губы.

Она помнила программу «Время», духи «Opium» и «Climat», «Литературную газету», пельмени в бело-красных пачках, хозяйственное мыло, белый снег...

Она помнила праздничные новогодние наборы с венгерской курицей и финским сервелатом, ароматными марокканскими мандаринами. Болгарские помидоры в собственном соку, «Советское шампанское», шоколадные конфеты ассорти, шпроты, рижский хлеб, неудачный и долгий, как полярная зима, роман с женатым мужчиной.

Она помнила свое пьяное тридцатипятилетие, отрезанную сгоряча косу, ворчание матери и стыдное, сухое, как пергамент, одиночество...

Поездку в Адлер в августе 1987 года по санаторной путевке тем более помнила. Душный номер, выгоревшие желтые занавески, смешливую соседку, исчезающую по ночам, ржавый душ, липкий столик в шумной столовой, вкусные сырники и черешневый компот, пролитый на новенький белый сарафан.

Она помнила теплое море, обгоревшие нос и плечи, горячие песчинки между пальцев, соль в волосах. Колкую минеральную воду и медуз. Запах магнолий и сочные персики. Абхазское молодое вино, влажные простыни и горчичный привкус курортной любви, сулящей счастье.

Он был молод настолько, что ей казалось неприличным с ним появляться на людях. Светлые волосы, выцветшие на солнце ресницы и брови, веснушки, курносый нос, пушок над верхней губой. Высокий, худой, нескладный, наивный и неожиданно страстный в постели Сашенька. Ее Сашенька... Чудесный мальчик, которого она искренне любила двадцать один день, изображая из себя роковую столичную девицу.

На вокзале Сашенька ради приличия попросил у нее телефон, с удивлением разглядывая ее умытое лицо, заколотые и убранные в хвостик рыжие кудри, скромный льняной костюм. Ирина назвала выдуманный номер и нежно поцеловала трехнедельного любовника в прохладную щеку, пахнущую абрикосами и морем. Саша остался на перроне, смущенный и растерянный. Она уехала, увозя с собой долгожданное счастье в своем животе из Адлера в Москву.

Все получилось так, как она хотела. Все получилось! Ради этого стоило перекрашивать мышиные волосы в рыжий цвет, делать перманент и маникюр, шить вызывающие наряды и одалживать у подруги откровенный купальник. Ради этого стоило стать другой, отбросить патологическую скромность и лечь в постель с первым встречным мужчиной — чудесным мальчишкой с белобрысыми волосами и голубыми, как утреннее небо, глазами.

— Будет девочка, я чувствую, — заявила она матери с порога, отшвырнув свой чемодан.

— Шлюха ты, Ирка, — беззлобно сказала мать и ушла в комнату вязать чепчики и носочки.

Несмотря на ее не юный возраст, беременность протекала легко. С работы Ира уволилась, чтобы не омрачать свое счастье кривотолками за спиной и косыми взглядами коллег. Копеечная зарплата инженера не стоила того. К тому же из головы не выходили тягостные воспоминания о собственном нищем детстве и юности. Ира не хотела, чтобы ее дочь нуждалась. Верно говорят, что во время беременности многие женщины раскрываются с неожиданной стороны. Вечная рохля Ирочка вдруг почувствовала в себе силы кардинально изменить свою жизнь. На сбережения она купила дорогую печатную машинку, нашла несколько клиентов, студентов и аспирантов, взяла заказы на написание курсовых и рефератов. Знания, полученные в вузе, обширная научная библиотека и страстное желание помогли. Писала она быстро, не халтурила, за работу брала по-божески, и вскоре студенты ее имя стали передавать из уст в уста. Пошли заказы на дипломные работы. Мороки было намного больше, но платили за диплом в десять раз дороже. Дело пошло. В конце беременности Ирочка в месяц получала столько, сколько за год не смогла бы заработать в НИИ. Каждую копейку она откладывала на будущее для малышки и страшно гордилась своей предприимчивостью. Мама тоже подсуетилась. Сдала одну из комнат их просторной четырехкомнатной квартиры на Фрунзенской набережной студентке, девушке с Украины. Квартирантка оказалась незаметной и обязательной, платила вовремя и глаза не мозолила. Все шло хорошо. Даже очень хорошо. А потом родилась Алешка...

Диагноз Василия Петровича офтальмолог подтвердил. Подтвердили его и десяток других врачей, которым в отчаянии показывала ребенка Ира. У ее дочери был врожденный амавроз Лебера, наследственное редкое заболевание сетчатки. Василий Петрович во всем оказался прав. Растить ребенка-инвалида было невероятно тяжело. Порой Ира впадала в тупое отчаяние, сходила с ума от боли за дочь, рыдала от безысходности и валилась с ног от усталости, но ни на секунду не пожалела о том, что не написала отказ.

К счастью, болезнь относилась к тому типу, который не приводит к серьезным соматическим нарушениям. Алешка росла чудесной малышкой, невероятно любознательной, послушной и ласковой. Возможно, она и отставала в развитии от своих зрячих сверстников, но не в силу слабоумия и низкого интеллекта, а из-за объективных причин. Талантов у Алешки особых не наблюдалось, но и дурочкой назвать ее было никак нельзя. Обыкновенный ребенок, только не способный видеть мир глазами. Ее глазами были руки и органы чувств. До десяти лет Алешка не подозревала, что не такая, как все.

«Это апельсин. Понюхай, как пахнет. Он оранжевого цвета и круглый. У него шершавая кожа и сочная мякоть. Чувствуешь, как тепло носику и ручкам? Это солнышко заглянуло в окошко. Оно похоже на апельсин, такое же круглое, но по цвету желтое и сияет. Оно красивое, как ты. Ты — мое солнышко».

Вердикт лучших специалистов в офтальмологии был окончательным. Ничего сделать нельзя. Врачи в один голос твердили, чтобы Ирина успокоилась и приняла все как есть. Уверяли, что вылечить врожденную слепоту невозможно, но она упрямо верила в чудо и мечтала, что когда-нибудь ее Алешка, чудесное белокурое создание, сможет увидеть солнце и этот прекрасный мир.

Двадцать четыре года надежды... И вот наконец-то она дождалась! В прессе замелькали статьи об опытах зарубежных генетиков в области лечения врожденного амавроза Лебера с помощью хитрого вируса, который исправляет генетический недуг. В газете она видела фотографию счастливчика, прозревшего после введения вируса в кровь. Наши не отставали. Ирина узнала, что в Питере ученые успешно опробовали уникальный метод лечения амавроза Лебера стволовыми клетками. Прозрел восьмилетний мальчик, который с рождения был слеп. Значит, и у Алешки появился шанс!

Пока опыты шли на добровольцах. Ирина мечтала, что дочь попадет в число счастливчиков, но как это сделать — не представляла. Все попытки найти выходы на ученых окончились провалом. Осталось только ждать. Тупо ждать...

* * *

Сорок минут прошло. Заведующая так и не соизволила вернуться. Ирина раздраженно сунула телефон в карман. Не любила она оставлять Алешку надолго одну. Кто знает, что взбредет в ее головку. В последнее время дочь все чаще проявляла упрямое желание делать все самостоятельно, приходилось мягко гасить ее инициативу. При всем желании Алексис, так на французский манер любила называть внучку покойная бабушка, способностей к интеграции в обществе не имела. Породой она вышла вовсе не в деда, как предполагала Ирина, а в отца. Такая же нескладная, стеснительная и неуклюжая. Даже после обучения в реабилитационном центре, где готовили незрячих людей к выходу в большой мир, у Алешки плохо получалось ориентироваться в пространстве. Несколько месяцев потом они вместе изучали маршрут от дома до ближайшего супермаркета, аптеки и поликлиники — все без толку. Дочка все так же нуждалась в сопровождении, но отчаянно пыталась избавиться от опеки. Ирина и рада была бы отпустить ее, но главному ребенок так и не научился. Алешка не умела просить помощи у посторонних людей и, когда сбивалась с маршрута, застывала столбом посреди дороги. Не умела она и избавляться от навязчивых помощников. Сердобольные идиоты уводили ее с привычного пути, а потом бросали. Ирина всегда следовала за дочерью, наблюдала издалека за ее поведением, рыдала от отчаяния и злилась на людей. Глупые зрячие категорически не понимали, что слепой ориентируется на местности по своей четко выстроенной в голове карте. Важно все — запахи, звуки, щербинки на асфальте. Если незрячего бесцеремонно увести в сторону, а так большинство идиотов и поступали, решив ему помочь, то он попросту потеряется. Чтобы не случалось таких неприятностей, слепому надо уметь вежливо, но твердо отказываться от подобной помощи или уметь четко объяснить, что именно ему требуется. Алешка не умела, терялась, стеснялась или, напротив, чувствуя свою беспомощность, реагировала на предложения помочь агрессивно. Порой «помощников» это сильно раздражало и вызывало у некоторых энтузиастов ответную волну агрессии. Попадались и отморозки, оскорбляли, издевались, подножки ставили, трость из рук вырывали — сволочи. Сволочи поганые. Благо Ирина всегда оказывалась рядом вовремя и уводила Алешку подальше от человеческой ненависти, подлости и оскорблений. Совсем недавно в городе появилась еще одна напасть. Тротуарная плитка для слепых. Идея правильная, но порой укладывали плитку абы как люди некомпетентные, нанятая дешевая рабочая сила. Из-за неграмотной укладки Алешка несколько раз чуть не попала под машину. Зимой вовсе плитка превращалась в скользкую полоску льда. Город не желал принимать людей с физическими недостатками.

Попытки Алешки самостоятельно приготовить еду, сделать что-то по дому тоже частенько заканчивались бытовыми травмами, порезами, ожогами, разбитой посудой, поломанной техникой и злыми слезами дочери. Довольно! Береженого бог бережет. Не готова ее девочка к свободному плаванию. Пусть дома сидит, книжки читает, в Интернете общается и занимается. Сколько сил ушло на то, чтобы создать ей все условия для приятного времяпровождения. Компьютер со специальной программой для незрячих, позволяющей выходить в Интернет, читать новостные сайты и форумы, находить информацию и общаться в Сети, обошелся Ирине в круглую сумму. А сколько времени и нервов ушло на то, чтобы обучить Алешку пользоваться программами! Тысячи говорящих книг и книг со специальным шрифтом Брайля, музыкальные диски на любой вкус, игрушки, инструменты. У Алешки было все для счастья, но с каждым днем ее девочка становилась невыносимее. Чем недовольна, спрашивается? Что ей не живется спокойно? В глубине души Ира понимала — гормоны бушуют. Выросла ее девочка, организм требует мужского тепла. Но это пройдет. Сколько кризисов они пережили и этот переживут. В пятнадцать лет, когда Алешка влюбилась в какого-то недоумка из Интернета и захотела с ним увидеться, а он отказался, передумал связываться с незрячей подружкой, — пережили и сейчас переживем. Главное, самой не загнуться. Сердечко в последнее время шалит, давление скачет, усталость не проходит и бессонница. Ноги отекают, спина отваливается.

Ирина помассировала поясницу и вздохнула. Как жаль, что мама умерла. Она хозяйство вела, за Алешкой следила, когда Ира работала. С появлением Интернета заказы на рефераты и дипломные работы сократились. Денег не хватало на то, чтобы Алешку с ее специфическими потребностями поднять. Пришлось в срочном порядке переучиваться на бухгалтера. Работа оказалась востребованной. После перестройки коммерческие фирмы плодились, как грибы. Новая профессия давала возможность большую часть времени находиться дома, рядом с дочерью. Ирина вела сразу несколько небольших компаний, моталась по фондам, сдавала отчеты в налоговую, а в свободное время воспитывала Алешку.

Теперь все на ней — дом, заработок, заботы о дочери. Хозяйство требует времени. Алешка требует свободы. Сил нет, и пожаловаться некому. С единственной подругой Аринкой связь прервалась вскоре после того, как родилась Алешка. Разошелся круг интересов. Ира зациклилась на дочери, на горе, на своих проблемах, переживаниях. Эгоцентричная Арина, которая любила быть в центре вселенной и всегда требовала внимания к своим проблемам, пошла по жизни дальше без нее. Кажется, вышла замуж и переехала в Питер. Совсем Ира одна и так устала, что жить не хочется. Но надо держаться. Ради доченьки. Без нее Алешка пропадет.

«Может, к терапевту заглянуть, пока эта клуша заведующая заседает на консилиуме?» — подумала Ирина и в который раз посмотрела на часы. Полтора часа бессмысленного сидения в очереди. О чем они вообще думают — эти заведующие, отправляясь заседать в приемные часы.

Ирина с раздражением захлопнула книгу и вдруг почувствовала на себе чей-то взгляд. Она подняла голову и растворилась в каштановых глазах дамы с седыми волосами, которая стояла у стены напротив. Внешне дама выглядела как тысячи обычных среднестатистических женщин в возрасте: гладко убранные в пучок волосы, старомодные серьги с рубинами, позолоченные часики на пухлой руке, вязаная серая кофта с широким воротником, длинная трикотажная юбка. На пышной груди голографический кулон в форме глаза, такие обереги частенько носят люди, опасающиеся порчи. Из общей массы даму выделял глубокий, проникающий в самое сердце взгляд и бешеная энергетика. Ирина буквально кожей почувствовала тепло, которое исходило от незнакомки.

— Простите, не подскажете, прием у заведующей до которого часа? — поинтересовалась дама, поймав взгляд Ирины. Голос у нее оказался тихий и нежный.

— Прием десять минут как завершился, но, по сути, еще не начался. Шершнева на консилиум отправилась.

— В таком случае, может быть, ждать не стоит? — спросила женщина и села рядом на лавочку.

— Заведующая обязана всех принять, не волнуйтесь, — успокоила Ирина. — Мы же не виноваты, что ей приспичило отлучиться в приемное время. Лично я никуда не уйду, пока не получу то, за чем пришла. Думаю, скоро она вернется, и очередь в мгновение рассосется. Шершнева всегда так. Шляется где-то, а потом за пять минут все вопросы решает. Вообще-то она нормальная тетка. Входит в положение всегда, несмотря на горячность. Бывает, облает, как собака бешеная, а потом по всей поликлинике носится, проблему решает.

— Вижу, вы здесь частый гость, — с мягким сочувствием заметила дама и поправила голографический глаз на груди. — А я вот недавно в Москву из Питера перебралась и пока здесь плохо ориентируюсь. Решила вот...

— На учет хотите здесь встать? — предположила Ирина.

— Угадали, только еще не решила, либо в этой или в 155-й поликлинике. Зашла вот оглядеться и с людьми поговорить. А тут такой гвалт стоит. Вы простите, что я вас вопросами терзаю. Вы мне показались наиболее вменяемым человеком из всех.

— Да что же вы извиняетесь. Понятное любопытство. Кругом такой бардак. Я вам вот что скажу. Оформляйтесь однозначно сюда. Поликлиника с виду обшарпанная, но специалисты здесь неплохие работают. Очереди, конечно, бывают, но где их нет.

— Это точно! В коммерческих медицинских центрах и то есть, — усмехнулась дама. — У меня была коммерческая страховка, но работодатели из-за кризиса ее не продлили. Экономят. Удивительно, занимаюсь медициной, а страховки у самой нет.

— Вы врач?

— Генетик. Занимаюсь стволовыми клетками.

— Надо же! — вырвалось у Ирины.

— А что вас так удивило? Я не похожа на генетика? — улыбнулась дама.

Ирина смутилась.

— Да нет... В смысле... Честно говоря, я понятия не имею, как выглядят генетики.

— Так же, как обычные люди, — рассмеялась дама. — Спасибо вам за консультацию. Считайте, я определилась. Но ждать все-таки не буду. Пойду. В другой раз загляну. Всего вам доброго. — Женщина поднялась и снова тяжело опустилась на кушетку, прислонилась к стене, закрыла глаза.

Ирина обеспокоенно тронула ее за плечо.

— Вам плохо? Врача позвать?

— Не волнуйтесь, сейчас пройдет. Просто резко встала, и в глазах зайчики заплясали. Все из-за повышенного глазного давления. Как климакс начался — разваливаюсь. Я словно сапожник без сапог. Другим помогаю обрести зрение, а свое в порядок привести не могу.

— Что? Что вы сказали? — пролепетала Ирина, сердце забилось как птица в клетке.

— Никогда не слышали об амаврозе Лебера? Мы с коллегами разработали уникальный метод лечения этого врожденного недуга. Результаты нас радуют, но продвинуть метод пока не получается. Научные открытия в нашей стране никого не интересуют. Государство никакой помощи не оказывает. Просили у чиновников субсидии и гранты — получили отказ.

Да еще академики палки в колеса ставят, старые маразматики! Одна надежда на зарубежных коллег. Ученые с мировым именем методикой заинтересовались. Хотят перенимать опыт, денег обещают. А нашим все безразлично. Обидно это очень. Если так дальше пойдет, придется сворачивать научный эксперимент.

— Как же так?

— Ничего не поделаешь, — развела руками дама. — Мы не коммерческая структура. Все наши врачи бессребреники. Работаем круглые сутки за копейки, но генетика — наука, требующая больших денег. Лечение одного пациента обходится в весьма круглую сумму из-за дорогого уникального оборудования и расходных материалов. Незрячие люди, согласившиеся стать добровольцами, заплатить такую сумму чаще всего не в состоянии. Да и неэтично это брать деньги с инвалидов. Пытаемся гранты выбить, ищем меценатов, в фонды благотворительные обращаемся... Господи, что с вами? — обеспокоенно спросила дама, глядя на Ирину. — Вы так побледнели. Вам что, нехорошо?

— Сколько? — задыхаясь от волнения, спросила Ирина и схватила женщину за руку. — Сколько стоит лечение? Я заплачу! У меня есть средства. Помогите моей дочке. Умоляю!

— Боже мой, неужели у вашей дочери тоже? — ошарашенно спросила незнакомка. Ирина судорожно кивнула, говорить она не могла. — Как вас зовут?

— Ирина. Ирина Андреевна, — хрипло представилась она и зачем-то добавила: — Я живу тут, поблизости.

— Очень приятно. А меня Людмила Петровна зовут. Можно просто Люда. Мы ведь с вами примерно одного возраста. Да вы не волнуйтесь так.

— Вы крайняя? — рявкнула над головой пожилая неопрятная тетка. Ирина отрицательно покачала головой. — Как же не вы, если мне на вас указали? — не унималась неряха.

— Вот что, Ирочка, — шепнула ей на ухо Людмила Петровна и взяла ее под локоть. — Пойдемте. Здесь неподалеку есть кафе, где спокойно можно поговорить. Выпьем чайку, вы мне подробно расскажете о своей беде. А я подумаю, как вам помочь.

* * *

В кафе Ирина не была тысячу лет. В голову не приходило, что можно заглянуть в подобное заведение, сесть за столик у окна и заказать чай за немыслимые деньги. Расточительство сплошное. Она даже осуждала людей, которые столь бездарно проводят свободное время, но в данную минуту о своих принципах забыла напрочь. За Людмилой Петровной она готова была идти хоть на край света.

«На краю света» было тепло и уютно. На столиках крахмальные скатерти и живые цветы, тихая музыка, услужливые официанты. Вместо чая Ирина заказала кофе. Людмила Петровна последовала ее примеру и присовокупила к кофе коньяк. Жуткое расточительство! Но Ирина тоже заказала коньяк. Сегодня можно. Сегодня все можно. Выпить ей просто необходимо, чтобы успокоиться и перестать стучать зубами от волнения.

Официант еще не успел принести заказ, а Людмила Петровна уже знала об Ирине и ее дочери все, но отчего-то молчала, смотрела на нее с сочувствием и вращала пепельницу на столе, размышляя о чем-то. Наконец принесли напитки.

— Так как? — не выдержала Симакова.

— Понимаете, в чем дело, Ирочка, не все типы этой болезни поддаются лечению. Соответственно, не всех пациентов мы берем. Ваш тип амавроза Лебера корректируется на девяносто процентов. Мы вполне могли бы попробовать, однако гарантий я дать не могу. Мы не боги, а врачи. — Людмила Петровна порылась в сумочке и положила на стол глянцевый каталог. — Здесь про наш центр написано.

Ирина придвинула каталог к себе и с жадностью пролистнула. Сам центр выглядел как санаторий, везде цветы и яркие краски. Уютные палаты, довольные лица пациентов. На последней странице Людмила Петровна в белом халатике обнимала счастливую толстенькую девочку с небольшим косоглазием.

— Это Марусенька, моя первая поправившаяся пациентка. Она родилась незрячей, случай в традиционной медицине безнадежный, но мы смогли ей помочь, — с нежностью сказала Людмила Петровна.

— Сколько стоит курс? — закричала Ирина на весь ресторан не в силах справиться с эмоциями.

— Около ста тысяч, — вздохнула Людмила Петровна, сунула каталог обратно в сумку, помешала ложечкой кофе, сняла сверху пенку и отправила в рот.

— Не проблема! У меня есть сбережения. Я всю жизнь их откладывала для Алешки. Чтобы, когда меня не станет, она смогла выжить. На святое дело потратить их не жалко. Когда дочка поправится, то выживать ей не придется. Правда ведь? Она станет жить в полную силу, без посторонней помощи. Господи, какое счастье, что я вас встретила! Это просто невероятно. Я верила, что придумают способ избавления от этого недуга. Всю жизнь верила. Читала про ваш центр и про метод лечения стволовыми клетками в газетах. Сто тысяч рублей у меня есть. Куда их перечислить? Или вы наличными принимаете?

— Боюсь, вы не совсем правильно меня поняли, Ира. Лечение стоит сто тысяч евро, — смущенно уточнила Людмила, и пол под ногами у Иры закачался. Сто тысяч евро! Сто тысяч! Евро! Это же больше четырех миллионов рублей. Астрономическая сумма! За всю жизнь она накопила около миллиона, работая как проклятая. На дочь, правда, не жалела, иначе накопила бы больше. Где взять еще три?

— У меня столько нет... — подавленно сказала Ирина, чуть не теряя сознание.

— Ирочка, не волнуйтесь! — воскликнула Людмила Петровна. — Боже мой, что же я наделала! Обнадежила, старая дура. Теперь вы будете искать эти деньги как одержимая. Квартиру, не дай бог, продавать вздумаете. Да, ваш тип поддается лечению, но наш метод находится только в стадии исследования. Повторяю, я не могу вам гарантию дать, что будет стопроцентный результат. Так что вы, пожалуйста, не горячитесь. Квартиру не вздумайте продавать! Как я вам уже говорила, зарубежные коллеги готовы вложить деньги в наши опыты и предоставить нам грант на дальнейшие исследования. Когда мы получим грант, я возьму вашу девочку бесплатно, обещаю.

— Даже не знаю, как вас благодарить. Господи! Господи, спасибо! Сколько надо ждать?

— Вопрос о финансировании должен решиться

буквально на днях. — Людмила Петровна деловито посмотрела на часы. — Я вам позвоню. Не волнуйтесь, Ирочка, все будет хорошо. Диктуйте свои координаты.

Ирина продиктовала номер телефона и залпом выпила коньяк. Людмила Петровна попросила счет, но заплатить Ирина своей благодетельнице не позволила, придвинула кожаную узкую папку к себе. В счете оказалась невероятная сумма. Она и не подозревала, что за две чашки кофе и двести граммов коньяка нужно столько заплатить. Тысяча пятьсот сорок рублей! За эти деньги она могла бы купить целую бутылку и четыре банки не самого паршивого растворимого кофе. На чай она решила не давать, но официант сдачу, целых шестьдесят рублей, зажулил. На эту сумму она могла купить две пачки чая. Ирина поискала официанта глазами, чтобы потребовать вернуть деньги, но Людмила уже поднялась со своего места и надела пальто. Ирина тоже встала, нацепила мохеровый берет и кожаную куртку, смущенно заправив за воротник старенький шарф. Знала бы, что встретит такого человека в поликлинике, надела бы что-то поприличнее. Неловко, как неловко получилось!

Они простились у дверей кофейни, как давние подруги. Ирина в эйфории отправилась домой и, только оказавшись у подъезда, вспомнила, что забыла взять у Людмилы Петровны телефон. От ужаса прихватило сердце. Ноги стали ватными, и пот выступил на лбу. Какая же она идиотка! Идиотка! Дура пустоголовая! Ирина размахнулась и треснула себя телефоном по лбу. На глазах выступили слезы от боли и отчаяния. Берет съехал набекрень. Она растерянно огляделась, пытаясь сообразить, что делать, и бросилась в сторону набережной. Людмила отправилась туда. С момента их расставания у кафе прошло не больше пяти минут. Вдруг задержалась где-нибудь? Зашла в ночной супермаркет, и ей удастся ее перехватить?

Вместо Людмилы Петровны Ира обнаружила на набережной собственную дочь, которая столбом стояла у парапета.

— Опять смоталась, зараза такая! Выпорю, ей-богу, выпорю, — в сердцах бросила она и крикнула: — Алешка! Почему ты здесь? Не стыдно мать пугать?

Дочь медленно обернулась в ее сторону, даже издали было видно, как она бледна. Трость валялась у ее ног. Выронила палку и сбилась с маршрута, решила Ирина и мгновенно подобрела. Бедненькая. Несчастная девочка.

Ирина подняла трость, вложила в окоченевшую руку дочки, но палка снова выскользнула и упала на асфальт с глухим стуком. Алешка не пошевелилась. Она была словно неживая.

— Доченька, что с тобой? — встряхнула ее Ирина. — Что с тобой? Кто тебя обидел? Где болит?

Алешка не отвечала. Она находилась в глубоком шоке.

— Ничего, ничего, лапушка. Все будет хорошо. Пойдем, моя милая. Пойдем, солнышко. Замерзла. Что же ты не позвонила? Я бы сразу примчалась.

— Я потеряла телефон, — глухим голосом сказала дочь. — Мама, прости меня.

— Ты из-за этого расстроилась! Боже мой! Подумаешь, телефон. Новый купим. Ерунда! Нашла, из-за чего переживать. — Ира взяла дочь под локоть и тут обратила внимание, что Алешка держит в руке мужской поношенный тапок. — Что это у тебя? — растерянно спросила она.

— Мама, прости меня, — как робот повторила Алешка и добавила: — Кажется, я убила человека.

На мгновение Ирина лишилась дара речи.

— Боже мой, что ты говоришь? Что за бред ты несешь? — закричала она, встряхнула дочь и заглянула ей в лицо.

— Я убила человека, мама! Прости меня. Все произошло случайно. Я решила прогуляться, пока тебя нет. Думала, смогу одна. Ничего у меня не получается. Не успела от дома отойти, сбилась с маршрута.

— Алеш, тут просто асфальт залатали недавно. Потому ты все наши прошлые ориентиры не нашла и потерялась. У тебя все получится, доченька! — пролепетала Ирина.

Дочь ее не слышала.

— Я решила выйти на набережную и найти выбитый в парапете прут. Помнишь, ты мне показывала. Шагнула к парапету и вдруг наткнулась на какое-то препятствие, мягкое, пружинистое. Остановилась и услышала хлопок. Словно что-то тяжелое в воду упало. А потом у меня мобильный выскользнул из кармана в реку. Я не смогла никуда позвонить. Стала звать на помощь, никто не откликнулся. Только машины мимо проносятся. Пыталась остановить, трость выронила. Нагнулась и нашла вот это на асфальте. — Дочь протянула ей тапок. — Здесь сидел человек, на парапете, он курил дешевые папиросы, как наша бабушка, и я его сбросила в реку. Надо позвонить в полицию и все рассказать.

Ирина вздрогнула, заметив на асфальте истлевший окурок папиросы, в ужасе перегнулась через перила и посмотрела в воду. Что-то темное, похожее на шляпу, качалось у самого берега на волнах. Больше ничего подозрительного она не увидела.

— Не выдумывай! — рявкнула Ирина, обливаясь холодным потом. — Мало ли что там в воду упало. Когда тонут, орут на все окрестности. На помощь зовут. Кто-нибудь кричал?

— Нет.

— Про то и речь. Глупости! Глупости ты говоришь! В это время года никто не носит тапок. Их вообще не надевают на улицу. Кто-то выкинул свое барахло, а бомжи растащили по окрестностям. Пойдем домой, ты совсем замерзла. Не дай бог, простудишься.

— Он был преклонного возраста, нуждался в деньгах, страдал от радикулита, и дома у него живет кот, — прошептала Алешка.

Ирина посмотрела на дочь ошарашенно.

— Алешка, прекрати немедленно! Что ты выдумываешь-то?

— Я не выдумываю! Он пользовался недорогой парфюмерией. Значит, достаток в семье невысокий. Еще я уловила запахи хвойного масла, арники и розмарина. Бабушка, когда ее прихватывал радикулит, натирала спину такой гремучей смесью. Радикулит — это болезнь пожилых. Запах кота я не спутаю ни с каким другим. Помнишь, в детстве у нас жил Антошка. Вы еще дразнились: Алешка — Антошка. Бабушка его отдала, потому что обои драл и метил все вокруг. Я до сих пор его помню и люблю. Не стоило кота отдавать.

— Выхода не было, Алешенька. Обои ни при чем. У тебя аллергия на кошачью шерсть началась, сопли текли ручьем, и хрипы в легких появились. Врач сказал: немедленно избавляйтесь от кота, иначе аллергия может перейти в астму. Вот я и попросила бабушку пристроить Антошку в хорошие руки. Ты меня, конечно, прости, но я мать, и мне твое здоровье дороже.

— Надо было мне сразу об этом сказать, а не выдумывать сказки про обои. Я бабушку ненавидела, считала убийцей и долго не могла простить. Я же сразу поняла, что Антошку в ветклинику отвезли.

— Да что с тобой сегодня! Постоянно глупости какие-то говоришь. С чего ты это взяла? — испугалась Ирина, радуясь в душе, что дочка не видит выражения ее лица. Она угадала. Бабушка кота усыпила. Боялась, что придет обратно. Алешку он обожал.

— Не надо, мама! Хватит меня обманывать. Я не ребенок уже! Вы мне сказали, что бабушка к родственникам в деревню Антошку отвезла. А у нас нет никаких родственников. Ты сама мне об этом говорила. Я тебя не осуждаю. Ты ради меня это сделала. Ради моего здоровья. Только все равно я кота не могу забыть.

— Пойдем домой? — устало сказала Ирина.

— Нет, — уперлась дочь. — Надо позвонить в полицию и все рассказать. Это же человек, а не кот!

Ирина подняла трость, крепко ухватила дочь за локоть и потащила за собой.

— Тебе все привиделось, солнышко, — уговаривала она ее, а заодно и себя по дороге домой. Похоже, Алешка ничего не выдумывает. Она стала свидетелем гибели какого-то человека. Возможно, невольно поспособствовала падению в реку неизвестного гражданина. Шляпа у берега и окурок тому подтверждение. Ужас какой-то! Кошмар! Только этого ей не хватало! — Здесь недалеко кафе и супермаркет. Кто-то выкинул мусор в реку и ушел, а запахи остались. В полицию не звони. Не вздумай! Там работают одни сволочи. Непорядочные там люди служат. Им лишь бы повод был на кого-то дела нераскрытые повесить. Не звони, лапушка моя. Тебе просто показалось. Осмеют они тебя, унизят. Забудь обо всем. Ничего не случилось. Ничего не было. Тебе показалось, деточка моя.

Алешка больше не проронила ни слова, замкнулась в себе. Дома Ирина заварила чай с успокоительными травами, налила туда коньяка, напоила дочь. После коньяка и чая Алешка расквасилась, стала клевать носом за столом. Ира уложила ее в постель, дождалась, пока она уснет, закрылась в ванной, включила горячий душ и долго стояла под струями, чтобы согреться и смыть с сердца чувство вины. Проклятый кот! Мало он ей хлопот доставил. Обоссал все вокруг, изодрал мебель и дочку чуть не угробил. Вот он — привет из прошлого. Расплата за грехи. Дочь явно в ней разочаровалась. Идеалистка хренова! Воспитала на свою голову. Теперь еще утопленник. Откуда он взялся, этот мужик с котом, «Беломором», радикулитом и материальными проблемами? Какого черта поперся на набережную в тапках? Кто он такой вообще? Явно не бомж, раз одеколоном надушен. В тапках — значит, проживает где-то поблизости. Покурить вышел? Если так, то женат. Или, может, гастарбайтер? Любят они в тапках по улицам шастать. Узбек? Определенно узбек. Может, он траву курил, а не табак. Говорят, наркоманы в папиросы траву набивают. Наркоман паршивый. Обкурился и сам в реку упал. Вот только шляпа в воде... Разве узбеки носят шляпы? Да и котов не заводят. Себя бы им прокормить. Кто бы он ни был — живет рядом. Значит, хватятся скоро. Вдруг не найдут? Не поймут, где искать. Господи, грех-то какой!

Ирина намылила голову шампунем и подставила лицо под струи воды. Грех, не грех, но что она могла сделать? Прыгнуть за ним в реку и тоже утонуть? На помощь позвать? Человеку, который свалился с парапета в воду, уже ничем нельзя было помочь. Нельзя! А ее дочке можно. Скоро Алешку ждет новая, полная света и солнца жизнь. Все будет хорошо. Людмила — чуткий и добрый человек, она обязательно позвонит. Надо только ждать, а ждать она умеет. Все она сделала правильно. Оградила Алешку от неприятностей и проблем. Куда ей такая обуза на душу. Завтра она окончательно убедит дочь, что ничего не случилось.

Сердце вдруг больно сдавило, за грудиной разлилась невыносимая боль, дыхание перехватило. Ирина скрючилась, хватая воздух ртом, завинтила кран ослабевшей рукой, с трудом вылезла из ванны, потянулась за полотенцем. Полотенце упало на пол. Поднять не получилось. Огонь в груди вспыхивал все сильнее от каждого ее шага и движения. Она добрела до кухни, обнаженная, оставляя на кафеле мокрые следы. Достала аптечку, положила под язык нитроглицерин, рухнула на табурет и закрыла глаза. Боль потихоньку отступала, дышать стало легче. Очередной приступ стенокардии. Ничего удивительного. Не день сегодня, а сплошные потрясения. Бегала, как молодая лань, по холоду. Коньяку сдуру выпила и крепким кофе запила. В душ горячий полезла.

Идиотка! Слава богу, не инфаркт. В пятьдесят девять лет инфаркт как-то чересчур рано. Пятьдесят девять... Боже, как жизнь быстро пролетела.

Вспомнился вдруг Сашенька, его голубые глаза и нежная улыбка, совсем такая же, как у Алешки. Сашенька... Славный мальчик, который сделал ее счастливой. Саша все еще молод и полон сил. Разве сорок пять для мужчины возраст? А она старуха со стенокардией и больной спиной. Интересно, как сложилась его судьба? Несколько раз Ира порывалась разыскать отца Алешки. Сначала для того, чтобы выяснить у него о наследственных недугах. Совесть свою успокоить, что нет ее личной вины в пороке дочери. Потом, когда ее ангелочек стал подрастать, хорошеть с каждым днем, феноменально походить на отца и делать первые успехи, — чтобы рассказать ему о чудесной дочери, поделиться радостью. Остановил ее панический страх, что Саша не признает дочь. Или того хуже — саму Ирину не признает. Мало ли у него, симпатичного юноши, было подобных курортных романов.

Потом Ире страстно захотелось вновь испытать любовь, искупаться в ее теплых волнах, напиться сочными соками. Секса тоже отчаянно хотелось. Найти Сашеньку в то время она так и не решилась. От отчаяния разместила анкету на сайте знакомств и завела себе любовника. Милейшего во всех отношениях пенсионера Ивана Петровича. Нескольких свиданий в его обшарпанной квартире хватило, чтобы у нее отбило желание искать приключений на свою голову.

Когда начался климакс, больше не хотелось ни любви, ни постели. Внешне никаких особых изменений Ирина в себе не заметила. Фигура от природы досталась ей стройная, а невысокий рост и немного детская внешность делала ее моложе своих лет. Морщинки наметились только в уголках глаз, чуть резче стали носогубные складки, а в остальном время ее пощадило. С виду и не скажешь, что ей давно перевалило за сорок, но в душе она чувствовала себя старой. Сашенька в то время был в самом расцвете сил. Ему исполнилось тридцать три. Ирина решила: наверняка он обзавелся семьей и детишками, здоровыми детишками, и снова передумала Сашу искать.

Написать Саше она наконец-то решилась, когда почувствовала себя плохо. Случилось это после смерти матери. Как она выглядит, ей уже было плевать, Ира беспокоилась только за дочь. Не дай бог, с ней что-нибудь случится, и Алешка останется совсем одна. Разве дочь не имеет полное право знать, кто ее отец? На тему отцовства Ирина всегда отшучивалась, говорила дочери, что ее принес аист. Поэтому она не такая, как все, особенная девочка. Алешка верила и гордилась. Потом верить перестала, но и вопросов не задавала, словно чувствовала, что ответа все равно не получит, лишь расстроит мать.

Номера дома, где жил Саша, Ира не помнила, но название улицы в память врезалось, этого было достаточно, чтобы выяснить его адрес. Письмо отправилось адресату, но вернулось нераспечатанным. Ее Сашенька по данному адресу больше не проживал. Поздно, слишком поздно она спохватилась.

Ирина достала из стола голубоватый конверт, вскрыла ножом для бумаги. Нож остался от отца — он любил такие игрушки. Ира перечитала пляшущие строчки и даже порадовалась, что письмо вернулось. Слишком эмоционально, слишком сумбурно она сообщала Сашеньке о дочери. Она положила исписанную страницу обратно в конверт, швырнула его в стол, сунула нож в письменный прибор, вытащила из ящика папку с документами на квартиру и просмотрела. Мелькнула мысль, что пора завещание на Алешку написать. В любом случае после ее смерти она единственная наследница, но проблем у дочки с оформлением будет меньше.

Ирина поежилась и нырнула в постель. От одной мысли, что она может умереть и оставить дочь одну, стало страшно. Накрывшись с головой одеялом, она свернулась клубочком, старательно отгоняя от себя пугающие мысли. Получилось, но на смену одним страхам пришел другой, леденящий душу ужас: что Людмила Петровна никогда не позвонит.

* * *

— Мам, проснись! — Алешка трясла ее за плечо. — Тебя к телефону! Срочно!

Ирина резко села. Спросонья она не могла ничего понять. Машинально выхватила у дочери трубку, хрипло сказала: «Алло».

— Ирочка, это Людмила, — раздался из мембраны знакомый голос. — У меня для вас отличные новости! Наши зарубежные коллеги дали добро. Только что прислали нам информацию. Так что мы вашу девочку возьмем.

— Господи, счастье-то какое! Спасибо вам огромное! — закричала Ирина, соскочила с кровати, споткнулась и грохнулась на ковер, но трубку не выпустила. Поднялась, заплясала по комнате с телефоном, не переставая благодарить Людмилу.

Алешка застыла столбом, прислушиваясь к странному поведению матери. Ирина закрыла трубку ладонью.

— Алешкин, выйди, пожалуйста. И дверь закрой. У меня очень важный разговор.

Дочь послушно затрусила к двери, прикрыла ее.

— Вы меня слышите? — вернула ее к разговору Людмила. — Пока рано меня благодарить. Есть некоторые нюансы. Добро нам дали, но придется некоторое время подождать. Финансирование переносится на следующий год из-за бюрократических формальностей. Они не могут крупную сумму из бюджета вытянуть, если она не запланирована. У них все до копейки на этот год расписано. Не мне вам объяснять, вы же бухгалтер.

— Да, да, я понимаю... Я все...

— Не перебивайте, пожалуйста. Вчера у них было заседание. Комитет, который принимает решение о выделении грантов, вынес постановление о том, что наш проект будет профинансирован со следующего транша. Документы подтверждающие нам прислали. Так что можем быть спокойны. Через полгода я с вами свяжусь. Ваша дочка первая в следующей группе добровольцев. Проведем лечение ноябрьской группы, а потом вашей девочкой займемся.

— Ноябрьской группы? Значит, вы уже набрали добровольцев? — отчаянно выкрикнула Ирина. — Людмила Петровна, родненькая! Я не могу ждать. Я хочу немедленно...

— Ирина, я же вам объясняю! Конечно, если вы оплатите лечение, мы уже сейчас приступим. Но к чему спешка? Вы человек не слишком состоятельный. Я вам предлагаю бюджетный вариант. Надо только подождать...

— Понимаете, Людмила Петровна, со здоровьем у меня проблемы. Сердце сдает. Очень плохо себя чувствую. Я могу полгода не протянуть. Боюсь, что умру. Не дай бог, но вдруг. Это, конечно, мои проблемы, простите, что гружу. Я спросить хотела. Если я найду деньги, вы возьметесь за лечение в ноябре?

— Что же мне с вами делать... Погодите, у меня идея только что проклюнулась. А что, если мы заключим с вами кредитный договор? Мы так уже делали с одним пациентом.

— Простите?

— Вы не оплачиваете лечение, а даете нам кредит, который покрывает лечение вашей дочери, за вычетом работы врачей. Итого вам надо будет оформить кредит на три миллиона семьсот пятьдесят тысяч рублей и двести пятьдесят тысяч внести наличными. Когда мы получим грант, мы вам эту сумму — три миллиона семьсот пятьдесят рублей — возмещаем. За работу врачей, к сожалению, нет. Однако мы возместим вам кредит с процентами, которые частично покроют ваши расходы на врачей. При этом раскладе вы почти ничего не теряете. Все условия будут четко прописаны в контракте, который наши юристы для вас подготовят. В этом случае мы начинаем лечение в ноябре, а издержки вам компенсируем в апреле. Устраивает вас такой вариант?

— Да, меня устраивает! Спасибо вам огромное! — обрадовалась Ирина. От странной математики у нее голова пошла кругом. Почему работа врачей оплачивается отдельно от лечения, она понять не могла, но решила не вдаваться в тонкости. Возможно, зарубежные коллеги грант выделили на оборудование и материалы. Неважно. Ее дочка скоро обретет зрение и сможет жить в полную силу.

— В таком случае срочно ищите деньги.

— Я найду! На полгода я обязательно найду.

— Хорошо. Я подготовлю всю необходимую документацию. Ну все, прощаюсь. Прямо камень с души. Вы мне так полюбились, Ирочка. Очень ваша история тронула. Для меня счастьем будет помочь вашей дочке увидеть мир. Да, Ирочка. Чуть не забыла! Я за вас в ответе и очень волнуюсь, как вы деньги раздобудете. Сейчас такое время опасное. Аферистов кругом полно. Не вздумайте закладывать квартиру непроверенным людям. Если вдруг возникнет такая необходимость, то у меня есть отличный знакомый агент. Ему полностью можно доверять. Мишенька работает в кредитном центре и как раз занимается выдачей кредитов под залог недвижимости. Если вдруг вам понадобится его консультация или...

— Нет, нет, спасибо! У меня счет в очень хорошем банке. Им тоже полностью можно доверять. Я там почетный вкладчик. Уже десять лет как. Думаю, они не откажут мне в помощи.

— Вы уверены?

— Да, да! Не беспокойтесь, Людмила Петровна.

— В таком случае звоните, когда деньги будут у вас на руках. Только поторопитесь, мы стартуем через неделю.

Ирина опустились на кровать и потерла грудь в районе сердца. Боль крапивой жгла изнутри. Опять проклятый приступ стенокардии. Очень не вовремя.

В комнату заглянула Алешка.

— Мам, ты с кем разговаривала?

— С очень хорошим человеком.

— Ты про какое-то лечение говорила. У тебя опять сердце болит? Ты себя плохо чувствуешь, да?

— С чего ты взяла? Все хорошо, Алешик! Со мной все хорошо! Лучше не бывает.

— Тогда зачем тебе доктор понадобился? Про какое лечение вы говорили?

— Алеш, я тебе расскажу обязательно. Но не сегодня, ладно? Ты не представляешь, насколько наша с тобой жизнь скоро изменится. Ты не представляешь! Я на час-два уеду и вернусь. А ты, пожалуйста, больше никуда не ходи без меня. — Ирина выдвинула ящик стола и достала папку с документами на квартиру, паспорт, пенсионное удостоверение, трудовую книжку. Подумала некоторое время, нашла трудовые договора, по которым в настоящий момент работала, положила в скоросшиватель, сунула все документы в сумку и направилась в прихожую. В дверях остановилась, вернулась за стол, включила компьютер и открыла сайт банка «КомИнвестТраст». Совсем она отупела от эмоций, сразу не сообразила, что времена нынче продвинутые. Не обязательно ехать в банк, можно оформить заявку на кредит по Интернету и одним нажатием пальчика отправить ее на утверждение кредитному менеджеру.

Глава 3
ДОХОДНАЯ БЛАГОТВОРИТЕЛЬНОСТЬ

Шесть дней спустя...

Президент банка «КомИнвестТраст» Павел Сергеевич Зургин задернул жалюзи в своем кабинете, погасил свет и включил диапроектор. Двое его коллег, финансовый директор Дмитрий Архангельский и директор по персоналу Ларочка Воскобойникова, заинтересованно уставились на большой освещенный экран. Через мгновение заинтересованность сменилась нескрываемым изумлением.

— Дерьмо какое! — выругался Архангельский, глядя на мелькающие слайды с одутловатыми лицами опустившихся людей. — Где ты наснимал эти рожи?

— На Киевском вокзале, — похвалился Павел. В отличие от своих собеседников президент банка вел себя иначе. Во взгляде его темных глаз застыло торжество. Зургин ослабил галстук, снял пиджак, швырнул на кожаный диванчик для посетителей и возбужденно заходил по кабинету с пультом в руке. — Еще я снимал бомжей в районе трех вокзалов. У них там гнездо. Я туда уже пару недель мотаюсь, изучаю их жизнеустройство. У них своя иерархия, лидеры, рабочая сила, китайцы.

— Что, прости? — поинтересовался Архангельский.

— Китайцы — конченые бомжи, которых даже свои не уважают. Детей много. Живут отдельно от взрослых, воруют, побираются, клей нюхают, колются. Все аптеки вокруг вокзала торгуют дрянью, которая заменяет героин. Одному из детских лидеров двенадцать лет, а он легко может забить до смерти любого. Но это так, лирическое отступление. До свалок не добрался пока. Туда просто так не прорваться с фотоаппаратом. Морду разобьют вместе с объективом. Но я, собственно, туда и не стремлюсь. В Москве достаточно материала.

— Ужас, меня сейчас стошнит. Такое ощущение, что здесь завоняло бомжатиной и по мне ползают вши, — простонала Ларочка и нервно почесала голову, словно у нее в самом деле были вши. — Зургин, ты в своем уме вообще? Что ты затеял? Тебе надоели поездки в аэроклуб? Больше не возбуждают полеты на вертолете? У тебя хобби новое — фотосъемка московского «дна»? — спросила она, одарив его возмущенным взглядом синих глаз. — И вообще, зачем ты бороду вздумал отращивать? Я с твоими лохмами мирюсь с трудом! А ты бородой, как у полярного археолога, решил меня осчастливить. Ужасно! Тебе категорически не идет. Ты сам стал похож на бомжару, и пахнет в последнее время от тебя как-то подозрительно! — с отчаянием сказала Ларочка, крутанулась на его президентском кресле и подула на свои ноготки, покрытые изумрудным лаком, словно просушивая свежий маникюр. Она всегда так делала, когда злилась или была с Павлом категорически не согласна.

— Ларочка, я же говорил, это временно! Аэроклуб мне не наскучил. Напротив, я купил на днях двухместный «Robinsonn». Не успел тебе сказать, прости.

— Зачем? — удивилась Лариса.

— Захотелось, — удивился ее странной реакции Павел. — Всегда мечтал иметь частный вертолет. Мало того — это прекрасное вложение денег. Поженимся — будем вместе летать. Потерпи, радость моя, — весело сказал Зургин, почесал бороду, включил свет и занял место за брифинг-приставкой, оставив Ларису восседать в своем кресле.

С недавнего времени Ларисе Леонидовне Воскобойниковой дозволено было все. Даже закидывать стройные ножки на столешницу на американский манер и невзначай расстегивать две верхние пуговки на скучной корпоративной блузке. Эти вольности Павлу нравились, как и сама Ларочка, ее снисходительно-игривый взгляд, стильное каре с короткой челкой, фарфоровая кожа, нежный румянец на скулах и наглость.

Напротив Зургина развалился, как расхлябанный школьник, Дмитрий Архангельский. С Димкой они были друзьями детства, посему дозволено ему тоже было все или почти все. Внешне Дмитрий походил на аристократа, проводящего жизнь в праздности. Манеры, дорогие костюмы с иголочки, сшитые на заказ у лучших портных, длинные русые волосы, ухоженные и блестящие, как у девушки, маникюр, в голосе леность, во взгляде романтизм. Однако впечатление это было обманчивым. Как только Архангельский открывал рот, ореол аристократизма развеивался, как дым. Изысканной речью Дмитрий не отличался, сказывалось голодное детство в рабочем квартале Москвы. Деловая хватка у Архангельского тоже была совсем не интеллигентная, бульдожья, своего он никогда не упускал. А так как друг детства был соучредителем банка «КомИнвестТраст», то на благо компании он работал с полной отдачей.

— Может, объяснишь наконец, что все это значит? — снова вступила в разговор Лариса. Голос ее окреп, взгляд стал тверже — освоилась и сейчас пойдет на штурм. Она скинула ноги со стола, поднялась, одернула узкую юбочку до колена и присела на стол, демонстрируя Зургину гибкость свой идеальной фигуры. — Если тебе так хочется куда-нибудь потратить лишние деньги, съезди лучше в детский дом. На балансе у нас аж два висит. Ты давно там был? Говорят, воруют со страшной силой. Совсем оборзели. Чего это вдруг тебя на бомжей потянуло? Благотворительность — это, конечно, дело хорошее, но зачем спускать деньги в унитаз?

— Пусть воруют, лишь бы детей не обижали, — возразил Павел. — Обижают когда? Когда персонал голодный и неудовлетворенный. А мы руководство неплохо кормим, закрывая глаза на некоторые вещи. У директрисы Саратовского детского дома машина появилась, у валдайского кренделя — домик в деревне. Ясно, на какие шиши они это все организовали. Чтобы никто не вякал, руководство поделилось с персоналом. Те тоже счастливы. В регионах жизнь от столичной сильно отличается. У всех дети, всем кушать хочется, а котлетами общепитовскими сыт не будешь. Когда человек счастлив, он щедр с другими. А вот в горе он эгоист — ничьих проблем не замечает, не до того, самому бы выкарабкаться. Поэтому довольный персонал — детишкам в радость. Мне ли это объяснять тебе? Психологу, тонкому знатоку человеческой натуры. А то, что котлет на всех не хватает и, возможно, детям чего-то не перепадает, — мелочи жизни. В войну вообще чай вприглядку пили, и ничего — крепче только стали. Главное — душевное отношение.

— Какое, на фиг, душевное отношение? — огрызнулась Лариса. — Дети когти рвут из этих санаториев тепла и заботы. От хорошей жизни никто не бежит. Ладно, проехали. Твои деньги, что хочешь с ними, то и делай, — сказала она равнодушно.

Ларочка лукавила. Деньги Зургина она стала считать своими, как только из разряда любовницы перешла в статус официальной невесты. Павла предприимчивость невесты забавляла и удивляла скорость, с которой Ларочка обнаглела. Совсем недавно она вела себя как выпускница пансиона благородных девиц, беспрекословно выполняла все его поручения и держалась с ним строго по-деловому. Даже когда стала его любовницей, продолжала соблюдать субординацию. Как только они официально объявили о помолвке и на пальчике Ларочки засверкало кольцо с колумбийским изумрудом от Chopard, она резко переменилась. От сухости не осталось и следа. Лариса стала похожа на кошку — гибкая, мягкая, но настойчивая, — она проникала везде и по-хозяйски оккупировала территорию. Излюбленным ее местом был кабинет Зургина. Здесь она любила сидеть на столе и незатейливо вытеснила его с кресла президента. Любого другого, возможно, перемены в Ларочке смутили бы, но не Павла. Пусть. В конце концов, она не просто официальная невеста и любимая женщина, Лара дочка важного стратегического партнера и правая его рука. В делах она незаменима. Как так вышло, Павел Зургин понимал с трудом, на работу он принял ее исключительно из уважения к отцу, который попросил пристроить дочку на практику в его банк после обучения в Швейцарии.

Зачем Ларочке приспичило работать, Павел тоже до поры до времени не понимал. В деньгах она не нуждалась, была упакована с головы до пят и работала исключительно за интерес. Потом он понял, что это и было главной ее мотивацией. Реализовать себя, добиться успеха и утереть нос влиятельному папаше. Амбиции у девочки были непомерные. Воскобойников-старший тоже не рассчитывал, что все так обернется. Надеялся, что дочь, споткнувшись, вернется в лоно семьи и станет помогать ему в бизнесе. Ларочка удивила всех — и отца, и самого Павла. Протекция главного партнера сыграла свою роль только при поступлении на работу, никаких поблажек Зургин Ларочке не делал. По карьерной лестнице она продвигалась самостоятельно. Не прошло и двух лет, как она из помощника руководителя кадрового отдела доросла до директора по персоналу, взлетев по карьерной лестнице на самый верх и сметя всех на своем пути. Зургин на нее молился. Благодаря ее чутью на перспективных сотрудников и знаниям, полученным в лучшей швейцарской школе, удалось создать уникальную систему управления персоналом. Лариса Воскобойникова сделала ставку на молодых и принялась молодняк выращивать, как элитную плодово-ягодную культуру, используя вместо удобрений современную методику адаптации, обучения и мотивации. Вскоре ее методика дала свои плоды, текучка сократилась, снизились издержки, выросла прибыль, персонал работал с полной отдачей и был доволен. Попасть на работу в скромный банк «КомИнвестТраст» стало очень престижно.

Оборотистой Ларочка оказалась не только в работе, но и в личной жизни. Павел сам не понял, как очутился с ней в койке. Она всегда ему нравилась как женщина, но чтобы трахнуть дочь партнера! Да еще собственную подчиненную! Зургин даже думать на эту тему не смел. Все произошло так естественно, словно преград никаких на пути не было. Ему так, во всяком случае, показалось, когда он протрезвел и увидел Ларису в своей койке в номере турецкого отеля, куда они с дирекцией отправились отмечать корпоратив в честь десятилетия Кита — так ласково называл Зургин свое детище, банк «КомИнвестТраст».

Дальше интересней. Не успел он оценить масштабы катастрофы, как Ларочка расплакалась и призналась ему в любви. А Павел, пораженный ее бесхитростной откровенностью, смотрел на девушку, словно видел впервые, и удивлялся, как мог не замечать в ней этого бешеного огня страсти, нежности, женского интереса к его персоне. Как мог не замечать нежный румянец на скулах, пушок над верхней губкой, густую синеву глаз, подчеркнутую серой окантовкой. Как он мог не видеть, что у директора по персоналу такая аппетитная задница и сиськи, в конце концов! Впрочем, на задницу, грудь и ноги он как раз обратил внимание, когда принимал Ларису на работу, а вот нюансы углядел только после бурной ночи любви.

Когда они вышли к завтраку, все сотрудники уже знали, что случилось. Знал и отец Ларисы. Какая-то сволочь настучала. Воскобойников позвонил после полудня и пообещал, что оторвет ему яйца, если Павел обидит дочь. Обижать Ларочку намерений у Павла не было, но наезд Воскобойникова его напряг. С какого перепугу? Они взрослые люди, и девочка давно не девочка. Возникло желание послать дочурку партнера в жопу, но вместо этого он отчего-то заявил, что давно любит Ларису и собирается на ней жениться, даже если кому-то это не по душе. В завершение разговора вместо Ларочки он послал в задницу ее отца. Стратегического партнера банка! Леонида Васильевича Воскобойникова — в прошлом криминального авторитета, ныне влиятельного бизнесмена, который до сих пор не брезгует порой решать свои проблемы силовыми методами. Мало того, Леонид Васильевич мог в два счета разорить его банк, забрав все средства со счетов и лишив его оборотных средств. Павел понял, что погорячился, но было поздно. Лариса, которая стала свидетелем разборок, сначала обрадовалась, а потом, до конца осознав, что случилось, впала в истерическое состояние. Впервые в жизни он видел, как Лариса потеряла самообладание. Дело труба, подумал Зургин. Никаких сомнений не было, что по возвращении в Москву его ждут серьезные неприятности.

Когда Павел увидел в зале прилета мелькавшего в толпе встречающих отца Ларисы, то понял — жить ему осталось недолго. Назрел вопрос: уроет он его сразу в аэропорту или по дороге?

В аэропорту Воскобойников его не убил, пригласил в гости. Прикончит по дороге и зароет у себя в саду, решил Павел и пожалел, что не успел составить завещание.

Ларочка сидела в машине бледная, с каменным лицом и за всю дорогу не проронила ни слова. Павел уныло рассказывал о поездке на море и чувствовал себя нашкодившим младенцем. Воскобойников кивал, но его лицо не выражало ни единой эмоции. Как назло, пробок на дороге не оказалось. До особняка Воскобойникова доехали быстро, с ветерком. Вылезать из машины страсть как не хотелось, а ему еще и пришлось вытаскивать из салона Ларочку, передвигаться самостоятельно она не могла.

Леонид Васильевич отправил дочь в ее комнату отдыхать с дороги, а Павла увлек в кабинет. И вместо того чтобы убить, налил виски. Выпили, закурили сигары, и Воскобойников принялся с живым интересом выспрашивать Зургина о предстоящей свадьбе. Выглядел он при этом довольным и на будущего зятя смотрел с уважением. Как вскоре выяснилось, уважение Павел заслужил после достойного ответа на наезд. Если бы Зургин раньше знал, как заслужить большое уважение бывшего криминального авторитета, то почаще посылал бы того в жопу.

От свадьбы получилось на некоторое время отмазаться. Не то чтобы Зургин не желал на Ларисе жениться. Против брака он не возражал. Пока он летел в самолете, много размышлял на эту тему и понял, что Лариса составит ему идеальную партию. О семье он мечтал давно, хотел детей, но на жизненном пути не встречалось достойных кандидаток. В Ларочке сочеталось все, что он ценил в женщинах: ум, красота, живость, сексуальность, страстность, но ему требовалось время. Слишком уж стремительно развивались события. Ларочка, к счастью, его не торопила, покорно ждала, вела себя достойно, чем укрепила уверенность Павла, что он сделал правильный выбор. Через три месяца Зургин сделал Ларочке официальное предложение и презентовал кольцо, которое стоило целое состояние. Лариса обрадовалась и сразу обнаглела. Это ничего. Пусть наглеет, сидит на здоровье в его президентском кресле, главное, чтобы на шею не села.

— Не понимаю, при чем тут вообще детские дома? — терпеливо возразил он невесте, хотя в душе уже поднялась волна раздражения, что его гениальную идею приняли в штыки. Причем, даже не выяснив сути проекта до конца. — Интернаты — это забота Архангельского. Это он хотел снизить налоги таким макаром. Пусть теперь мотается в регионы. Инспектирует.

— А что сразу Архангельский? Чуть что — сразу я! — встрепенулся Дмитрий. — Ларка права. С жиру ты бесишься, Павел Сергеевич. Бомжи какие-то. Кто этим всем будет заниматься? Я лично не собираюсь вшами обрастать из-за твоих креативных заскоков. К тому же я уверен, что ничего из твоей затеи не выйдет.

— Выйдет, — упрямо заявил Зургин. — Я дам этим людям шанс, и тот, кто правильно им воспользуется, — вернется в социум и даже добьется успеха. К тому же я не собираюсь деньги в унитаз спускать, как выразилась Лариса, а рассчитываю, что проект принесет прибыль.

— Очень интересно, как ты собираешься получить прибыль на бомжах? В свой банк пристроить и клерками их заделать? На кассу посадить? — ядовито заметила Ларочка. — Я могу из любого говна конфетку сделать, но в данном случае должна тебя разочаровать. Этот контингент необучаем. Думаешь, почему они мотаются, как дерьмо в проруби, по городу, когда в Москве полно приютов? В подъездах спят, жрут с помойки, даже замерзают насмерть. Потому что в ночлежках и приютах пить запрещается, а чтобы выбраться из ямы, надо работать. Бомжей нельзя исправить. Я тебе больше скажу, твой шанс им на хрен не нужен. Кто перешел черту, тот к нормальной жизни не вернется уже.

— Приют — это не шанс, это возможность вшей вывести, — раздраженно возразил Павел. Поведение невесты стало всерьез его напрягать.

— Нет, я все-таки хочу понять!

— Вот и попробуй, — сухо сказал Зургин. — Помолчи хоть немного и выслушай меня до конца. — Ларочка стрельнула в него гневным взглядом, но притихла. Никогда прежде Павел не позволял себе так резко ее одергивать. — Я не настолько наивен, чтобы не понимать, что большинство бродяг падшие люди. Мало того, их вполне устраивает такая жизнь. Но есть те, кто оказался за бортом случайно, в силу объективных причин. Кинули их, обманули, семейная драма, трагедия жизненная случилась... Да мало ли... Человек упал, но подняться уже не смог. Сил не хватило. Рядом не оказалось дружеского плеча. Именно таким нужны шанс и помощь. Что касается финансовой стороны дела, то затраты окупятся, если мы из моей затеи сделаем шоу. Поэтому я вас и пригласил. Мне нужна ваша помощь. — Зургин заискивающе посмотрел на Ларису. — Может, поговоришь с отцом? Насколько я знаю, у него неплохие связи в этом бизнесе. Мне нужен выход на продюсеров центральных каналов. Устроим шоу типа «Модного приговора» и «Поля чудес» для бомжей. Отмоем их, приоденем, стилизуем и заставим вытащить счастливый билет. Прикиньте, какой рейтинг будет.

— Клево! — оживился Архангельский.

— Ничего оригинального не вижу, — заупрямилась Ларочка, хотя глаза ее блеснули интересом. — Во-первых, что-то подобное уже было. Журналисты бомжа отрыли на помойке, отмыли, нарядили, показали публике, а потом отправили обратно.

— Не слишком гуманно они поступили, — хохотнул Павел.

— Они что, должны были его у себя дома поселить? Бомж не расстроился совсем, пожрал, помылся, рассказал всему миру свою печальную историю и убежал от телевизионщиков на свалку, только пятки сверкали. Идея твоя затаскана до дыр. Сейчас тему золушек и чудесного их преображения по всем каналам мусолят. Задолбали уже. То из провинциальных шалав принцесс пытаются сделать. То козам разным с отмороженной башней естественную красоту прививают. Причем так бездарно, что лучше бы ничего не меняли. Я тут одну передачу видела...

— Ларис, можно я продолжу? Будь любезна, выслушай меня до конца! — рявкнул Павел. Она состроила недовольную мину, но умолкла. — Я с тобой полностью согласен, — уже мягче сказал он. — Все эти шоу развиваются по стандартным сценариям. Преобразили героя, все рады, счастливы, скупая слеза, слова благодарности, клятва начать жизнь с чистого лица... Героя отправляют домой. Что персонаж делает дальше, зрителю неведомо. Иногда это показывают, но чтобы широкоформатно... Не знаю, как вам, но мне всегда хотелось узнать, что происходит с участником, когда он выходит из съемочного павильона. Как меняется его жизнь? И меняется ли вообще?

— Ну? — поторопил его Архангельский.

— Баранки гну. Неужели еще не допетрили?

— Ты хочешь продолжить съемки за кадром? — закончил его мысль Архангельский и присвистнул.

— Молодец, пятерка. Все шоу завершаются после преображения героя. А наше начнется с того момента, когда герой выйдет из дверей съемочного павильона. Мы покажем зрителю, что происходит за кадром. Продолжим снимать участников шоу скрытой камерой и покажем народу реальную жизнь.

— А ему это надо — зрителю? — протянул Архангельский.

— Слава богу! — перебила его Ларочка. — Я уж

было решила, что ты башкой стукнулся обо что-то твердое, — с облегчением вздохнула она. Выглядела Лара смущенной, видно, почувствовала, что неправильно себя вела. Чтобы загладить свою вину, она оторвалась от стола, встала сзади и запустила свои пальчики в каштановые вихры Павла. Массаж головы она делала первоклассно. Зургин размяк. Архангельский хмыкнул, наблюдая идиллическую картину. Ларочка чмокнула Павла в макушку, вернулась в президентское кресло и промурлыкала: — Мне нравится твоя идея, хотя, по сути, ты планируешь разрушить веру человека в сказку, развеять иллюзии. Собственно, мне по фигу, чьи иллюзии мы развеем. Главное, что за счет этого сброда мы сможем замечательно пропиарить банк, привлечь новых вкладчиков и бабок с проекта срубить. По поводу продюсера ты прав. Надо с отцом поговорить. Он правильного человека подскажет, который нас с этой идеей не кинет и на деньги не разведет. Сегодня же с ним побеседую. Думаю, никаких проблем не будет. Отец любит всяческие игры. Да я сама под это дело готова вложиться! Только одна загвоздка: как ты найдешь среди стада тупых бомжар тех, кому стоит протянуть нашу щедрую руку помощи? Они же все на одну рожу. Или мы методом тыка будем выбирать?

— Нет, методом тыка выбирать никого не будем. Кому интересно смотреть на тупых алкашей? Надо искать бриллианты в навозной куче. А чтобы их найти, я туда внедрюсь, — заявил Павел и хлопнул ладонью по столу. Ларочка от неожиданности подпрыгнула в кресле.

— Куда? — ошарашенно воскликнула она. — Зургин, ты что — шутишь? Не смешно, между прочим.

— Нет, я серьезен, как никогда, дорогая. Мне надо пожить как бомж, влиться в среду, понять их психологию и вычислить тех, кто имеет хоть какую-то перспективу стать нормальным человеком. Ярких самобытных личностей найти, со своей историей. Я уже некоторую работу в этом направлении провел, представляю иерархию внутри кланов и легенду себе придумал, осталось только прописаться. Дим, — обратился он к другу, — мне нужна твоя помощь.

Архангельский сделал круглые глаза и вжался в стул.

— Э-э-э-э... — промычал он. — Я как бы...

Зургин его перебил.

— На поиски героев уйдет уйма времени. Не знаю, сколько дней я на вокзале проторчу. Хочу делегировать тебе свои полномочия. Будешь управлять банком на время моего отсутствия, чтобы я не дергался. Справишься?

— Блин, как ты меня напугал! — с облегчением выдохнул Архангельский. — Я решил, что ты меня с собой на охоту взять собрался. Спасибо за доверие. Подменю, не проблема, — легкомысленно отмахнулся он.

— Значит, ты собираешься найти ярких самобытный личностей среди спившегося сброда тупых лентяев? — Ларочка громко расхохоталась, но в ее синих глазах плескалась ярость.

Павел почесал затылок. Причина ярости была, конечно же, не в бомжах. Ларису явно взбесило, что на должность ИО президента он выбрал Архангельского, а не ее. Как же он не подумал о том, что невеста справится с задачей не хуже, а может быть, и лучше друга. С другой стороны, Архангельский работает в банке со дня его основания и является соучредителем. Так что пусть Лариса отдыхает. У Димки больше прав, разозлился Зургин. Постоянная конкуренция между невестой и близким другом его напрягала, но все попытки развести их в разные стороны ринга оканчивались неудачей. Теперь вовсе друг друга загрызут, с тоской подумал он.

— Павлушка насмотрелся голливудских фильмов, — протянул Архангельский. — Сюжет напоминает американскую комедию «Жизнь дерьмо». И еще один фильмец... Забыл, как называется. Как два миллионера-братца-маразматика заключили пари на доллар, что любой бомж сможет управлять их компанией, если его вытащить из помойки и создать ему благоприятные условия. Управляющего вышвырнули на улицу, всех благ лишили, а на высокую должность определили первого встречного бомжа. Смотрела, Лар?

— Я не смотрю всякую голливудскую хрень, но суть поняла, — холодно отозвалась Лариса. — Надеюсь, Павел не станет бомжей на управляющие должности в банк пристраивать. А то мы с тобой работы лишимся, — она снова расхохоталась. — Впрочем, я даже готова заключить пари, что после шоу все бомжары вернутся на помойку, работу задвинут, нормальные шмотки поменяют на обноски, деньги пропьют и сдохнут где-нибудь в сортире.

— На что спорим? — спросил Павел с улыбкой.

— На доллар мне спорить неинтересно. Спорим на твой банк? — без тени улыбки предложила Ларочка.

Архангельский хохотнул и притих, наблюдая за ними.

— Зачем тебе мой банк, Лар? — иронично спросил Павел. — После нашей свадьбы он в любом случае будет твоим.

— Пашенька, не надо петь мне романсы из серии «Я подарю тебе звезду!». Даже в случае развода я не получу ни копейки с твоего детища.

— Как интересно! Мы с тобой еще не поженились, а ты уже думаешь о разводе, — усмехнулся Павел, но глаза его остались серьезными.

Лара напряглась, сообразив, что сморозила глупость. Некоторое время она молчала, пытаясь понять, насколько серьезно пошатнулось ее положение независимой девушки и как теперь разруливать сложившуюся ситуацию. Лучшая защита — нападение. Сейчас соберется и пойдет в наступление, предположил Павел и угадал.

— Мне тут настучали знающие люди, что вы на прошлой неделе с отцом обсуждали брачный контракт, — сказала она, в ее голосе звучала сталь. — Так что о разводе думаешь ты! Мог бы, между прочим, сам поставить меня в известность и спросить моего мнения. В конце концов, ты женишься на мне, а не на моем папе.

— Ребятки, ребятки, может, мы вернемся к теме нашей встречи? Не слишком удачное время вы выбрали для выяснения отношений, — попытался разрядить обстановку Архангельский, но его никто не услышал.

— Заключить брачный договор — идея твоего отца. Я человек традиционных взглядов. Мне до лампочки все эти модные тенденции. Но папашу твоего можно понять, ты у нас невеста непростая. Поэтому он пытается тебя таким образом уберечь. Я как порядочный человек обязан прислушиваться к его мнению, — парировал Павел. Ответ Зурбина Ларочке явно не понравился, в глазах невесты зажегся дьявольский огонь.

— Печально, очень печально, что ты во всем соглашаешься с моим отцом, — наигранно вздохнула она. Зургин хмуро уставился на невесту. В душе поднялась такая волна раздражения, что захотелось Ларису задушить. По сути, она назвала его слизняком. Оскорбила. Да как она смеет! Лариса уловила резкую перемену в его настроении. — Не совсем понимаю, почему тебя так напрягло мое предложение? — мурлыкнула она. — Ты же на сто процентов уверен в своей затее. Так чего же ты боишься?

— Кто сказал тебе, что я боюсь, радость моя? — беззаботно сказал Павел, пытаясь справиться с гневом. — Я просто прикидываю, что попросить у тебя взамен, если выиграю. А то несправедливо получается. Если я проигрываю, ты получаешь мой банк. А если проигрываешь ты — что получаю я?

— Проси, что хочешь, любимый, — игриво сказала она. — Исполню все, как говорится, в лучшем виде.

— В таком случае, если проигрываешь ты, то...

В кабинет постучались, и в дверном проеме появилась очаровательная кудрявая головка референта Настеньки.

— Что тебе? — раздраженно спросил Зургин. Прервала на самом интересном месте!

— Павел Сергеевич, там опять она.

— Кто?

— Тетка, которая кредит просит. Ирина Симакова. Она всех менеджеров уже достала, теперь сюда явилась. Сказала, что не уйдет, пока вы ее не примете. Говорит, это вопрос жизни и смерти. Дочке ее лечение требуется. Она прозреть может, если вы кредит дадите.

— Что она может? — заржал Архангельский.

— Прозреть. Слепая она от рождения, — пояснила Настя.

— А кредит большой? — поинтересовался Зургин.

— Три миллиона семьсот пятьдесят тысяч.

— Все, понял, про кого ты говоришь. — Зургин зевнул. — Я смотрел ее кредитную историю. Не проходит она. Зарплата небольшая, возраст пенсионный, поручителей нет. На что она вообще рассчитывала, когда кредит просила? С чего она собирается отдавать? Там одни проценты в месяц покрывают ее месячный заработок вдвое.

— Она говорит, что проценты будет платить со сбережений. Сбережения на счете в нашем банке имеются. Сумма — один миллион рублей с копейками. Правда, двести пятьдесят тысяч она планирует забрать сегодня. Лечение стоит четыре миллиона. Кредит просит на шесть месяцев. Я посчитала, оставшейся суммы вполне хватает.

— Настя, разве это в твоей компетенции? Тебе что, больше заняться нечем? Завтра она придет и снимет остальные деньги со счета. Юридически мы не сможем ей помешать.

— Простите, Павел Сергеевич, я больше не буду, — надулась Настенька. — Хотела только сказать, что у Симаковой договоренность с медицинским центром. Она лечение дочери кредитует, а через полгода они ей возмещают всю стоимость с процентами. И потом, у нее квартира в собственности есть. Большая, четырехкомнатная, на Фрунзенской набережной. Она хочет в залог ее предложить.

— Чушь какая-то. Она кредитует медицинский центр, они лечат ее дочь, а потом с какого-то перепугу гиппократы возвращают ей всю стоимость лечения. Бред! Мошенница она или сумасшедшая.

— Что же делать? — растерялась Настя.

Зургин тяжело вздохнул.

— Работать, Настенька, работать! Скажи ей, что мы не оформляем кредиты под залог недвижимости. Пусть идет в другой банк или контору, которая этим занимается. Сейчас таких кредитных центров как грязи. Оформляют залоги без проблем. Или в благотворительный фонд какой-нибудь чешет.

— Павел Сергеевич, может, вы все-таки уделите ей минутку своего времени? Не похожа она на аферистку и сумасшедшую. Ей реально помощь нужна! У нее дочка слепая с рождения. Она справку показала. Для девочки это последний шанс обрести зрение.

— Насть, ты что, плохо слышишь? Мне по барабану ее проблемы. Слепые с рождения не могут прозреть. Это какая-то афера однозначно. Кредитную заявку не подпишу. У нас правила для всех одинаковые. Проводи женщину к выходу. Если не уйдет, охрану пригласи. Все, Настя. Я занят и прошу меня больше не беспокоить!

За референтом закрылась дверь. Павел поморщился. После разговора с помощницей на душе остался неприятный осадок, словно он сделал что-то неприличное. А что, собственно, он такого сделал? Если он всем сумасшедшим будет миллионные кредиты выдавать, то самому придется ходить с протянутой рукой. Дудки! Не для того он работает как вол, чтобы все потерять. Кому-то все на блюдечке с голубой каемочкой дается, а ему пришлось пробиваться самому, без помощи богатых родителей, без блата, без денег. Свое место под солнцем он у жизни выгрыз зубами!

Зургин покосился на Ларису и лучшего друга. Архангельский равнодушно листал бизнес-журнал с биржевыми сводками. Ларочка сосредоточенно размышляла о чем-то своем. Вероятно, прикидывала варианты расплаты. Никому не было дела до гражданки Симаковой и ее слепой дочери. Зургин успокоился.

— Ну и?.. — лениво спросил Дима, отложив журнал в сторону. — Чем же тебя осчастливит Ларочка, если проиграет? Не томи, рассказывай!

— Да, говори уже, Зургин, — подбодрила его невеста.

— Ты выйдешь замуж за первого встречного бомжа, пропишешь его к себе в пентхаус и проживешь с ним год под одной крышей, — с расстановкой сказал он. Лариса вздрогнула и посмотрела на него с таким искренним изумлением, что Павлу стало немного стыдно. Сдерживая желание все переиграть немедленно, он лучезарно улыбнулся невесте. — Согласна, радость моя? — иронично спросил он и решил проявить великодушие, не высмеивать Ларочку, когда она откажется от пари. Но она неожиданно протянула ему свою ладошку и заявила:

— По рукам!

Архангельский живописно покрутил пальцем у виска и тут же предложил оформить пари у знакомого букмекера. Ларочка горячо поддержала эту идею. Впервые в жизни друг и невеста были в чем-то солидарны. Похоже, Лариса на сто процентов уверена, что банк уже у нее в кармане. Невеста до конца не поняла, что ее ждет, если она проиграет пари. Вот дурында! Плохо она его знает, подумал Зургин. Теперь он из принципа доведет дело до победного конца. Впрочем, банк дарить Ларочке у него тоже желания не было.

Глава 4
ВЫХОД В СВЕТ

Ирина вышла из дверей «КомИнвестТраст» и разрыдалась. В сумке у нее лежал один миллион рублей сорок копеек. Со злости она закрыла счет, сняла все деньги до копейки. Как они могли так с ней поступить! Сволочи! Как же они не понимают, что деньги — это труха! Главное — человек. Буржуи, падаль капиталистическая! Президент ее даже не принял, не выслушал, не вошел в положение. Как он мог? Ирина читала интервью Зургина в одном бизнес-журнале и радовалась, как идиотка, что держит деньги у такого порядочного во всех отношениях человека. Сам себя сделал, с нуля поднялся. В десять лет остался без родителей, они разбились в автомобильной аварии. Вырос под опекой бабки. Работал с четырнадцати лет. Поступил в финансовый институт. Окончил аспирантуру. С нуля раскрутился. Симпатичный мужик, статный, на медведя похож, без пафоса и снобизма. Он так ей понравился, столько уважения вызвал.

— Подонок! Говнюк! Чтоб ты пропал! — в сердцах крикнула Ирина и плюнула в зеркальную дверь банка «КомИнвестТраст». Был бы под рукой камень, швырнула бы.

Из дверей показался хмурый охранник, направился к ней.

— Чтобы ты разорился, Зургин! Чтобы ты на помойке оказался, сволочь! — крикнула она в лицо охраннику, развернулась и побежала в сторону сквера, размазывая беретом злые слезы по щекам.

Добежав до безопасного места, Ирина пристроила берет на голову, прислонилась спиной к березе, всхлипывая, пошарила по карманам, достала телефон и носовой платок, высморкалась. Руки тряслись, никак не получалось поймать нужную клавишу. Телефон вдруг сам ожил.

— Людмила Петровна, я как раз вам собиралась звонить! У меня беда! — дрожащим голосом сказала Ирина. — Ничего у меня не получилось! Мне кредит не дали. Почти неделю заявку рассматривали и отказали. Я ходила, умоляла, чуть ли на колени не падала. К президенту банка пыталась прорваться — не принял. Даже под залог квартиры они не хотят кредит давать. А у меня шикарная четырехкомнатная квартира с окнами на Москву-реку. Такая стоит миллионы! Мать хотела ее на меньшую поменять — я не дала. Сберегла для Алешки. Мечтала, что, когда она прозреет, увидит из окна сказочный мир, а не помойку с бомжами. А если вдруг не сложится, будет комнаты сдавать и жить с ренты. В итоге я упустила время. Не представляю, где я смогу денег найти за один день. Может, вы еще немножко подождете? У меня в наличии есть миллион рублей. Это все мои сбережения. Я откладывала для доченьки всю жизнь, каждую копеечку берегла. Хоть сегодня могу их подвезти куда угодно. Остальные деньги постараюсь раздобыть как можно быстрее. Правда, не представляю пока — где.

— Ирочка, милая, не плачьте, я вас умоляю! — заохала Людмила. — Я же вам говорила, у меня есть проверенный человек, который занимается залогами. Что же вы меня не послушали. Под мою гарантию он вам без всяческих затруднений выдаст нужную сумму. Адрес говорите, он подъедет, куда скажете, сегодня.

— Так поздно уже!

— Вы хотите получить деньги и определить вашу дочь к нам в центр? Я ждать не могу. Я не одна работаю, сами понимаете. Другие пациенты тоже ждут, волнуются.

— Простите, простите меня! Совсем у меня помутнение рассудка случилось. Да, я хочу! Очень хочу!

— Тогда диктуйте адрес и ждите. Зовут его Михаил Залепин. Он приедет к вам через пару-тройку часов с залоговым договором и нотариусом.

— А нотариус зачем? — растерялась Ирина.

— Как зачем, милая моя? Доверенность надо будет на Михаила оформить, чтобы он мог перевести деньги на наш счет. Не беспокойтесь. Схема отработана. Он все сделает как полагается. Я вам позвоню, когда четыре миллиона рублей упадут на наш счет, и пришлю за вами машину. Документы, подтверждающие, что мы вам вернем три миллиона семьсот пятьдесят тысяч рублей с процентами, готовы. Процент, правда, небольшой получилось выбить. Вы уж не обессудьте.

— Да что вы! Ничего страшного! — замахала рукой Ирина, словно Людмила Петровна ее видела. —

Так вы же говорили, наличными надо двести пятьдесят тысяч?

— Я говорила, что двести пятьдесят тысяч мы вам вернуть не сможем, — с раздражением сказала Людмила. — Можете заплатить наличными, если вас не устраивает мое предложение.

— Простите, Людмила Петровна, — смутилась Ирина. — Меня все устраивает, я просто уточнила.

— Хорошо! Итак, мы получим деньги, я пришлю за вами машину. Привезете девочку, подпишете контракт. Все хорошо, Ирочка, можете расслабиться. Мы вас с нетерпением ждем. У вашей девочки будет отдельная палата со всеми удобствами, оборудованная по последнему слову техники. Питание у нас превосходное. Отношение душевное и внимательное. Посещения свободные. Испытуемый обеспечен всем необходимым. От вас только требуются предметы личной гигиены и смена одежды, если доченька ваша не любит казенное.

Ирина назвала свой адрес и побрела домой. Кажется, все срослось. Надо было сразу принимать помощь Людмилы Петровны, а не полагаться на банк. Столько времени потеряла, сил, нервов. Сегодня она заключит залоговый договор. Завтра деньги упадут на счет медицинского центра, она определит Алешку на лечение, а сама отправится к кардиологу. Сердце даже после таблетки нитроглицерина не утихомирилось, жгло, как августовская медуза.

До дома она не дошла, сердце заболело так, что не продохнуть. Она остановилась у лавочки в сквере, чтобы немножко прийти в себя. Скамейка была изгваздана собачьими лапами, на асфальте клоками валялась рыжая длинная шерсть. Кто-то добрый вычесывал свою псину, взгромоздив животное на лавку. В банк на прием к президенту она надела свой лучший костюм. Жаль было изгваздать его в грязище и шерсти.

Ирина с раздражением подняла с асфальта оброненную кем-то газету, развернула, чтобы постелить на лавочку, и застыла, потрясенно глядя на крупный корявый заголовок: «Писатель-самоубийца с четвертой попытки довел свое дело до конца».

Забыв о костюме, Ирина плюхнулась на грязную скамейку и с волнением пробежала глазами текст. В статье говорилось о самоубийстве известного в узких кругах литератора, критика и публициста гражданина Коновалова Л.Б. — автора нашумевшего сборника рассказов «Жизнь бьет кирпичом», который свел счеты с жизнью двадцать первого октября в районе Фрунзенской набережной, утопившись в водах Москвы-реки. Тело литератора было найдено вчера в нескольких километрах от места предполагаемого самоубийства.

Далее следовал комментарий жены погибшего о том, что муж неоднократно предпринимал попытки суицида, так как пребывал в последнее время в глубокой депрессии из-за затянувшегося творческого кризиса и некоторое время назад проходил курс лечения в отделении душевных недугов. В процессе лечения выяснилось, что предыдущие попытки самоубийства Коновалова носили исключительно демонстративный характер с целью привлечения к собственной персоне внимания и не представляли угрозы для его жизни. Литератор имел первый разряд по плаванию и сознательно выбирал безопасное для себя место для совершения акта суицида. Жена

Коновалова не верила, что Лев Борисович, так звали писателя, совершил самоубийство, и настаивала, что супруга убили. При осмотре вещей потерпевшего она отметила, что из кармана плаща погибшего пропали авоська и деньги в количестве ста рублей двумя купюрами по пятьдесят. А также супругу смущает то, что в крови Коновалова обнаружен алкоголь, хотя муж употребляет спиртное только по праздникам. Действительно, при осмотре трупа судмедэксперт обнаружил гематому в районе теменной части головы потерпевшего. Однако следственные органы вынесли постановление об отказе в возбуждении уголовного дела, так как не усмотрели в нем криминальной составляющей. Деньги и авоська могли выпасть из кармана потерпевшего уже после смерти, во время нахождения тела в воде. А гематома в районе теменной части головы образовалась в результате удара о гранитный скат набережной в месте предполагаемого падения, что и повлекло за собой потерю сознания и смерть потерпевшего. Спиртное же Коновалов мог употребить перед актом суицида, так как пребывал в тяжелом психическом состоянии. Жена писателя собирается опротестовать решение в вышестоящих инстанциях. Она провела собственное расследование, опросила продавцов местного супермаркета, куда вечером отправился муж, но там не появился. Однако среди сотрудников супермаркета нашелся свидетель, который видел, что в тот злополучный вечер Коновалов беседовал на набережной с высокой блондинкой. Супруга писателя подозревает, что именно она стала причиной несчастья, и намерена добиться от правоохранительных органов возобновления следственных действий по факту смерти писателя в связи с вновь открывшимися обстоятельствами.

Ниже было опубликовано фото литератора. С газетной страницы на Ирину осуждающе смотрел интеллигентный седовласый мужчина в очках и теплом поношенном свитере. На коленях у него сидел пушистый рыжий кот, похожий на Антошку как две капли воды, только потрепанный временем, как и его хозяин. Ирине показалось, что кот тоже смотрит на нее с осуждением. Ее затрясло мелкой дрожью. Она скомкала газету, швырнула ее в урну и вытерла руки о брюки, словно ладони испачкались.

Домой она вернулась в состоянии, близком к истерике. Нервы расшатались в хлам. Статья о несчастном писателе давила тяжким грузом на сердце. Как было просто представить, что Алеша все выдумывает. Подумаешь, шляпа, окурок и тапочка. Теперь, когда она знает правду, вина за смерть писателя легла на душу камнем. Мало того, все планы могут полететь к черту. Ясно, что супруга писателя не успокоится, добьется возобновления открытия уголовного дела, и Алешку будут разыскивать. Дочка у нее приметная. Найдут ее быстро, при первом же допросе Алешка во всем сознается, а наказание для инвалидов в нашей стране никто не отменял. Кто знает, как все обернется. Будет ли снисходителен суд к ее положению? Примет ли во внимание, что девочка непреднамеренно совершила преступление? Ира не слишком доверяла правосудию. Нельзя допустить, чтобы дочка попала в лапы полиции. Завтра она будет в медицинском центре, где ее никто не найдет. Несколько месяцев изоляции, и все утрясется. Главное, чтобы сделка с квартирой не сорвалась.

* * *

Алешка встретила ее довольная. В квартире пахло чем-то подгоревшим. Похоже, дочка пыталась готовить и, как обычно, спалила еду.

— Мам, я мясо с картошкой пожарила, — доложила она, пряча руку за спину.

— Что там у тебя, показывай, — устало попросила Ирина.

— Ерунда, — отмахнулась дочь. — Иди мой руки. Проходи на кухню. Голодная, наверное. Целый день носишься.

Ирина стянула сапоги и куртку, сначала прошла в комнату, прижимая пакет с деньгами к груди. Огляделась, размышляя, куда их спрятать. С Людмилой они договорились о переводе четырех миллионов безналом. Залог она оформит на эту сумму, а миллион рублей пусть в заначке полежит. Вдруг придется доплату вносить, всякое бывает. Больше деньги негде раздобыть. Проценты опять же за кредит надо платить полгода. А если, не дай бог, задержка с финансированием медицинского центра выйдет? Как она расплатится тогда? Можно, конечно, квартирантов взять, но нестабильно это, в любой момент съехать могут. Да и не хочется в дом посторонних пускать. Последняя квартирантка Томочка первое время была ненавязчивой и тихой, долго жила у них, институт окончила, на работу пошла и все никак своим углом обзавестись не могла, а скорее не хотела. Все бы ничего, но вдруг она решила активно с хозяйством помогать и попыталась стать своей в доску, в душу лезла, деньги задерживала. Ира не готова была в душу никого пускать и кормить посторонних людей. Она для дочки работала, а не для Томочки с родственной Украины. Пришлось с ней проститься под предлогом, что Алешке пора в свою комнату переезжать. Прежде дочка обитала в спальне бабули. Обиделась Тамара, чемоданчик собрала и дверью хлопнула. Таких слов наговорила, что Ирина потом долго в себя прийти не могла. Да и сейчас вспоминать об этом было неприятно. Она пыталась проститься с Томой по-людски, разрешила пожить до тех пор, пока жилье другое снимет, бесплатно. Даже денег хотела одолжить на переезд.

Ирина выдвинула ящик стола и тут же задвинула его обратно. Не годится четыре пачки пятитысячных купюр держать в столе. Не дай бог украдут. Вдруг мошенники из банка «КомИнвестТраст» ворье по адресу отправят. Доверия к этим людям у нее больше нет. Надо спрятать миллион там, где никто никогда не догадается искать.

Ирина прошлась по кабинету, не нашла подходящего места и отправилась в комнату дочери. Огляделась по сторонам, присела на кровать, и ее осенило! Она нашла тайник, где никто не станет искать.

Из комнаты дочери Ира вышла довольная, юркнула в ванную и сполоснула руки и лицо. Настроение немного наладилось.

Алешка ждала ее в кухне, сидела на табуретке торжественная. Стол был накрыт на две персоны. На тарелках аккуратно лежало обугленное мясо и вполне сносного вида картошка.

— Сейчас хлеб порежу, — деловито сказала дочь и потянулась к буханке.

— Господи, да у тебя сильный ожог! — воскликнула Ирина, схватила дочь за кисть и повернула к свету. Алешка резко вырвала руку.

— Я же сказала, ерунда! — с расстановкой сказала она. — Ешь, мама, пока не остыло. И перестань меня опекать, как клуша. Я уже взрослая и вполне могу обойтись без твоей заботы! Мне двадцать четыре года!

— Да, ты неделю назад это отлично продемонстрировала! Какая ты большая девочка и как обходишься без моей помощи! — внезапно разозлилась Ирина и закричала: — Человека угробила своей самостоятельностью! — Алешка вздрогнула, побледнела. Но в Иру словно бес вселился, она не могла остановиться: — Я сегодня в газете читала, что из реки выловили труп известного писателя, публициста и критика Льва Борисовича Коновалова! Он был отличным семьянином, и дома у него действительно живет кот, но хозяина своего он больше никогда не увидит! Вот к чему привела твоя самостоятельность! Тебя разыскивает полиция по подозрению в убийстве. Все, девочка, шутки кончились. Колония тебе светит, где ты сгниешь заживо. Неужели не понимаешь, что ты никогда не будешь такой же, как все, до тех пор, пока не обретешь зрение!

Алешка медленно поднялась, секунду стояла, раскачивалась, словно размышляя, в какую сторону пойти, сорвалась с места и бросилась из кухни вон, уронив табуретку. Дверь в ее комнату гулко хлопнула. Ирина вздрогнула, придвинула к себе тарелку с ужином, сунула кусок пригоревшего мяса в рот и принялась сосредоточенно его жевать. Внутри было как-то необычно пусто, словно тело покинула душа.

— Ничего-ничего, — тихо прошептала она. — Ничего-ничего...

Через час душа в тело вернулась, заболела, заскреблась когтями по сердцу. Очередной приступ. Постанывая от боли, Ира выпила сердечных капель, подошла к комнате дочери, постучалась, подергала ручку двери, ругая себя за глупость и жестокость. Кто ее за язык тянул? Повесила на светлую душу ребенка обузу, табуретку из-под ног выбила. Дверь никто не открыл. Так она и думала — Алешка заперлась, замкнулась в себе и теперь не выйдет до утра. Лежит, переживает, музыку слушает в наушниках. Решив оставить дочь в покое, Ира вернулась к себе в комнату, прилегла и постаралась настроиться на встречу с Михаилом Залепиным. С Алешкой она потом поговорит, утешит ее, успокоит, повинится. Вместе они придумают, как жить дальше. Главное, что скоро все изменится к лучшему. Алешка увидит мир во всем его многообразии.

Звонок домофона прозвучал ближе к одиннадцати вечера. Басовитый мужской голос сообщил, что прибыл Михаил Залепин. Ира поправила прическу, выдохнула и распахнула дверь.

Михаил оказался крепким темноглазым брюнетом с длинными волосами, собранными в хвост. В одном ухе поблескивала серьга. Одет он был в узкие рваные джинсы, гриндерсы и кожаную куртку. Кожанка на его груди трещала от рельефных мышц. На кредитного менеджера он совсем не походил. Рядом топтался нотариус, мелкий, щуплый, с бегающими глазками пожилой субъект в очках и кепке. В руке он держал «дипломат» и лоснился от радушия.

— Антон Петрович, — представился он, снял кепку и галантно поцеловал Ирине руку, продемонстрировав проплешины на голове.

Антон Петрович суетливо снял плащик, стянул ботинки и улыбнулся, обнажив пожелтевшие зубы. Пахло от нотариуса неприятно колбасой и чесноком. Его явно выдернули из-за стола.

— Куда идти? — не слишком вежливо поинтересовался Залепин, расстегнул кожанку, надел на ноги медицинские бахилы, так и прошел в кабинет за Ириной.

— Кофе или чай будете? — спросила она, усадив гостей за письменный стол. Антон Петрович открыл было рот, чтобы согласиться, но Залепин его осадил:

— Некогда нам чаи распивать. Давайте лучше сразу к делу перейдем, а то поздно уже. Документы на квартиру где?

Ирина покорно положила перед агентом свидетельство о государственной регистрации права на квартиру и другие документы, удостоверяющие собственность. Благо копии сохранились после оформления наследственного дела. Залепин пробежал глазами бумаги, одобрительно кивнул:

— Значит, с вами проживает дочка?

— Да. Она инвалид детства по зрению. Если нужно ее разрешение, я могу...

— Не нужно. Мы не банк, у нас все проще. Кроме дочери, кто-нибудь в квартире еще зарегистрирован? Муж, родственники?

— Нет. Мужа нет. Родственников тоже. Мама умерла. Свидетельство о смерти имеется. Документы на право наследования тоже. Выписку из домовой книги показать?

— Видел я вашу выписку, не трудитесь. Думаете,

я не проверил информацию, прежде чем заключать с вами залоговый договор на такую крупную сумму? — усмехнулся Залепин. — Паспорт давайте. Антон Петрович доверенность оформит на право ведения ваших дел.

— Да, конечно, — закивала Ирина и передала нотариусу свой паспорт.

Михаил положил на стол перед ней стопку листков.

— На каждой странице подписывайте. Вот здесь и здесь, — показал он.

— Сначала я должна прочитать, — занервничала Ирина.

— Читайте, кто же возражает, — улыбнулся Залепин, развалился на стуле и зевнул. — Только побыстрее, пожалуйста. Меня Людмила буквально на выезде из города поймала. У друга сегодня юбилей. Может, еще успею к окончанию застолья.

— Извините, — покраснела Ирина, ей стало неловко обременять людей своими проблемами. Она придвинула к себе залоговый договор. Буквы и цифры скакали перед глазами, никак не получалось сосредоточиться. — Ничего не понимаю, — беспомощно улыбнулась она. — Это же договор купли-продажи?

— Это стандартная схема оформления залога, — лениво объяснил Михаил. — Собственность переоформляется на займодателя на срок нахождения залога по договору купли-продажи. Мы будем юридическими собственниками до окончания погашения ссуды. После того, как вы полностью погасите обязательства по займу, квартира к вам вернется. Жить вы можете здесь, никто вас, естественно, не вышвырнет на улицу. Людмила, насколько я понял, меня рекомендовала и дала вам свои гарантии, что мы не какая-нибудь шарашкина контора, а серьезная фирма. Я с ней не первый год сотрудничаю. Так что не напрягайтесь. Все в порядке. Вы подписываете документы и доверенность на ведение ваших дел. Я оформляю ссуду четыре миллиона рублей на лечение и перевожу деньги научному центру. Если бы налом, то геморроя было бы в разы больше. За один день не уложились бы. Неделя как минимум. Или вы передумали оплачивать лечение? — вкрадчиво спросил Залепин. Ирина отрицательно покачала головой, от отчаяния ей хотелось разрыдаться. — Тогда подписывайте и не волнуйтесь ни о чем, — полился в уши сочувствующий голос Михаила. Почему-то вспомнилась Людмила, ее материнские интонации. — С Людмилой мы обо всем договорились, — словно издалека донеслось до ушей. — Завтра ваша дочь уже будет получать помощь самых высококвалифицированных специалистов, станет ближе на несколько шагов к свету. — Ирина взяла ручку, склонилась над договором. — Завтра я переведу четыре миллиона на счет научно-медицинского центра. Людмила Ивановна подтвердит получение средств, через полгода деньги к вам вернутся, закроете кредит, и все дела.

Ирина вздрогнула и словно от дремы очнулась. Залепин перепутал отчество генетика, вместо Петровны сказал Ивановна — и это резануло по ушам.

— Что вас не устраивает, я никак не пойму? — неожиданно разозлился Залепин. — Мы из-за вас все свои планы нарушили, вошли в положение. Вон Антона Петровича я из постели выдернул.

— Меня все устраивает, — кисло улыбнулась Ира.

— Доверенность готова, — крякнул Антон Петрович и положил перед ней документ и толстую книгу. Ирина посмотрела на старика и похолодела, что-то неприятное, пугающее мелькнуло в его глазах.

Она пробежала глазами доверенность, еще раз проглядела залоговый договор и все поняла. Под предлогом оформления залога у нее пытаются отобрать право собственности на квартиру. Перед ней мошенники. Ее пытаются развести, как последнюю лохушку. Лохушка она и есть. Сама впустила аферистов в квартиру. Господи, куда она вляпалась? Неужели Людмила Петровна морочила ей голову? Нет, не может этого быть! Не может! Она просто не в курсе, какими делишками занимается ее «проверенный» агент. Она научный сотрудник, доктор-генетик, а не юрист. «Залепин и Кⁿ» просто пользуются ее именем. А может, сейчас перед ней вовсе не Михаил Залепин, которого рекомендовала Людмила Петровна, а кто-то другой? А настоящий Михаил Залепин валяется где-нибудь в канаве с проломленной головой. Ничего нельзя подписывать! Надо позвонить Людмиле и все прояснить. Надо посоветоваться с ней.

Ирина бодро поднялась со стула.

— Может, чайку с мятой? Или что-нибудь покрепче? Отметить сделку? У меня коньяк есть хороший. Замечательный коньяк. На Новый год шеф подарил, — заискивающе глядя на Залепина, сказала она и попятилась к выходу из комнаты.

Михаил оказался рядом, обнял ее за плечи и подтолкнул обратно к столу.

— Коньяк — это хорошо. Сейчас подпишем документы и отметим. Да, Антон Петрович?

— А чего же не отметить, — крякнул нотариус. — Отметим всенепременно.

— Простите, мне надо в туалет, — пролепетала Ирина, пытаясь высвободиться из лап Михаила.

Залепин вдруг схватил ее за волосы и склонил голову над документами.

— Садись и подписывай, хватит нам мозги крутить, — тихо сказал он. — Подписывай, радость моя, и мы мирно расстанемся.

— Нет, — прошептала Ирина.

Михаил изо всей силы стукнул ее головой о стол, из глаз посыпался фейерверк искр, во рту появился солоноватый привкус крови. Ударившись о столешницу, она прикусила губу.

— Нет! — упрямо повторила Ирина.

Капля крови изо рта капнула на белый лист договора. Заметив это, Зацепин словно взбесился. Отшвырнул ее на стул, сгреб со стола бумаги, свернул в трубку и, размахнувшись, влепил ей пощечину. Боли она не почувствовала, только удивление. Все казалось дурным сном, миражом. Ее бьют в собственной квартире. Как это возможно? Сейчас не 90-е годы. XXI век на дворе.

— Мишенька, ну что же ты так с женщиной обращается, — закудахтал нотариус, взгромоздил на стол свой «дипломат», деловито выудил оттуда пластиковую папку и помахал ею в воздухе. — Вуаля! Еще один экземплярчик договорчика нашелся. Так что незачем так волноваться. Подписывайте, милая Ирина Андреевна. По-доброму вас просим. Войдите в наше положение. Мы столько времени на вас потратили. Все так хорошо складывалось, а вы вздумали артачиться. Некрасиво себя ведете.

— Я не буду ничего подписывать! Убирайтесь! — сквозь зубы процедила Ирина.

Залепин размахнулся и снова ударил ее по лицу, на сей раз рукой. Ладонь оказалась тяжелой, в ушах зазвенело, но в мозгах просветлело. Надо действовать, спасать себя и дочь. Она вскочила и бросилась к окну, распахнула форточку. Позвать на помощь не успела, Михаил снова оказался рядом, закрыл ей рот ладонью и потащил за стол.

— Не вздумай, тварь. Еще одно неверное движение, и я займусь твоей слепой сучкой. Трахну девку у тебя на глазах. Говорят, у незрячих чувственность очень высокая. Давно мечтал это проверить. Хочешь?

— Нет! — тихо выдохнула Ирина, на лбу выступили капли пота. Залепин не блефовал, он сделает то, что обещает, и сделает с удовольствием. Но если она подпишет бумаги, то их убьют. Надо тянуть время.

Залепин придвинул стул, сел рядом, положил ручку поверх договора и неожиданно погладил ее по волосам.

— Да ты не волнуйся. Мы же не звери, предоставим вам другое жилье и даже денег дадим на жизнь. Поедешь со своей слепой курицей на природу. Огородик заведешь. Зачем тебе четырехкомнатная квартира на Фрунзенской? Ты же одинокая тетка, мужика нет, родственников нет, а дочка твоя вряд ли когда-нибудь расплодится. Кому она, на хрен, сдалась — инвалидка слепая. На природе вам будет хорошо вдвоем. Может, и мужичок какой-никакой подвернется. В деревне мужички непривередливые. Дочку, может, какой хрен тоже осчастливит по пьяни. Внука она тебе родит. Ты тоже неплохо сохранилась, сразу видно — баба скромная, но горячая. Будешь нарасхват. Бухгалтершей устроишься на ферму. Натуральные продукты начнешь в дом таскать. Не жизнь, а рай. Подписывай, радость моя.

— Да, да, конечно, я все сделаю, как вы говорите, — пролепетала Ирина, взяла ручку. Она не верила ни одному слову Залепина. Такие люди не оставляют свидетелей. Когда она подпишет документы, их просто увезут в пригород и убьют. Или здесь убьют, а потом увезут и закопают. Зачем тратиться на домик в деревне. Когда срок погашения ссуды пройдет, переоформят квартиру на контору на законных основаниях. Никто не будет их искать. Родственников нет. Работодатели хватятся ее только через месяц, когда балансовый отчет нужно будет сдавать. Выяснят, что она продала квартиру, съехала. Проверят счет, выяснят, что все в порядке. Уволят, и дело с концом. Мошенники все просчитали. Все про нее выяснили. Диагноз дочери, ее мечты ребенка вылечить, ее интерес к генетике. Про то, что одинока. Откуда? Откуда они все узнали? Ясно одно — Людмила Петровна с ними заодно. Она не случайно появилась в поликлинике. Не случайно завела с ней светский разговор. Это целая шайка. Как мастерски они запудрили ей мозги. Как умело надавили на больные точки. Развели дуру. Как же она могла повестись? У нее же высшее образование и аспирантура за спиной. Она кандидат физико-математических наук, главный бухгалтер нескольких фирм. Может быть, в кофе ей что-то плеснули? Или методом гипноза зомбировали? Как она не догадалась сразу, когда Людмила несла ерунду про отдельную оплату работы врачей. Она сама себя зомбировала. Верила в то, во что хотела верить. В чудо верила, а подонки умело манипулировали ее верой и подвигали ненавязчиво к тому, чтобы она заложила квартиру. Словно в дурмане, она шла на эшафот и радовалась, как дура. Вспомнилось напряжение Людмилы Петровны, когда она отказалась от «проверенного» агента и заявила про банк. Еще бы аферистке не нервничать. Желанная квартира могла уйти из-под носа. Получи она ссуду в банке, мошенники заработали бы всего четыре миллиона, которые она перевела бы на счет филькиного научного центра за лечение дочери. Какое счастье, что Алешке она ничего не рассказала. Квартиру она потом в любом случае бы потеряла, потому что четыре миллиона все равно никто возвращать ей не собирался. Но самое бесчеловечное зло в этом деле не потеря квартиры, а рухнувшая надежда на исцеление. Вот она — расплата за грехи. Надо было принять все. Крест свой нести смиренно, а не пытаться перехитрить судьбу. Все без исключения ей долдонили — успокойся, а она не слушала. Никого не слушала, жила иллюзиями.

«Господи, прости мне все прегрешения и помоги! — мысленно взмолилась Ира. — Забери мою жизнь, но сохрани жизнь ребенка. Она хорошая девочка. Если и причинила кому зло, то невольно. У нее доброе сердце и помыслы. Она ангел. Слепой ангел. Вдруг сгодится еще на земле».

— Мама, что здесь происходит? — раздался за спиной встревоженный голос дочери. Ирина вздрогнула. От ужаса снова заболело сердце, заболело так, что не продохнуть.

— Все хорошо, солнышко. Иди, — хрипло сказала она, не узнав собственного голоса.

— Так вот ты какая — птица феникс! — присвистнул Залепин и направился в сторону Алешки. У Ирины от ярости потемнело в глазах. Она выхватила из письменного прибора нож для резки бумаги, метнулась к Залепину и изо всей силы всадила лезвие ему в спину. Залепин медленно обернулся, с удивлением посмотрел на Ирину и осел на пол. Нотариус завизжал, как укушенный, бросился к ней. Ирина перегородила ему дорогу и закричала:

— Беги, доченька! Спасайся! Это плохие люди! К Манюне беги! Она поможет. Умоляю! Ради меня! Если любишь! Делай, как я говорю!

Старик налетел, как коршун. Ирина изо всей силы отшвырнула его тщедушное тело от себя, захлопнула ногой дверь в кабинет, прижалась к ней спиной и погасила свет. Комната погрузилась в темноту. Нотариус снова оказался рядом, ударил ее чем-то тяжелым по голове. Ирина упала, дальше последовало несколько сильных ударов ногой по ребрам... Бил не старик, а Залепин. Он уже поднялся и навис над ней. Удар. Еще удар. Боли она не чувствовала, молилась за дочь.

Громко хлопнула входная дверь.

— Оставь ее, идиот! Убьешь! — закричал старик.

— Эта сука мне плечо продырявила, — прорычал Залепин, снова ударил ногой. Внутри как будто что-то сломалось, и сердце разорвалось на куски. Из горла выплеснулось что-то горячее.

— Хватит! — завизжал нотариус. — Девку лови!

Залепин бросился к двери, но, чтобы ее распахнуть, пришлось оттащить Ирину с порога. Она из последних сил схватила его за ботинок. Залепин не удержал равновесие и упал, стукнувшись головой о косяк. Дверь в кабинет со скрипом отворилась. Матюкаясь, он поднялся, выбежал в прихожую, на лестничную клетку, побежал вниз по ступенькам. Звуки его шагов эхом отзывались в голове.

Вспыхнул свет в комнате. Нотариус склонился над Ириной, похлопал ее по щекам, пощупал пульс на шее, выругался.

Спустя несколько минут тяжелые шаги Залепина проследовали обратно в кабинет.

— Убежала! Как сквозь землю провалилась!

— Идиот! Слепую овцу найти не смог, — взбесился нотариус и заметался по комнате, сгребая в «дипломат» бумаги.

Михаил склонился над Ириной.

— Оставь ее, — проворчал нотариус. — Кровища изо рта хлыщет. Живая еще, но сдохнет с минуты на минуту, не очухается уже.

— Антоныч, что же делать? Нас Коза по головке за это не погладит. Может, подпись подделаем, и все дела? Ты же у нас спец по этому делу.

— Хочешь под эшафот нас подвести? Девку надо было ловить, тупой ублюдок! Теперь поздно пить боржоми. Сейчас она сюда толпу ментов приведет. На меня нечего стрелки переводить. Сам будешь с Козой разбираться, — ядовито заявил нотариус. — Это ты ногами дрыгал. Я тебе говорил, чтобы завязывал с наркотой. Совсем с катушек съехал, паразит.

— Антон Петрович, я три дня в завязке — вот тебе крест! Не виноват я. Ясно же, что тетка все просекла. Пугнуть ее хотел. Подумаешь, пару раз ногой шибанул. От этого не умирают. У тетки с сердцем тухляк. Я же не знал, — оправдывался Михаил. Никакого сочувствия в голосе, только страх за свою шкуру. Он опять над ней склонился. Ирина из последних сил собралась и плюнула ему в морду. Залепин набычился, сжал руку в кулак, размахнулся для удара.

— Оставь ее — сказал! — рявкнул Антон Петрович. — У нас три минуты, чтобы все подчистить и бабки найти. Коза сказала, что тетка сняла со счета лимон. Хоть что-то, не с пустыми руками же возвращаться. Ищи бабки, я отпечатки сотру. А девка никуда от нас не денется.

Залепин натянул резиновые перчатки и заметался по комнате, роняя книги и выдвигая ящики стола. Антон Петрович методично, без суеты, стирал следы их присутствия.

— Не парься по поводу инвалидки, — вступил в разговор Михаил, простукивая стены и пол. — Она же слепая!

— Слепая — не глухая и не немая, — проворчал старик. — Лишние свидетели нам не нужны.

— Да что она может знать? Рассказать следователю про некую Людмилу Петровну, которая обещала от слепоты ее вылечить? Или про то, что мамаша пыталась квартиру в залог оформить и ссуду на лечение от слепоты взять в неизвестной конторе? Таких контор сейчас как грязи. На каждом столбе объявы висят. Ментяры ленивые, прошерстят несколько ближайших офисов и дело закроют. К тому же у Козы в этом районе половина легавки куплена. Мы первые об этом узнаем и меры примем.

— Меры он примет... Как был дураком, так и помрешь! Во-первых, девка мое имя могла слышать. Во-вторых, Коза на квартиру эту конкретные виды имеет. Глупо отказываться от роскошной хаты, когда единственной владелицей жилплощади скоро станет слепая инвалидка. Если все утрясется, возьмемся за нее всерьез. Никуда не денется. Но искать ее надо по-любому. Меня эта Маня беспокоит. Откуда она взялась? Коза говорила, что никаких близких контактов у тетки нет. Живет отшельником, работает на дому сразу на несколько фирм, с работодателями только по делу общается, близко к себе никого не подпускает, замкнута, зациклена на дочери, только ею и живет, родственников нет. Телефон забери у бабы. Прошерстим список контактов, выясним, кто такая Маня и представляет ли опасность для нашего предприятия. Подозреваю, что она живет в этом подъезде, соседка. Больно быстро слепая скрылась. Где-то рядом она, чую.

— Сдалась тебе эта Манюня! — разозлился Залепин. — Девка по-любому вернется сюда, никуда не денется.

— По-любому ты тупой! Девка одна осталась, но у нее есть некая Маня, которой она доверяет. Это плохо. Представь на минутку, что эта дама на квартирку тоже варежку раззявит. Кто-то же должен ухаживать за слепой. Пропишется здесь, и все — уплывут хоромки. Нельзя этого допустить. Короче, ищем Маню и девку. Проясним все, а там видно будет, что делать. Девку из рук выпускать нельзя. При благоприятном раскладе дадим ей пожить, пока в права наследства не вступит. Потом вынудим подписать договор пожизненного содержания и отправим на покой. Несчастные случаи происходят с инвалидами по зрению нередко. Под машину попадают бедняжки, из окон падают. Однако Коза — баба осторожная, может так статься, что пожертвует этой хатой ради спокойствия, и девку придется убрать немедленно.

— Щас прям. Коза своего не упустит. Уж больно она на эту хату запала, — отозвался Залепин из прихожей. — Говорил я ей — не наши это клиентки! Не послушала. Нет, ни хрена! Куда же она бабки дела, сволочь? Может, на кухне поискать? Бабы любят по крупам деньги рассовывать.

— Некогда! Надо валить. Шут с ним, с миллионом. Эта квартира стоит в десятки раз больше. — Нотариус вышел в прихожую.

Ирина с облегчением выдохнула. Негодяев удалось перехитрить. Ее девочка спасена. Даст бог, сообразит, что делать дальше. Обязательно сообразит! Алешка умница. Солнышко. Чудо. Самая лучшая девочка на свете. Она справится. Она давно самостоятельный человек. Если бы не ее глупая опека, то Алешка давно бы нашла себя и была бы счастлива. Как жаль, что невозможно повернуть время вспять. Как жалко, что она не успеет попросить прощения. Сердце висело на волоске, подуй — разорвется, но надежда была. Надежда, что она успеет попросить у дочки прощение...

— Неспокойно что-то мне. Добей тетку, Хром. Бабы живучие бывают, — прозвучал из прихожей голос старика.

Шаги проследовали в обратном направлении. Над ней склонился Михаил, в его руке блеснул нож для резки бумаги — боли она не почувствовала, только легкую грусть, что так и не успела покаяться перед дочерью.

Глава 5
МАНЮНЯ

Алешка выползла из-под кровати в своей комнате, прижимая к себе любимую куклу Манюню. Доползла до кабинета, наткнулась на тело матери, уткнулась ей в грудь и беззвучно заплакала от горя. Теперь она знала, что у смерти бывают разные оттенки. Смерть бабушки пахла шалфеем и покоем. Бабушка ушла на небеса смиренно. Смерть мамы пахла чудовищно — кровью, болью и отчаянием. Страх витал в воздухе и мешал дышать. Не мамин страх, страх чудовищ, которые убили ее близкого человека. Невыносимый запах человеческой подлости. Мама не должна, не должна была так ужасно умереть!

— Прости меня, мамочка. За все прости, прости, — шептала она, поглаживая Ирину по волосам, рукам, груди, лицу. На лице мамы застыла улыбка. Алешка знала, что ее прощальная улыбка предназначалась ей. Мама даже перед смертью пыталась ее подбодрить и успокоить.

Как в забытьи, Алешка провела рядом с телом матери несколько часов. Очнулась от того, что запах смерти усилился. Она взяла маму под мышки и потянула в сторону ванной. Бабушка рассказывала, что покойников надо обмывать, наряжать во все новое, класть в гроб и молиться за усопшего, поминая его добрым словом, чтобы душа попала в рай. Бабушку забрали в день смерти в морг, но подружка ее Валентина Георгиевна, соседка с верхнего этажа, перед этим провела ритуал вместе с мамой. Значит, надо все сделать как положено.

Дотянув труп до ванной, Алешка положила на пол большое полотенце, осторожно раздела мать, старательно обмыла влажной губкой оскверненное тело, причесала волосы, потянула покойницу на полотенце в комнату и решила уложить ее в постель. Поменяла белье на кровати, с трудом переложила труп на свежие простыни, разыскала новое платье мамы, которое та бережно хранила в шкафу и все шутила, что на свадьбу дочки его наденет. Платье было прекрасное, шелковое, длинное, с набивным рисунком и кружевами. Мама говорила, что оно нежно-желтое, как утреннее солнце. Оно так и пахло желтым — солнцем, летом и счастьем. Пусть у мамы на небесах всегда будет лето.

Алешка сняла платье с вешалки, попыталась надеть на мать, промучилась долго — не вышло. Тело стало коченеть. Пришлось искать бабушкину коробку для шитья. Она аккуратно разрезала наряд сзади по шву, надела его, как халат, только задом наперед. Осторожно, чтобы не поранить маму, сделала несколько стежков на платье, перевернула тело на спину, сложила руки покойницы на груди и села на стул рядом с кроватью читать молитву. Кажется, все сделала как полагается. По-божески. По-людски.

На молитве сосредоточиться не получалось. Память отсылала ее в недавнее прошлое, к последней ссоре с матерью за ужином. Как нехорошо все вышло. Как скверно они поговорили. Она разозлилась на маму за жестокую правду, что никогда не станет нормальной, такой, как все. Мама была права. Из-за ее попыток стать самостоятельной погиб человек. Она убийца. Известие привело ее в такой ужас, что несколько часов Алешка в шоке пролежала на кровати в наушниках, включив на полную громкость любимый диск Маризы. Потом злость прошла, мама явно была не в себе, когда вернулась домой. Сказала сгоряча, чтобы уберечь ее от глупых поступков. Она не желала верить, что дочь выросла, и пыталась оберегать ее от жизни. Вину тем не менее Алешка с себя не снимала, за грехи надо платить. Она обязана найти жену писателя, кинуться ей в ноги, вымолить прощение, объяснить, что не желала ее мужу зла, и явиться с повинной в полицию. Осталось только уговорить маму позволить это сделать.

Если бы она могла предположить, что, пока размышляет о жизни под депрессивные мелодии португальской певицы, маму истязают преступники. Если бы только знала, то смогла бы придумать какой-то выход! Нашла бы способ позвать на помощь!

Не сообразила, тугодумка дурная. Из комнаты вышла, услышала в кабинете шум и бросилась туда. Дальнейшие события Алешка помнила как в тумане. Отчаянный крик матери, ее просьба, намек, приказ. На размышления времени не было. В голове стучало: беги к Манюне, беги к Манюне. Она поняла намек. Сделала вид, что выбежала из квартиры, спряталась под кроватью в своей комнате, где жила ее любимая кукла Манюня. Алешка стеснялась своей привязанности и прятала игрушку там. Притихла и стала молиться, чтобы подонки сразу оставили маму в покое. Расчет Ирины оказался верным. В квартире Алешка ориентировалась прекрасно, но как только выходила за порог — терялась. Если бы она выбежала на лестницу, преступники настигли бы ее через минуту. Бандиты, купившись на хитрость, должны были испугаться и уйти! Испугались, но ушли не сразу. Несколько долгих минут хозяйничали, как у себя дома. Искали какие-то деньги. Миллион! Откуда? Откуда у них миллионы? Всю жизнь мама работала как проклятая, но лишних денег в семье не водилось. Жили они скромно. Экономили на всем. Мама себя во всем ограничивала, кроила бюджет так, чтобы у нее, Алешки, было все необходимое. Один ее компьютер с говорящими программами, распознающими текст, стоил целое состояние. Мама сделала все возможное, чтобы она смогла учиться и иметь доступ к информации. Все ей отдала, а сама радостей в жизни не знала. Какой дурой она была, что не слушалась мать! Кажется, только сейчас поняла, насколько сильно мама ее любила. Господи, за что? Это не люди — звери! Отморозки! Кем же надо быть, чтобы убить беспомощную женщину, которая никому не причинила зла? Ради чего? Ради каких-то мифических денег и квартиры.

Алешка, лежа под кроватью, слышала почти все, о чем говорили отморозки в кабинете. Слух у нее с детства был лисий. Речь шла о медицинском научном центре и о ней. Выходит, маму подло обманули? Из-за нее обманули. Вспомнились радостные эмоции мамы, ее возбуждение, когда позвонила некая женщина по имени Людмила Петровна. Теперь ясно, отчего мама ликовала. Ей предложили новую технологию лечения дочери от слепоты. Господи, да она все бы сейчас отдала, и слух, и речь, и ноги, лишь бы мама была жива! Сволочь какая эта тетка Людмила Петровна. Не она ли носит кличку Коза? Определенно она — преступница, которая вынудила маму взять ссуду на мифическое лечение. Эта женщина виновата во всем! Она организатор преступления. Алешка сжала кулаки, но через мгновение понуро опустила голову. Сама виновата. Господь наказал ее за грехи, забрал взамен жизни несчастного писателя жизнь самого близкого и родного человека. Виновата. Виновата. Виновата...

Алешка сползла со стула на пол и закрыла уши руками. Чувство вины оглушало, звенело в голове, пульсировало в висках. Как жить дальше? Как? Что теперь делать? С детства бабушка и мама вели ее по жизни. Когда Алешка подросла, опека стала ее раздражать. Она сопротивлялась, дерзила, не слушалась, хотела доказать, что самостоятельная, но мама никак не желала ее отпускать.

Получила то, что хотела, дура! Теперь она одна, и помощи ждать неоткуда. Что дальше? Как жить? Она не умеет даже элементарных вещей. Постирать, погладить, сварить суп, купить необходимые продукты. Она теряется в городе, не умеет просить помощи. Она понятия не имеет, сколько стоит хлеб и проезд на метро. Мама не слишком любила брать ее с собой в магазины и поездки по городу.

У нее нет ни специальности, ни работы, только мизерная пенсия, на которую, как говорила бабушка, не проживешь. Кому нужна незрячая студентка-заочница четвертого курса лингвистического института?

Языковый вуз тоже выбрала мама, решила, что знание иностранного языка в жизни не помешает. Что теперь ей делать с этими знаниями? Мама мечтала, что она выучится и репетиторством займется, будет давать уроки незрячим детям. Какие дети? Как учить малышей, если сама не в состоянии ничему научиться? Неумеха и дура бестолковая. Совершенно бесполезный, лишний в этом мире человек.

Может, хорошо, что ее скоро убьют? Прихлопнут, как букашку, тело выкинут куда-нибудь в канаву или зароют в лесу. Туда ей и дорога. Никто ее не вспомнит и плакать о ней не будет. Только ведь преступники после ее смерти поселятся здесь, в квартире, где жили она, мама и бабушка. Где пахнет медом, хлебом и жареной картошкой. Где круглый год в вазе на журнальном столике лежат апельсины, похожие на солнце. Где зимой на окнах появляются причудливые ледяные узоры, которые можно потрогать рукой, а на подоконниках за окнами пушистый снег, обжигающий ладони и губы. Где в плетеной корзинке у старенького кресла-качалки лежит бабушкина колкая пряжа в клубках, а в шкафах холщовые мешочки с душистыми травами. Где в ванной бутылочка с розовой водой, яблочное мыло, густой яичный шампунь и ландышевые духи. Где холодильник перестукивается со стеной по ночам, поют часы в гостиной, смешно урчит унитаз и булькают батареи. Где каждая паркетная доска и дверь издают свои неповторимые мелодии. Где радио на кухне каждое утро кашляет, а потом басовито сообщает последние новости. На застекленном балконе пахнет рекой и геранью. Где за прохладным стеклом живут старинные книги в кожаных переплетах, а на стенах висят волшебные пейзажи, написанные дедом. Все это достанется негодяям, убившим маму? Разве это справедливо?

Алешка шмыгнула носом. Уходить из жизни резко расхотелось. Она не может подарить убийцам то, что им не принадлежит! Надо выжить любой ценой и наказать подонков. Отомстить за маму! Как это сделать? Преступники скоро поймут, что никакой Мани-Манюни в природе не существует, явятся за ней сюда и возьмут под контроль. Каким образом ее собираются контролировать? Привяжут к батарее и будут полгода объедками кормить, пока она в права на квартиру не вступит? На наркотики посадят, чтобы овощем стала? Или просто убьют, а документы подделают? Ее убьют — это самый простой выход. Надо бежать, спрятаться, подумать. Только как она убежит, если в квартире лежит тело мамы? Как она оставит ее одну?

Мама велела, если с ней что-нибудь случится, сразу звонить соседке Валентине Георгиевне. Ее дочка Ксения работает похоронным агентом. Мама договорилась с ней заранее, что все проблемы она возьмет на себя, и оплатила будущие погребальные услуги. Алешка поежилась, вспомнив страшный разговор с мамой о смерти. Ужасно было слушать ее рассуждения о таких вещах, как ритуал. Говорила она будничным тоном, словно размышляла, какой приготовить на завтра обед. Попросила ее кремировать, на церемонию прощания в морг не ходить, урну забрать, когда назначат время, вместе с агентом и захоронить рядом с бабушкой. Разговор случился вскоре после похорон бабули. И без того было тяжело, хотелось закрыть уши, убежать, запереться у себя. Мама успокоила, что умирать в ближайшие лет сто она не собирается. Однако обязана продумать все до мелочей заранее, чтобы снять с дочкиных плеч возможные проблемы. Одного мама не предусмотрела: что ее убьют.

Алешка понимала, что нужно звонить в полицию, но боялась. Слова матери о том, что в органах работают плохие люди, которым лишь бы преступление на кого-нибудь повесить, подтвердили убийцы. У организатора банды, некой Козы, половина полицейских в этом районе куплена, что она, Алешка, будет делать, если нарвется на продажных следователей? Обвинят ее не только в смерти писателя, не приведи господи, убийство мамы на нее повесят. Она сгниет заживо на зоне, как говорила мама. А убийцы будут свободно ходить по земле, жить в ее квартире и обманывать других беззащитных людей. За смерть писателя она заплатит, но не сейчас. Если ее арестуют и посадят, как тогда она отомстит за смерть матери?

Решение пришло и камнем повисло на сердце. Она все сделает так, как велела мама. Позвонит Валентине Георгиевне, сообщит о несчастье, все ей расскажет, что знает, попросит вызвать полицию и исчезнет на время. Мама поймет и простит, ведь душа ее уже на небесах. Только куда бежать? У Валентины Георгиевны спрятаться? Старушка всегда была добра к ней, не откажет, приютит на время. Правда, толку с того ноль. Вычислят. Один из убийц предположил, что она прячется у соседей. Все в подъезде знают, что Валентина Георгиевна была подругой бабули. Бежать в общество слепых и там просить помощи? Найдут. Где еще искать, как не там.

В детективах, которые она читала и слушала, бесстрашные девушки выслеживали преступников, разгадывали головоломки и шарады, разоблачали убийц, заводили романы со следователями, находили себе рыцарей-защитников из криминальной среды, но хороших. Ей подобное не светит. Какие рыцари! Ничего она не может, дура бесполезная, только по-английски и немецки свободно говорить. Надо было поступать на юридический.

Внезапно Алешку осенило. Мама часто рассказывала про свою близкую подругу детства, юриста по образованию. Вот кого надо разыскать! Вот кому можно довериться. Кажется, подругу мамы зовут Арина. Дружили они с детства, вместе учились в школе, сидели за одной партой. После получения аттестата разошлись по разным вузам, но дружбу не прекратили. Почему подруг развела судьба, Алешка не знала. Мама на этот вопрос отвечала уклончиво и постоянно меняла свои версии. Алешка догадалась, что она рассказывать об этом просто не хочет, как и об отце. Все попытки дочери выяснить свое происхождение тоже пресекались. Нет ли тут связи? Арина мужчину увела у мамы? Или наоборот — мама увела у Арины парня? Вот это драма, охнула Алешка, закрыв рот ладошкой. Если так, то плохо дело. Говорят, женщины не прощают таких вещей. С другой стороны, мама всегда вспоминала о подруге с теплом. Как-то даже жаловалась бабуле, что если бы Арина не вышла замуж и не переехала в Питер, то она обязательно наладила бы с ней прежние отношения. Питер. Надо ехать в Питер. Но поиски стоит начать в Москве. Прямо сейчас и нужно начинать.

Фамилию подруги матери Алешка не помнила, но имя Арина — редкое. Значит, выяснить девичью фамилию не составит особого труда. Она должна быть указана в школьном альбоме мамы и в старых записных книжках.

Алешка прошла в кабинет, порылась в ящиках стола. Здесь мама держала все свои бумаги и документы. Но как выглядят старые еженедельники и записные книжки, Алешка понятия не имела. Нашла еженедельник в обложке из кожзаменителя, перехваченный резинкой, сунула в карман, но уверенности в том, что это записная книжка, не было. Альбом надежнее.

Алешка распахнула дверцы нижнего ящика книжного шкафа, большого и гулкого. В детстве она любила тут прятаться, а мама ругалась, что дочь в пыли сидит и соплями аллергическими истекает. Алешка шмыгнула носом, так больно стало от воспоминаний. Пошарила рукой по переплетам книг, собранных здесь, нашла шершавую папку с гладкими буквами и прижала к груди. Вот оно — ее спасение. Альбом и еженедельник она покажет Валентине Георгиевне, попросит найти Арину, выяснит ее девичью фамилию и, возможно, старый московский телефон. А дальше дело техники. Существуют же какие-то справочные. Интернет опять же. Вдруг повезет и у маминой подруги найдется страничка в социальных сетях? Может быть, в Питер ехать не придется? Хотя она бы туда съездила. Там ее точно никто не найдет.

Алешка потрогала циферблат наручных часов. Пять утра, старушка спит, и разбудить ее может только землетрясение. На ночь Валентина Георгиевна всегда принимает снотворное. Пусть спит. Есть время, чтобы побыть с мамой, проститься, собраться в путь и придумать, как изменить свою внешность. Нельзя исключать, что убийцы наблюдают за подъездом. И полиция ее разыскивает. Значит, надо выйти из парадного так, чтобы никто не обратил на нее внимания. Задачка не из легких. Трость и походка выдают в ней человека незрячего. Придется идти без трости, ориентируясь исключительно на ощущения, звуки и запахи. Внезапно в голову пришла идея.

Алешка отправилась в комнату бабули и распахнула шкаф. В лицо пахнуло нафталином, эвкалиптом и пылью. У бабушки была паранойя по поводу моли. Она дико боялась, что моль сожрет вещи любимого мужа. Дед погиб в самом расцвете лет, и все, что с ним связано, было дорого бабуле как память. Придвинув к шкафу стул, Алешка влезла на него и обыскала антресоль. Мама говорила, что дочь по конституции похожа на деда. Такая же высокая и худая. Значит, вещи его вполне могут ей подойти.

Сверток, завернутый в газеты и перевязанный бумажной веревкой, нашелся быстро. Алешка развязала узел, порвала газеты и вытряхнула одежду на кровать. Погладила рукой. Вещи деда пахли особенно, пчелиным воском, махоркой и гвоздичным маслом. Байковая рубашка, шерстяные штаны, кожаный ремень с металлической пряжкой, кепка, теплый мешковатый пиджак, вязаный свитер на «молнии», ботинки с высокими голенищами.

Вещи сидели на ней как на вешалке, были широки в плечах и болтались на талии. Ботинки тоже оказались велики на три размера. Пришлось натянуть их на плотный шерстяной носок. Алешка заплела косу, закрутила вокруг головы и спрятала под кепку, на нос нацепила круглые дедовские очки. Прошлась по комнате, прихрамывая на одну ногу. Выглядит она наверняка чудовищно, но не до красоты сейчас, в таком виде ее точно никто не опознает, примут за бродягу.

Она заглянула в свою комнату, разбила копилку-хрюшку, осторожно выгребла из осколков купюры и монетки. В копилке должно было быть около пяти тысяч рублей. Хватит на билет в Питер, если возникнет необходимость ехать туда. Вопрос, хватит ли на еду?

В свертке с дедовскими вещами была и брезентовая котомка. Алешка прошла с ней на кухню, обшарила шкафы и холодильник. Печенье, шоколадка, пара апельсинов, тушенка, хлеб, сыр... Что еще? Она вернулась в свою комнату. Паспорт, несколько пар трусиков, носки, расческа, майка, свитер, лосины.

Осталось взять шампунь, мыло, зубную щетку и пасту. Еще Манюню, записную книжку и альбом. Кукла в котомку не влезла, Алешка растянула шерстяную кофту, сунула Манюню туда и закрыла «молнию» — за широкими полами пиджака не видно, что она прячет. Вернулась в кабинет. Альбом в сумку тоже не влез, пришлось засунуть его за пояс сзади, не слишком удобно, но делать нечего. Записную книжку она запихнула в карман. Прошлась по комнате, прислушиваясь к ощущениям. Под ногой что-то звякнуло. Она нагнулась, изучила предмет. Нож для резки бумаги, холодный и липкий, пахнет кровью. Орудие убийства!

Алешка выронила нож и осела на стул, вытерла руку о скатерть. Силы неожиданно покинули ее, началась трясучка. Она сидела на стуле, не в состоянии унять дрожь. Страх давил со всех сторон. Мерещились шаги, голоса и стоны. Казалось, что убийцы уже здесь, в квартире, увидели ее и прикидывают, как лучше от нее избавиться. Дурнота подступила к горлу, голова закружилась. Она потерла виски и уши, подула на озябшие ладони, сделала два глубоких вдоха и придвинула к себе телефон.

Номер Валентины Георгиевны никак не получалось вспомнить. Простой вроде номер, первые цифры — как у них. Какая неприятность, что она утопила свой сотовый. Там были забиты все контакты, а главное — телефоны соседки и ее дочери Ксении, похоронного агента. Алешка попробовала набрать номер наудачу, попала не туда, нарвалась на хама, который откровенно послал матом. Крепкое словцо, брошенное в ее адрес, к удивлению, подействовало как нашатырь. Головокружение прошло, и родилось наконец самое простое решение: прекратить заниматься ерундой, сходить самой к Валентине Георгиевне. Всего-то надо подняться на один этаж. Вот только из квартиры выходить страшно.

Преодолевая панику, Алешка подошла к двери и прислушалась. На лестничной клетке было тихо, только бухтела собака Фроська — спаниель несчастный. Фроська была старой и лаяла частенько от тоски.

Алешка открыла дверь и вышла из квартиры. Вспомнила, что забыла трость — вернулась. Трости на привычном месте не оказалось. Завалилась куда-то. Убийцы устроили в прихожей кавардак. Вероятно, перетряхивали вещи, искали деньги. Рука наткнулась на бабушкину палку. Короткая, с тяжелой металлической ручкой, но вполне сойдет, чтобы на лестнице шею не свернуть. Лифтом отчего-то ей тоже было пользоваться страшно.

Поднявшись на один этаж, Алешка позвонила в дверь Валентины Георгиевны. Никто не откликнулся. В квартире было тихо. Алешка позвонила еще раз, потом еще. Постучалась — дверь со скрипом распахнулась.

— Здравствуйте, Валентина Георгиевна! Простите, пожалуйста, что беспокою... — пролепетала она, ее голос свободно проплыл в квартиру и гулко отразился от стен. — Валентина Георгиевна? — позвала она дрожащим голосом, хотя уже поняла, что никто ей не ответит. Здесь тоже пахло смертью, дикой и нелепой. Словно боясь спугнуть смерть, Алешка на цыпочках прошла в прихожую и еще раз позвала соседку. На пороге комнаты валялась табуретка, Алешка наткнулась на нее, подняла и аккуратно поставила, сделала еще несколько шагов и споткнулась о тело старушки. Еще теплое. Убийцы побывали здесь недавно. Под головой соседки растеклась липкая лужа, Алешка вляпалась в нее рукой и, сдерживая крик, бросилась в ванную. Крик застрял на выходе, опустился вниз, растекся по желудку. Она склонилась над унитазом — ее стошнило несколько раз подряд. Сначала от ужаса, потом от стыда, что организм повел себя так по-свински.

Потом она долго мыла руки и полоскала рот, не в силах поверить, что это не сон. Из ванной вышла, как Буратино, на негнущихся ногах, шагнула в сторону прихожей и подпрыгнула на месте, выронив палку. Рядом зазвонил сотовый. Несколько мгновений она размышляла, отвечать или нет, наконец решилась. Звонила дочь Валентины Георгиевны.

— Ксения Эммануиловна, вашу маму убили, — глухо сказала она в трубку. На том конце провода повисло молчание. — Это я — Алешка. В смысле, Лена Симакова из сто семнадцатой квартиры — внучка подруги вашей мамы. Мою маму тоже убили. Я не могу сейчас говорить. Убийцы поблизости. Мне надо бежать. Простите меня. Мне очень жаль. Пожалуйста, вызовите полицию и позаботьтесь о моей маме. Она говорила, что оплатила ваши услуги. Я вам позвоню, как только смогу. Продиктуйте мне свой номер, — в трубке завыли нечеловеческим голосом. — Потом будете плакать! — крикнула Алешка. — Диктуйте номер скорее! — Крик подействовал. Рыдания стихли, дочка Валентины Георгиевны назвала цифры своего мобильного.

Алешка повторила про себя номер, отключила телефон, положила его на зеркало в прихожей, вышла на лестничную клетку. На душе немного отлегло. Скоро здесь будет полиция, надо забрать сумку и уйти.

Она сделала два шага вниз по ступеням и замерла, прислушиваясь к шорохам и звукам. На лестничной клетке ее этажа кто-то был. Как взрыв, раздалась мелодичная трель звонка ее квартиры, и сердце в груди подпрыгнуло к горлу — пришли по ее душу. Почтальоны и сантехники не являются в гости в такую рань, а полиция не могла приехать так быстро.

Тот, кто терзал звонок ее квартиры, откашлялся, закурил и пошел вверх по лестнице. Алешка попятилась, вызвала лифт, надвинула кепку на нос. Кабина была на этаж ниже, но так медленно поднималась, что Алешка чуть не разрыдалась от отчаяния. Она несколько раз надавила на кнопку лифта, словно это могло ускорить его черепаший ход. Шаги приближались. Еще шесть ступеней, и она нос к носу столкнется с человеком, который пришел за ней. Пять, четыре, три... Лифт замер на этаже и распахнул двери. Она вошла внутрь и нажала на кнопку первого этажа. Успела!

В кабине витал запах дорогих сигарет, перегара, лакрицы и незнакомого мужского парфюма с яркой ноткой лимона. Запах явно принадлежал незнакомцу, который звонил в ее дверь. Судя по звуку, кабина была на ее этаже, когда она нажала кнопку. Очевидно, незнакомец пользовался лифтом последним. Запах был новый, не похожий на те, которые жили в этом подъезде прежде. На улице, в метро и магазинах она тоже такого не встречала. Не местный был запах, заграничный. Он явно не принадлежал тем, кто убил ее мать. Кто этот человек? Бандит пришел проверить, вернулась ли она домой?

За что они убили старушку? Зачем ее убили? Зачем? Ей жить осталось от силы три-пять годков. Изверги бесчеловечные. Решили, что она не вернулась домой и по-прежнему прячется у соседки? Выяснили, что полицию она так и не вызвала, решили наведаться к Валентине Георгиевне, ее не нашли, свидетеля устранили. Сволочи! Просто чудо, что она с убийцами разминулась. Могла бы легко угодить прямо в лапы негодяев, если бы поднялась к соседке на полчаса раньше. Какие же они наглые сволочи! Ничего не боятся, даже полиции. Вернулись на место преступления, и суток не прошло.

Светиться в третий раз побоялись, поэтому отправили на ее ликвидацию другого члена банды — субъекта с лимонным запахом. Господи, сколько же их в шайке? Уже четверо. Людмила Петровна по кличке Коза, судя по голосу, дама в летах и много курит, прекрасно владеет приемами манипулирования, возможно, гипноза, имеет налаженные связи в правоохранительных органах, осторожна, умна, глава шайки. Видно, это не первая их сделка. Нотариус Антон Петрович, судя по всему, настоящий нотариус — гадина с мозгами, маскируется под недотепу, но имеет право принимать решения, по голосу он явно пожилой. Фальшивый агент Михаил Залепин по кличке Хром, безмозглая шестерка, наркоман, по словам нотариуса, молодой и сильный, киллер. Теперь объявился еще один персонаж — некий франт, он курит дорогие сигареты, пьет пиво, жует лакричные пастилки и пользуется лимонным парфюмом. Кто он? Киллер номер два или тонкий психолог, посланный к ней, чтобы взять ее под «контроль»? Надо будет зайти в магазин и выяснить, что у него за парфюм. Изучение запахов и состава духов было ее хобби с детства. Обоняние у нее, как у собаки. Вдруг это поможет? Хотя как это может ей помочь? Какая разница, каким парфюмом пользуется киллер! Одно пока ясно. За подъездом внимательно наблюдают, надо сконцентрироваться и убраться отсюда поскорее.

Ссутулившись, прихрамывая на одну ногу и опираясь на бабушкину клюку, Алешка вышла из подъезда и быстро пошлепала в сторону метро, сосредоточенно прислушиваясь к запахам и звукам. Главное, идти ровно, не петлять, не впечататься в дерево, в столб или прохожего. Не кувыркнуться, оступившись, с тротуара, не поскользнуться, не ударить в грязь лицом в прямом смысле этого слова. Одно неверное движение, и ее сразу вычислят.

Сто шагов, угол дома, поворот налево, прямо тридцать шагов — поворот направо. Теперь надо перейти дорогу и выйти на бульвар — там станет легче. По бульвару она часто гуляет, знает каждую лавочку и щербинку на тротуаре. А от него до метро рукой подать. Метро — самое правильное место, где можно легко затеряться в толпе даже инвалиду. Людей в подземке много, очень много, и никто не обращает друг на друга внимания. Все куда-то бегут, толкаются и заняты только собой.

Без своей трости идти было сложно, казалось, мозги лопнут от напряжения. Дорога — самый опасный участок на маршруте, но просить о помощи сейчас нельзя. Это может привлечь внимание преступников. Пятнадцать шагов — палатка с хлебом, далее десять шагов — светофор. Дорога короткая, но оживленная. Мимо проносятся машины. Вокруг никого. Стук каблучков по асфальту. Ментоловая сигарета, свежая булочка с корицей, кофе, терпкие восточные духи. Рядом остановилась молодая девушка, явно не студентка, сотрудница офиса или банка, мечтающая сделать карьеру. Не светит ей серьезная карьера, подумала Алешка. Слишком навязчивый аромат вечерних духов в дневное время говорит об отсутствии ума, вкуса и воспитания. Булочку прикупила не в хлебной заводской палатке по дороге к метро, а в дорогой кофейне на соседней улице, целый крюк сделала. Наверняка большие деньги за кофе и булочку выложила. Не съела сразу, а купленное в офис несет, где скорее всего есть кофемашина и кофе бесплатный дают. Доказать всем хочет, что современная, модная, успешная. В коллектив снобов мечтает влиться как своя. Какая, право, глупость, размышляла Алешка. Зачем изображать из себя кого-то, когда просто можно быть собой? А если тебя не принимают такой, какая ты есть? Значит, люди вокруг тебя не те, а не ты плохая. Мысли о девушке отвлекали Алешку от кошмара, который она совсем недавно пережила. Мама верно говорила, что никогда она не будет такой, как все. Это очень горько, но делать нечего — никто никогда не полюбит ее так, как мама и бабуля. Никто никогда...

Каблучки сошли с тротуара на проезжую часть. Алешка пристроилась сзади, за ароматным облачком ментола и шлейфом восточного аромата. Девушка-карьеристка привела Алешку на бульвар. Здесь можно было вздохнуть свободней, но расслабляться было рано. Ночью явно ударили заморозки и превратили бульвар в каток, а дворники не успели засыпать дорожки солью и песком. В переходе перед станцией метро «Фрунзенская» ступени тоже оказались скользкими. Предупредил об опасности гражданин, который шел впереди и неожиданно свалился, сообщив об этом всем окружающим непечатными выражениями.

Только очутившись в метро, куда ее практически внесло потоком спешащих людей, она немного расслабилась. Оказалось, рано радовалась: она только сейчас поняла, что оставила дома сумку, где были документы, еда, сменная одежда, предметы гигиены. При ней только школьный альбом мамы, записная книжка и кукла Маня за пазухой. Ну и видок у нее, наверное, со стороны. Беременный хромой бродяга с палочкой. Все небось таращатся на нее с удивлением. Деньги! Алешка испуганно пошарила по карманам дедовского пиджака и опять с облегчением вздохнула. К счастью, купюры из разбитой копилки она сразу сунула в карман.

Алешка купила карточку на проезд и вместе с потоком людей спустилась на эскалаторе вниз, чуть не скатившись с него на входе и не свернув себе шею на выходе. Отчего-то поручень ехал быстрее эскалатора. Повезло, что час пик и впереди плотно шли люди.

Без сопровождающего и ее трости передвигаться по метро оказалось безумно сложно, хотя маршрут был ей знаком. Одна в подземке она никогда не ездила. Здесь стоял такой гул и грохот, что ориентироваться по звукам было невозможно, а какофония запахов сбивала с ног. Послышался звук подходящей электрички, толпа стала напирать сзади, подталкивать ее к краю платформы. От страха сделалось мутно в голове. Палочка уткнулась в пустоту, в нос пахнуло машинным маслом. Грохот нарастал. Еще мгновение, и ее столкнут под поезд.

Кто-то схватил ее сзади за шиворот и дернул назад.

— Куда прешь, дед! Жить надоело? — проорал незнакомый мужской голос, грубиян отшвырнул ее назад. Дальше произошло неожиданное. Поезд вобрал в себя пассажиров и уехал, а она осталась на перроне.

— Сам ты дед, — буркнула Алешка и уселась на лавку ждать следующую электричку. Рядом присела пожилая женщина, благоухающая кислыми щами, и стала методично пихать ее локтем. — Что вы толкаетесь? — разозлилась Алешка, с трудом удерживаясь, чтобы не засветить тетке локтем в ответ. Та замерла, вероятно, внимательно ее рассматривая, а потом запричитала, как плакальщица.

— Батюшки-светы! Ты слепой, что ль, парень? Ах ты, боже мой! Молодой такой, а уже глаза не видят. Прости, ради бога. Не толкаюсь я, носки вяжу внучку своему.

— Извините, пожалуйста. Вы мне не поможете в вагон войти? — хмуро спросила Алешка, услышав приближение следующего поезда и гул собирающейся толпы.

— Конечно! Помогу, родненький. Как не помочь инвалиду, — бодро ответила дама, схватила ее за локоть и заорала на весь перрон. — Расступись! Я слепого веду!

Глава 6

НЕВЕРОЯТНО, НО ФАКТ

Умом Россию не понять. Все здесь через задницу, пришел к выводу Марко Бензел и записал в своем блокноте собственную фразу, такой она показалась ему оригинальной. Изучать Россию он начал еще вчера, когда, отдохнув от перелета из Берлина, отправился в ночной клуб. Черт его дернул туда пойти. Ему рассказывали, что русские девочки на иностранцев пачками вешаются, но чтобы до такой степени! Девочки, впрочем, были хороши. Верно говорят, что в России самые красивые бабы. От изобилия их у Марко глаза разбежались в разные стороны. А может, от местного пива. Черт его дернул попробовать. Как оно там называется? Медведь какой-то, не то белый, не то косолапый. Колорита русского захотелось. Напробовался колорита. Сам теперь как медведь. Штормит, как во время качки. Пиво, правда, прошло на ура, только имело какой-то специфический привкус, словно в него порошка стирального сыпанули. Потом одна из прелестниц, голубоглазая блондинка Катя, угостила его русской водкой. Отказаться было неудобно, да и не хотелось. Напрасно, напрасно он водки выпил. Мир вокруг закрутился, как бешеная карусель. Как он в гостинице оказался, Марко помнил смутно. Включился автопилот. Благо один, хотя щедрая девица норовила за ним увязаться и даже вышла из клуба с ним вместе, а потом потерялась где-то по дороге.

Просто удивительно, как легко в Москве поймать попутку. Не успеешь руку поднять, тормозят сразу несколько. Похоже, в русской столице это доходный бизнес. Сумма, которую запросили у него за поездку, вызвала недоумение, но неловко стало торговаться. Катя, однако, сама сунула свою красивую головку в окно и поговорила о чем-то с водителем. Платила, кажется, тоже она, но почему же не села в машину? Как неудобно получилось. Марко почесал короткий белый ежик волос. Последнее, что он помнил, — как просил у нее номер, а Катя попросила его телефон. Марко нервно хихикнул. Она попросила — он и отдал. Теперь у него нет нового айфона. А может, он в такси его выронил? Как-то не хочется верить, что прелестная длинноногая блондинка, с которой он разговаривал о Томасе Манне, Кафке и Джойсе, по собственной инициативе лишила его связи с родителями и друзьями. Девушка тоже была слегка пьяна, наверняка случайно все вышло.

Марко поморщился, прокручивая в голове события вчерашнего вечера. Шут с ним, с телефоном. Сегодня он купит новый, чтобы связь была. А сейчас главная задача передать письмо одному человеку от отца. Жаль было его оставлять, рак все сильнее жрал беднягу изнутри. Прогнозы врачей неутешительные — от силы месяц жить папе, но пришлось ехать. Отец настаивал. Поездку Марко спланировал впритык, чтобы побыстрее вернуться домой и только главное посмотреть. Быть в России и не увидеть Красную площадь, Манеж и Третьяковку — глупо. Завтра по расписанию Питер с его потрясающей архитектурой, Эрмитаж, Юсуповский дворец — оттуда обратно в Берлин.

Марко почесал белобрысый ежик и сунул пустую банку в карман. Голова раскалывалась так, словно по ней танк проехал. Надежда на то, что свежий воздух немного выветрит муть из мозгов, не оправдалась. Зря он сюда приехал в таком состоянии. Хотел застать хозяев до начала рабочего дня, чтобы уж наверняка. День освободить для экскурсий по городу, а вечер — для поисков Катрин с мозгами, как у Шиллера, и ногами, как у Нади Ауэрман. Про свой телефон разузнать, ну и вечер скоротать в приятной компании. На фиг ему экскурсии. Сейчас передаст письмо, выпьет аспирину и в постель.

Марко еще раз позвонил в дверь квартиры сто семнадцать и с прискорбием понял, что дома никого нет. Мелькнула мысль положить письмо в почтовый ящик. Он даже сделал шаг к лифту, но передумал. Велено передать в руки, значит, надо дождаться хозяев. Вдруг госпожа Симакова здесь больше не живет. Никто разыскивать ее не станет, выкинут конверт в помойку и забудут, а для отца отчего-то это важно. Ему тоже очень хотелось знать, кто эта женщина, ради которой пришлось лететь в Россию.

Марко посмотрел на часы. Рановато, чтобы соседей обходить с вопросами.

Наверху скрипнула дверь одной из квартир, кто-то из жильцов вызвал лифт. Марко, преодолевая боль в голове, заспешил на звук. Двери лифта перед носом закрылись. Опять не повезло. Не успел ничего спросить.

За спиной снова скрипнула дверь. Марко обернулся. В дверном проеме никого. Хозяева, видимо, забыли дверь запереть, и ее сквозняком распахнуло.

Он позвонил в звонок, постучал, заглянул в прихожую, позвал хозяев. Никто не откликнулся. Прихожая вела в комнату. Дверь тоже была распахнута, на полу лежала пожилая женщина. Марко бросился к ней. Лишь подойдя ближе, он увидел, что голова у женщины разбита, кровь разлилась алым пятном по полу, впиталась в седые волосы. Рядом с телом стояла табуретка. Может, старуха с этой табуретки свалилась и разбила себе голову? Почему тогда один угол табурета в крови?

— Шайзе! — выругался он, схватил за руку пожилую даму, пощупал пульс. Пульса не было. Ругая себя последними словами, он попятился из комнаты, оставляя на полу кровавые следы. Вляпался.

— Не двигаться! Полиция! — закричали за спиной, обернуться он не успел, кто-то больно заломил руку за спину и поволок его из комнаты в кухню. Вляпался по самые причиндалы! Кажется, так говорят русские, с ужасом подумал Марко и решил уйти в глухую несознанку, чтобы не осложнить свое положение еще больше.

* * *

— Следственное управление следственного комитета. Майор юстиции Майоров, — представился подтянутый мужчина средних лет с седыми висками.

Марко озадаченно уставился на статного мужика в кожанке с лицом, полным печали. Русский он знал прилично, но никогда не слышал такого странного звания. Майор юстиции майоров. У них там что, отдельно юстиция майоров существует в следственном управлении? Судя по поведению, майор майоров у них был главным.

До прихода следователя Марко пытались допросить еще два персонажа, которые его задержали у тела старушки с разбитой головой. Прыщавый добрый полицейский и толстый — злой. На все вопросы Марко отвечал по-немецки, твердил, что является гражданином Германии, и на чудовищном русском требовал переводчика, адвоката и сотрудника консульства. Вскоре полицейские «поменялись» местами. Тот, что добрый и прыщавый, вдруг разозлился и дал Марко в глаз. Толстяк, напротив, подобрел, начал извиняться, раскланиваться и дал в глаз прыщавому, художественно обматерив его за применение силы к гражданину другой страны. Прыщавый расстроился и в сердцах плюнул на пол, но попал Марко на джинсы и кроссовок. Бензел не любил, когда его обувь и одежду пачкают, и дал прыщавому ногой в пах. Собственно, он не собирался бить, нога сама собой дернулась. Удар оказался тяжелым, несколько лет в футбольной школьной команде играл, а сейчас в сборной университета главный нападающий. Прыщавый схватился за причинное место и с выпученными глазами рухнул на пол. Толстый набычился и явно собирался тоже навешать Марко люлей. К счастью, явилась дочь убиенной старушки, а за ней оперативно-следственная группа во главе с майором майоров и понятые — два испуганных студента.

Полицейские отвлеклись на дочку убиенной. Бедняжка была совсем не в себе. Верно говорят, что в стрессовой ситуации люди творят странные вещи. Вместо того чтобы рыдать над бездыханным телом матери, дочь начала носится по квартире, зачем-то, судя по звукам, открывая шкафы и ящики. Искала что-то и, похоже, нашла. Потому что полицейские привели дочку покойной на кухню с жестяной банкой из-под печенья, которую она крепко прижимала к груди.

Дочка убитой оказалась худощавой дамой средних лет с заурядным лицом. Выглядела она как обветшавшее пальто, которое провисело в шкафу много лет, но до состояния винтажной вещи не дотянуло. Казалось даже, что пахнет от женщины нафталином. Узкие сухие губы, глаза немного навыкате, старомодные очки, темные волосы собраны в дохлый хвостик на затылке, черный костюм, янтарь в ушках и на шее. Звали даму Ксения Эммануиловна Иванькова. Фамилию Марко запомнил с трудом, была она такой же заурядной, как и сама дама. Фрау Иванькову усадили на табурет с другой стороны стола от Марко, ближе к окну. Если она и переживала из-за смерти матери, то мастерски это скрывала. Майор тоже сел, заняв табурет между ними. Шлепнул на стол, покрытый липкой клеенчатой скатертью, папку с протоколами и обвел их печальным взглядом, вероятно, размышляя, с кого начать.

— Что вы так на меня уставились? — грубо спросила Иванькова у майора.

— Как так? — лениво поинтересовался он и развернулся вполоборота в сторону фрау.

— Как, как, осуждающе! Не надо так на меня смотреть. Я ничего такого не сделала.

— Кто же вас обвиняет?

— У вас в глазах обвинение! — нервно сказала фрау Иванькова и стала жевать нижнюю губу. — Я свою мать не убивала.

— Это профессиональное, я смотрю так на всех, — дипломатично ответил майор. — У вас есть подозрения, кто убил вашу мать?

— Откуда же я знаю, — пожала костлявыми плечами Ксения Эммануиловна и ткнула пальцем в Марко. — Полицейские сказали, что этого парня задержали рядом с телом мамы. Значит, он убил, изверг.

Марко моргнул, усиленно делая вид, что не понял наезда, но внутри все вскипело от негодования. Он с трудом сдержался, чтобы не выдать себя. «Раз назвался груздем, полезай в кузов» — так любит говорить отец. Раз заявил полицейским, что по-русски ни черта не понимает, значит, надо дальше молчать. Так по крайней мере больше шансов, что пригласят переводчика и консула.

— Вы знаете этого молодого человека? — спросил следователь.

Ксения Эммануиловна повернулась к Марко и долго сверлила его маленькими глазками.

— Впервые вижу, — брезгливо доложила она и добавила: — Я крашеных блондинов вообще презираю.

— Это к делу не относится, — заявил следователь.

— А что относится? Что вы от меня хотели? Чтобы я над телом мертвым в истерике билась? — снова взвилась Ксения Эммануиловна. — Я, между прочим, больше вашего со смертью сталкиваюсь по роду деятельности. Пятнадцать лет работаю похоронным агентом. Для меня смерть — работа.

— Да ничего я от вас не хочу! Просто это ваша мама все-таки, — крякнул следователь и уставился в окно, словно там происходило что-то занимательное.

— Жаль, конечно, что с мамой несчастье приключилось, но если человек умирает, сочувствовать надо живым, — с раздражением заявила Ксения Эммануиловна. — Им тяжелее, а покойник что, ему уже все равно.

— Сочувствую, — вздохнул майор, почесал ручкой лоб и придвинул к себе протокол.

— Правильно сочувствуете! Я сегодня пережила настоящий стресс, — с напором заявила Ксения Эммануиловна, приложив бумажный платочек к сухим глазам. — Слава богу, все обошлось. Ничего из квартиры не пропало. Я решила, что мать обокрали. Хотя еще ничего не известно. Я не все осмотрела. Вы карманы у этого крашеного проверили?

— Давайте к делу ближе. Откуда вы узнали, что с вашей мамой случилось несчастье? — хмуро спросил майор.

— Мне соседка из сто семнадцатой квартиры позвонила. То есть я звонила сама.

— Соседке?

— Да нет же! Маме я позвонила. Мы с ней каждое утро созваниваемся. Ей почти девяносто. Мало ли что. Короче, я позвонила, как обычно, но трубку взяла не мама, а Алешка.

— Алешка? Вы же сказали, что соседка из сто семнадцатой.

— Я и говорю, соседка — Алешка, — с раздражением пояснила дочка покойной.

— Может, водички или успокоительного вам накапать? — с сочувствием предложил майор.

— Вот мое успокоительное! — Ксения Эммануиловна тряхнула жестяной банкой. — Про покойных плохо нельзя, но мать у меня с большим приветом была. Плюшкин по сравнению с ней отдыхает. Коммерческим банкам не доверяла, только жестяным. Все свои сбережения дома хранила, по банкам рассовывала. Эту коробку отец ей подарил на Новый год еще в шестидесятых годах. Сначала здесь пуговицы были, а потом, когда у маман крыша поехала на почве денежной реформы, она ее под сейф приспособила. У нее на сберкнижке деньги были, копила на дачный участок, но после девальвации хватило их только на телевизор «Рубин». Все сгорело. Она чуть в психушку не загремела тогда. В общем, с тех пор она стала хранить деньги не в сбербанке, а в этой банке.

Здесь ее главная заначка. Подозреваю, в кухне, ванной и туалете тоже тайники есть. — Ксения обвела жадным взглядом заляпанные шкафчики и плиту.

Марко тоже исподтишка осматривал кухню. Глядя на бедную обстановку, сложно было представить, что старушка владела несметными богатствами, однако в следующее мгновение дочка развеяла его сомнения. Грохнула банку на стол и открыла крышку. Присвистнули все, кто находился в кухне. Банка была полна купюр.

— Ну? Теперь ясно, почему я так разволновалась? Мама уже несколько лет ни копейки на жизнь не тратила. В определенный момент она решила, что я всем ей обязана и должна ее содержать. Конечно, так оно и есть, я обязана матери всем. Отец ушел к другой женщине, когда я еще маленькой была. Ушел и забыл, нам совсем не помогал. Она на двух работах пахала, старалась меня поднять. Я ей благодарна за все, но, согласитесь, неприятно, когда содержание требуют как нечто само собой разумеющееся. И все хиханьки-хаханьки. Она веселая старушка была, бодрая. Иначе, говорит, квартиру тебе не отпишу. Алешке завещаю, она как внучка мне, говорит.

— Кто такой Алешка, вы мне можете объяснить наконец? — разозлился следователь.

— Какой вы непонятливый! Я же все вам объяснила! Алешка — это девка соседская.

— Почему имя мужское?

— Заскок ее мамаши. По паспорту Алешку Ленкой звать, но мать ее мужским именем с рождения величала и всех приучила. Двадцать четыре года девке, а она все Алешка. Там все семейство Симаковых такое — юродивое. — Ксения Эммануиловна покрутила пальцем у виска. — Замкнуло их на болезни девочки. Никого к себе не подпускали, отгородились стеной от мира. Бракованной она родилась, слепой с рождения. Ничего удивительного, Ирина ее родила поздно. Да еще непонятно от кого. Курортное знакомство. Съездила в Адлер и в подоле привезла. Бабка, правда, не такой дикой, как Ирина, была. С моей матерью они дружили. Иногда в картишки дулись, чаи гоняли и молодость вспоминали. Когда бабка Алешкина преставилась, год назад это случилось, моя с горя на внучку переключилась. Все к ним в гости таскалась. Вместе с девочкой книги слушали, потом их обсуждали, чаи гоняли, пока я матери мозги на место не вправила. Я ей говорю, нужна ты больно там. Что ты к людям привязалась? Они не хотят никого в свою жизнь впускать, а ты лезешь все время. Обиделась, но ходить перестала. Поняла, что я права. А потом принялась меня инвалидкой шантажировать. Представляете, какая старая сволочь! Я напрягаюсь, содержу ее, а она мною еще манипулирует. А я ведь не миллионерша. Мало того что ее кормлю, на мне еще ипотека висит. Решила своим жильем обзавестись после второго развода. Пока жили под одной крышей, мать меня по доброте душевной с двумя мужьями развела. Недостойны, говорит, тебя. Сама без мужика осталась по собственной дурости и мою жизнь решила сломать. Ну да, мужья у меня были дерьмовые: первый пил, второй гулял, но покажите мне хоть одну замужнюю бабу, у которой все иначе?

Разменивать квартиру мать отказалась. Привыкла, говорит, и никуда не поеду, терпи. Легко сказать — терпи. Жизнь-то проходит. Вот я и решила отдельно от нее свою судьбу наладить. Какой там! Света белого не вижу. Пашу как лошадь за квартиру, здоровье угробила, язва, камни в почках, по женской части полный капец. Какая уж тут личная жизнь. А матери хоть бы хрен. До девяноста лет почти дожила, курила по пачке в день, от водочки не отказывалась, даже зубы все свои ухитрилась сохранить. Единственная проблема ее мучила — бессонница. Еще бы, совесть имеет свойство болеть даже у таких бесчувственных гадин, как моя мамаша. Теперь и у меня наконец-то жизнь наладится. Продам эту квартиру, расплачусь за ипотеку, собой займусь, — мечтательно сказала Ксения Эммануиловна.

Марко с трудом сдерживался, чтобы не выдать своих чувств. Все, что говорила фрау-сухарь, — было ужасно. С одной стороны, даму жалко, старуха ее явно третировала. С другой — плясать от счастья на костях собственной матери, которую бесчеловечно убили, — это верх цинизма. Напрягало еще одно. Рассказ фрау Иваньковой о соседях из сто семнадцатой квартиры Симаковых. Ирина Симакова — так зовут женщину, которой он должен передать письмо от отца. В голове стучало «Адлер, Адлер, Адлер». Отец был оттуда родом. Не там ли он познакомился с Ириной Симаковой? Из Адлера Ирина привезла в подоле. Незнакомое выражение, но ясно, что оно означает. Ирина Симакова вернулась в Москву с курорта в положении, а потом родила бракованную девочку Алешку. Девочке двадцать четыре года, а ему двадцать два. Марко вытер пот со лба, руки дрожали. Вдруг эта девочка родилась от его отца? Нет, быть такого не может.

— Значит, вам выгодна смерть матери? — равнодушно спросил следователь у Ксении Эммануиловны, вернув Марко из дум к реальности.

— Вы что, меня подозреваете? — с изумлением вытаращилась на майора фрау Ксения. — С ума сошли! Да я бы никогда в жизни на мать родную руку не подняла. У меня есть алиби. Я звонила ей с утра из дома.

— Почему из дома звонили на сотовый телефон? — уточнил следователь.

— Потому что у стационарного телефона звонок тихий, а мать была глуховата. Хотела купить ей новый стационарный, чтобы деньги на сотовую связь не тратить, но не успела, — Ксения Эммануиловна впервые всхлипнула. — Слушайте, я не убивала свою мать. Ей почти девяносто лет было. Рано или поздно она сама бы померла. Зачем грех на душу брать? По-своему я даже ее любила. Честно говоря, я не понимаю, кому это понадобилось. Деньги на месте, имущество на месте. Вам бы с Алешкой поговорить. Похоже, она знает больше моего.

— Откуда соседка узнала, что вашу маму убили?

— Алешка здесь была. Я же объясняла, она к сотовому мамы подошла. Я сразу-то и не поняла, что это она. Во-первых, не ожидала. Во-вторых, голос у нее такой металлический был, как робот мне про смерть мамы сказала. Потом вдруг как заорет на меня. «Хватит рыдать! Диктуйте немедленно свой телефон!» Потом понесла какой-то бред, что ее маму тоже убили, убийца находится поблизости, поэтому она должна бежать. Куда бежать? Она же не видит ничего и в городе не ориентируется. Попросила меня вызвать полицию и о матери ее позаботиться. Сказала, что позвонит, как сможет, и все объяснит.

— Почему вы не сообщили сразу, что трупа два? — возмутился следователь и обернулся к одному из полицейских. — Ушаков, быстро сгоняй в 117-ю. Глянь, что там. Девчонку сюда приведи, если она там.

Прыщавый метнулся к выходу. Майор хмуро уставился на Иванькову.

— Да откуда же я знала! Я подумала, что Алешка вообще бредит. Я сама не в адекватном состоянии была. Вызвала полицию по своему адресу и сюда помчалась.

Не прошло и трех минут, в кухню влетел запыхавшийся полицейский.

— Игорь Вениаминович, информация подтвердилась — в сто семнадцатой труп. Баба мертвая на постели лежит, вся желтая.

— Труп криминальный? — спросил майор, лицо его сделалось кислым и рассеянным.

— Хрен его знает, — незатейливо доложил Ушаков. — Я глянул, смотрю — покойница, и сразу сюда, доложить по форме. В квартире, надо заметить, бардак, а сама баба лежит аккуратно, словно померла самостоятельно. Никого больше я не обнаружил.

— Боже мой! Значит, правду Алешка говорила. Преставилась, выходит, раба божья Ирина! — вздохнула фрау Иванькова и перекрестилась.

Марко в душе тоже перекрестился. Выходит, Ирина Симакова умерла? Не успел он письмо до адресата довезти. А когда звонил в дверь квартиры — внутри лежал труп? По рукам поползли неприятные мурашки. Как же теперь с письмом быть? Что делать? Марко охватила паника.

Майор тем временем, покосившись на него, вышел, отдал какие-то распоряжения и вернулся к разговору с фрау Иваньковой.

— К кому девушка могла податься? У вас есть предположения?

— Без понятия. — Ксения Эммануиловна шумно высморкалась и спрятала платок в карман. — Я сама удивилась, что она сбежала. Идти Алешке ровным счетом некуда. Я уже говорила, Симаковы жили, как сычи. Очень закрыто. Алешка далеко со своими проблемами не убежит. Она даже в метро ни разу не была без сопровождающего. Прячется наверняка где-нибудь в подъезде соседнего дома. Вернется, никуда не денется. Конечно, если она позвонит, я сразу вам сообщу.

— Спасибо. У вас номер ее сотового есть?

— Да, конечно. Только, похоже, Алешка свой сотовый потеряла.

— Почему вы так решили?

— У нее все контакты в мобильном забиты. Мой номер в том числе. Стала бы она спрашивать, если бы у нее телефон при себе был. Но вы запишите ее номер на всякий случай, мало ли. — Ксения Эммануиловна достала из кармана мобильник, нашла нужный номер в записной книжке и положила телефон на стол перед следователем.

— Почему соседская девушка просила вас о ее матери позаботиться?

— Ирина заранее заплатила мне за ритуальные услуги по своему погребению.

— В каком смысле? — удивился следователь.

Марко тоже удивился. Как-то странно платить за свое погребение заранее.

— На Западе это обычное дело. У нас все ждут до

конца, а потом несчастные родственники бегают и проблемы решают, — усмехнулась Иванькова. — Короче говоря, я сама Ирине предложила эту услугу. У нее сердце больное было. Так она за ребенка своего всю жизнь переживала, надорвалась. А когда мать ее умерла, то совсем сдала. Вот я и предложила. Ира подумала и согласилась, чтобы в случае чего проблемы снять с Алешки. Вот только, насколько я знаю, с завещанием на квартиру она не успела подсуетиться. У Симаковой заскок был, что, как только она оформит документы, тут же умрет. Впрочем, какая разница, все равно жилье Алешке достанется. Она единственная наследница. Квартира у них шикарная, не то что эта халупа двухкомнатная. Дед у них на заводе авиационном работал. С нуля поднялся, сначала болванки точил, передовиком стал, потом учиться пошел и за несколько лет дослужился до должности главного конструктора. Жили богато. Погиб он во время испытаний в пятидесятых годах. Несчастный случай. Бабка сроду не работала, белоручкой была и вдруг оказалась с младенцем на руках. Пришлось ей поломойкой устроиться. В общем, не сахарная жизнь у них была, как мать моя рассказывала. Ирка вышла неказистой девкой, этакий синий чулок. С золотой медалью школу окончила, потом МИФИ с красным дипломом, аспирантуру, кандидатскую защитила. Умная баба, но с мужчинами не сложилось, не было в ней огня. От безнадеги, видно, решила ребенка для себя родить. Родила — и очередной удар. Надо отдать ей должное, Ирка все ради девочки делала, что могла. Души в ней не чаяла. Если бы еще Алешка материнскую заботу ценила, — Иванькова печально вздохнула.

— А что — не ценила? — поинтересовался майор.

— Какой там, — махнула рукой фрау Иванько-ва. — Ира матери моей жаловалась, что Алешка в последнее время словно с цепи сорвалась. Дерзила, грубила, не слушалась, обидчивая стала. Чуть что не по ней, в свою комнату — нырк. Запрется и сидит там сутками, музыку слушает, никого не впускает и не жрет ничего. Девка-то молодая, кровь бурлит, мужика требует. А какой мужик, если ее из дома не выпускают. Жаль девку, неплохая она, симпатичная и не дура, только оценить это могут далеко не все. Несколько лет назад Алешка влюбилась в зрячего, познакомились они в Сети, некоторое время общались. Парню, видно, просто интересно было с незрячей пообщаться. А как до дела дошло, он в кусты. Алешка вены себе вскрыла. Ирина повторения боялась как огня, вот и заперла девку дома. Алешка легко в вуз поступила, учится дистанционно на дому на лингвиста. На кой черт ей учиться? В нашей стране инвалиды никому не нужны. Одна у них дорога — на завод для слепых, розетки собирать и прочую муру. Алешка, конечно, не пойдет работать на завод. Скорее квартиру сдаст. Четыре комнаты, — Ксения Эммануиловна завистливо вздохнула. — Можно три сдавать и жить нормально. Тем более опыт такой есть. Украинка одна у них жила, Тамара. Долго комнату снимала, несколько лет. Такие вот пироги. Так что хоронить Симакову буду я. Вы мне сообщите, когда тела матери и Иры из морга можно будет забрать. — Ксения Эммануиловна состроила скорбную мину, но вдруг как будто что-то вспомнила, переменилась в лице и уставилась на майора с паническим ужасом. — А что она делала здесь? Неужто старая

карга на нее дарственную написала? — Иванькова
выкатила глаза, вскочила, но плюхнулась обратно на
табурет, цыплячьи ноги ее не держали.

Майор налил воды в стакан из старенького чайника, фрау Иванькова сделала несколько глотков,
рухнула на пол, забилась в конвульсиях и закатила
глаза. Изо рта у нее обильно пошла пена.

Началась невообразимая суета. Кухня заполни-
лась людьми. Кто-то звонил в «Скорую», кто-то ругался матом. Один из полицейских в штатском стал
оказывать женщине первую медицинскую помощь,
перевернул ее на бок. Сначала Марко показалось,
что фрау Ксения приняла вместе с водой яд. Такого
ужаса он никогда в жизни не видел. От шока у него
голова на минуту прошла, а потом снова заболела с
удвоенной силой. Оказалось, у Иваньковой случился
приступ эпилепсии. Тоже приятного мало, но по
крайней мере это не смертельно.

Фрау Иванькова пришла в себя минуты через
три. Сама поднялась с пола и оглядела людей вокруг,
словно видела их впервые. Она явно не помнила, что
с ней только что произошло. Постепенно в ее глазах
появилась осмысленность.

— Окошко приоткройте, а то здесь душновато, —
смущенно сказала она, вытирая слюни рукавом пиджака.

По просьбе следователя один из полицейских
увел Ксению Эммануиловну проветриваться в другую комнату, и Марко остался с майором наедине.

— Ну? Так и будем строить из себя непонимай-
ку? — устало спросил следователь. — Два трупа. Переводчика мы, несомненно, пригласим. Однако время идет, а работа стоит. Если вы не убивали хозяйку

этой квартиры, то какой смысл вам морочить мне голову. Я же вижу, что вы прекрасно понимаете русский язык. Расскажите все как было, пока еще один труп не появился.

— Мой? — робко спросил Марко.

— Почему ваш? — оторопел следователь. — Я за незрячую инвалидку волнуюсь. Шляется неизвестно где.

— Gut, — вздохнул Марко. — Я все расскажу. Спрашивайте.

— Вот и славно. Как вас зовут? Откуда прибыли?

— Марко Бензел, гражданин Германии, — с достоинством сообщил Марко. Майор пролистнул его паспорт, задержался на фото, переписал данные в протокол.

— С какой целью посетили Россию?

— Приехал, чтобы разыскать одну женщину и передать ей письмо от моего отца. Он меня попросил.

— Какую женщину?

— Ирину Андреевну Симакову, — виновато пожал плечами Марко. — Адрес мне отец дал. Правда, он был не уверен, что Симакова по данному адресу в настоящий момент проживает. Я тоже точно не знал. Приехал, в дверь позвонил, мне никто не открыл.

— Как вы в этой квартире оказались?

— Случайно! Совершенно случайно. Когда мне дверь никто не открыл, я решил расспросить соседей о жильцах сто семнадцатой квартиры. Вдруг слышу, на другом этаже кто-то на лестничную клетку вышел. Я поднялся выше, но выяснить ничего не успел. Человек, который на лестничной клетке был, уехал на лифте вниз. Я огляделся. Смотрю, дверь одной из квартир открыта. Позвонил, постучал, никто не отозвался. Заглянул, хозяев позвал и увидел старушку на полу. Подумал, что фрау помощь моя требуется. Бросился к ней, а она мертвая. На всякий случай пульс пощупал. Ничего уже нельзя было сделать, и я собирался уйти. В этот момент полицейские в квартиру ворвались. Скрутили меня и в кухню отвели.

— С глазом что?

— Ничего, — буркнул Марко и хмуро покосился на прыщавого полицейского, который вернулся, замер на пороге кухни и, прислонившись к косяку, посылал ему невербальные сигналы, которые Марко охарактеризовал как предупреждение и угрозу. Страха особого он не почувствовал, но проверять, правду ли пишут в газетах про беззаконие в России, желания у него не было. Хотелось просто поскорее разобраться с недоразумением, вернуться в отель, выпить аспирина и завалиться спать. Довольно с него приключений на сегодня.

— Хороший русский язык у вас. Долго учили? — спросил следователь.

— Всю жизнь. У меня отец русский, родом из Адлера, а мама немка. Папа с большим трепетом относился к сохранению во мне русской культуры. Я посещал русскую школу в Берлине и много читал.

— Из Адлера? — заинтересованно спросил майор. — А как ваш отец в Германии оказался? Давно он там живет?

— С 1990 года. Собственно, он не хотел уезжать, но так сложились обстоятельства. Из-за мамы он туда уехал и остался.

— Ваши родители познакомились в России?

— Нет, в Праге. Отец решил съездить мир посмотреть и встретил маму. Они в кафе познакомились. Там-то все и случилось.

— Что конкретно?

— Меня сделали, — улыбнулся Марко.

— Прям в кафе? — ошарашенно переспросил майор.

— Да что вы! — рассмеялся Бензел. — Они познакомилась в кафе, потом провели романтическую неделю вместе и разъехались по своим странам. Потом отцу пришло письмо и приглашение в Германию. Мама написала, что она в положении. Он поехал. Оставаться не планировал, хотел маму в Россию привезти, но она даже слушать ничего не желала. К сожалению, родители мои разошлись в итоге. Слишком большая разница в менталитете. У мамы сейчас другая семья. Отец не женился больше, но в Россию не вернулся. Из-за меня, — сказал Марко и неожиданно заплакал. — Он очень сильно болен, — дрожащими губами объяснил он. — Врачи говорят, что никакой надежды нет.

— Мне очень жаль. — Майор сердобольно похлопал его по плечу. — Почему ваш папа просил вас разыскать Ирину Симакову?

— Не знаю, — пожал плечами Марко. — Вообще-то мы вместе сюда собирались. Отец мечтал мне показать Россию сам и все жалел, что не сделал этого раньше. Перед отъездом ему хуже стало, но он настоял, чтобы я все-таки поехал и заодно письмо передал.

— Давайте сюда письмо, — попросил следователь.

— Нет, — уперся Марко. — Чужие письма читать нельзя.

— Мне можно, я как доктор. Тем более Ирине

Симаковой теперь оно без надобности. А для вас это шанс подтвердить свои слова и выяснить правду.

— Может, я не хочу никакой правды знать? — разозлился Марко и швырнул конверт на стол. — Без писем ясно, что эта женщина отцу небезразлична. Может, поэтому у него и с мамой не сложилось.

Майор вскрыл конверт, достал письмо. На стол выпала фотография. Марко придвинул ее к себе и потрясенно замер. На фото молодой отец стоял в обнимку с какой-то рыжеволосой невысокой женщиной в белом сарафане. На карточке был обозначен 1987 год. За три года до того, как папа встретил маму. Дама с карточки была явно старше отца, красотой особой не блистала, мало того, выглядела вызывающе. Однако это обстоятельство его эстета-папашу совсем не смущало. Он светился от счастья. «Близорукий урод! Запасть на такой примитив, на курортную шлюху! Как он мог! Мама по сравнению с этой вульгарной особой идеал совершенства», — неприязненно подумал Марко. Внутри все бурлило от ревности. Снова в памяти всплыл рассказ Ксении Эммануиловны о том, чем завершилась поездка в Адлер для Ирины Симаковой, и в глазах у него потемнело. Неужели у него есть сестра? Слепая девушка с мужским именем Алешка. Зрение у отца с детства плохое. Деда своего Марко никогда не видел, но слышал, что в тридцатипятилетнем возрасте тот ослеп и покончил жизнь самоубийством, так и не смирившись со своей участью. В отличие от отца, который страдал близорукостью, у деда было редкое генетическое заболевание глаз — болезнь Лебера, которой страдают преимущественно мужчины. У Марко зрение было стопроцентное, но отец с детства маниакально оберегал его глаза, запрещал играть в компьютерные игры больше сорока минут, смотреть телевизор, читать при слабом свете. Марко злился, но поделать ничего не мог. У отца на этот счет была паранойя. Что же это получается? Неужели хромые гены деда сыграли злую шутку с этой девочкой? Передались через поколение? Отец испугался и... Майн гот, его папаша бросил эту фрау из-за ребенка-инвалида? А теперь ему стыдно стало? В душе возникло сострадание к женщине по имени Ирина Симакова, а ненависть к отцу усилилась. Он всегда думал, что у него идеальный папа, настоящий мужчина, которому надо поклоняться. Оказалось... Оказалось, он подлец! Мир рухнул на Марко, словно Тунгусский метеорит на Сибирь, но надежда была. Образ, описанный фрау Иваньковой, резко отличался от того, что он видел на фото. Вдруг это ошибка?

Следователь пробежал глазами текст, потом отложил письмо и уставился на Марко, словно он был музейным экспонатом. Бензел насупился, приготовившись выслушать от майора, какой подлюкой был его папаша.

— Отец ваш, оказывается, богатый человек.

— Да, а что — это преступление? — с вызовом спросил Марко. — Он свои деньги горбом своим заработал. Начинал официантом в кафе, потом свое заведение открыл. А сейчас у него сеть модных органических кофеен по всей Германии и ферма по производству натуральных продуктов питания.

— Вы знали о том, что ваш папа составил завещание, где обозначил гражданку Симакову одной из наследниц своего состояния? — проигнорировав его вопрос, спросил следователь.

Марко удивленно моргнул.

— Нет, — сказал он.

Майор положил перед ним письмо. Марко попытался прочитать неразборчивый текст, буквы и слова прыгали перед глазами, сосредоточиться никак не получалось, но главное он понял.

— Scheiße! (Дерьмо!) Я угадал! Мой папаша всю жизнь любил эту фрау. Зачем в таком случае он на маме женился? Поломал жизнь и себе, и ей. Мать ушла, потому что отец ее не любил. Она это чувствовала и устала подачки от него получать. Он лишь изображал из себя примерного мужа. Примерный муж и отец. Идеальный мужчина! Свинья он! Почему не женился на этой Симаковой? Почему бросил ее с ребенком-инвалидом?

— Видимо, от волнения вы невнимательно прочитали письмо, — тактично откашлялся майор. — Здесь написано, что Ирина Симакова дала вашему отцу неверный телефон. История могла бы на этом завершиться, но ваш папа на этом не успокоился. Он решил Симакову разыскать и объясниться с ней лично. Выпросил в санатории, где она отдыхала, московский адрес и правильный телефон, но звонить не хотел, боялся, что Ирина слушать его не станет. В Москву сразу поехать не смог, у него банально не было денег. Почти два года он работал как вол, копил деньги, чтобы, явившись в Москву, предстать перед любимой женщиной в выгодном свете. Ваш отец решил, что Ирина не дала ему шанса, потому что он молод, недостаточно обеспечен и самостоятелен. Скопив приличную сумму, он приехал в Москву, оделся франтом, разыскал дом на Фрунзенской, но войти в подъезд смелости не хватило. Пошел прогуляться по набережной, перевести дух и увидел, как Ирина гуляет с коляской. Вашему папе в голову не пришло, что ребенок его. Он решил, что Ирина вышла замуж и родила малыша. Так, знаете ли, бывает с мужчинами. Судя по этому письму, он до сих пор не в курсе, что у него есть дочь. Не вините отца в малодушии. Он ровным счетом ничего не знал. Это письмо — признание в прошлой любви, которое он решился озвучить перед смертью. Зря вы думаете, что ваш папа не любил вашу маму. О своей бывшей жене он отзывается с большой теплотой и пишет с сожалением, что брак распался из-за разницы, как вы верно заметили, в менталитете. Для вас, я смотрю, появление сестры тоже стало неожиданностью? — спросил майор весело, но глаза остались серьезными. Марко почувствовал неприятный озноб. Кажется, что-то изменилось и пошло не так, как нужно.

— Полнейшей неожиданностью! — кивнул Бензел и буркнул: — Как глупо — прожить жизнь без любви из-за подобной нелепости. Что отцу стоило подойти к ней и поздороваться? Впрочем, если бы госпожа Симакова любила его, то дала бы ему правильный номер телефона.

— Всякое в жизни бывает, но во многом вы правы. Проблемы появляются тогда, когда люди чего-то недоговаривают, — философски сказал следователь. — Рассказывайте подробно, что делали, где были, с кем встречались с того момента, как сошли с трапа самолета и пересекли границу России. Где остановились, сколько времени рассчитываете задержаться в Москве, ваши планы на будущее.

Марко выложил все, что вспомнил. Майор аккуратно записал его рассказ, положил перед ним протокол, ручку и поднялся с табурета.

— Читайте, подписывайте. Потом наш эксперт проведет дактилоскопию, возьмет образцы для сравнительного исследования, и вы отправитесь в местное отделение до выяснения всех обстоятельств дела.

— Это надолго?

— Время покажет.

— Я не понял... Вы меня что, арестовать собираетесь? У меня поезд в Питер завтра, а послезавтра самолет в Берлин! — воскликнул Марко.

— Я собираюсь вас задержать до выяснения всех обстоятельств.

Марко ошарашенно смотрел на майора. Все оказалось гораздо запущеннее, чем ему виделось. Полицейский по имени Ушаков, который дал ему в глаз? — цветочек по сравнению с этой акулой. Втерся в доверие, выпытал все, а теперь пытается повесить на него убийство.

— Я не могу! Не хочу в отделение. На каком основании? Я ничего не делал! Я же вам сказал, что завтра в Питер еду. Потом в Берлин возвращаюсь. У меня билеты.

— Основание для вашего задержания очень веское. Вас застали рядом с трупом на месте преступления. Приехали вы в Москву с целью разыскать Ирину Симакову, которая сразу после вашего приезда погибла при невыясненных обстоятельствах. Вы на данный момент единственный, кто имеет веский мотив избавиться от бывшей любовницы вашего отца.

— Какой мотив? Я эту женщину даже не знал! Я объяснил уже, что письмо ей привез!

— В этом письме, помимо лирических подробностей, сказано, что Симакова наравне с вами является наследницей вашего отца. Корыстный мотив налицо. Вы заявили, что точно не знали, проживает ли по этому адресу Ирина Симакова. Однако спланировали поездку таким образом, что на поиски в случае, если она здесь больше не проживает, у вас просто не осталось времени. Это заставляет меня усомниться в правдивости ваших слов.

— Да не собирался я эту женщину разыскивать! Шел наудачу. Нет так нет. Я вообще ее видеть не желал, чувствовал, что сюрприз меня ждет. Понимаете, я не мог не поехать. Иначе отец сам бы в Москву полетел.

— Видите, еще один мотив всплыл. Ревность и обида на Симакову из-за матери. К слову, вы еще не вспомнили, откуда у вас свежий синяк под глазом?

— Entschuldigung aber ich spreche nur ein paar Brocken Russisch! — буркнул Марко. — Bitte informieren Sie umgehend meine Botschaft und besorgen Sie mir einen Übersetzer und einen Anwalt. Vorher gebe ich keine Informationen zu meiner Person oder zum Geschehen. Ich bin empört wieso Sie gerade mich verddchtigen! Das lasse ich mir nicht bieten[1].

— Ich kann Sie gesetzlich für 3 Tage festhalten. Danach wird entschieden, ob Sie nach Sankt Petersburg reisen dürfen oder bis zum Abschluß der Untersuchungen in Moskau bleiben müssen[2], — на чистом немецком выдал майор.

— Verdammte Scheiße! — выругался Марко.

---

[1] Извините, но я совсем немного говорю по-русски. Пожалуйста, проинформируйте немедленно мое консульство и обеспечьте мне переводчика и адвоката. До этого я не дам никакой информации о себе и о случившемся. Я возмущен, почему вы меня подозреваете! Я этого не потерплю! (*Перевод с немецкого.*)

[2] По закону я имею право задержать вас на трое суток. А там видно будет, поедете вы в Питер или задержитесь в Москве на неопределенный срок.

— Парень! Честно говоря, мне самому проблемы меньше твоего нужны. Поэтому не надо тут выражений и оскорблений. Я лицо при исполнении и не люблю, когда мне про дерьмо молокососы всякие рассказывают. Вешать на тебя всех собак мне резону нет. Резон у меня найти доказательство твоей непричастности к делу и вычеркнуть тебя из списка подозреваемых, чтобы снять с себя хотя бы часть геморроя. Мне для счастья только разборок с консульством Германии не хватает. Короче, слушай меня внимательно, пацан. В твоих интересах продолжать сотрудничество со следствием, а не права качать! — Майор резко встал, налил себе из чайника в стакан воды с осадком и залпом выпил. Марко сглотнул. От воды он бы тоже не отказался, во рту все пересохло до такой степени, что язык прилипал к небу. Но майор ему пить не предложил, а просить Марко не стал из принципиальных соображений. У врагов воду не берут. Майор тем временем поставил стакан в раковину, выглянул из кухни и проорал: — Каримыч! Прими гражданина Германии. Он согласен на освидетельствование и дактилоскопию. А если не согласен — это его проблемы.

— Verdammte Scheiße! — снова выругался Марко.

Вот и делай после этого добро людям. Кто мог представить, чем обернется для него невинная просьба отца съездить с письмом в Москву. Но самым удивительным было то, что у него внезапно появилась сестра, о которой он, как дурак, всю жизнь мечтал. Свалилась на его голову, блин горелый, кажется, так говорят русские.

— Ты мне можешь объяснить, что все это значит, Пронь? — следователь Игорь Майоров озадаченно пялился на труп женщины, лежащей на кровати. Покойница была одета в желтое шелковое платье. На груди, в районе сердца, расплылось небольшое бордовое пятно, что явственно говорило о том, что труп криминальный. А он так надеялся, что туповатый Ушаков ошибся. Два трупа в конце смены — это просто свинство! Еще иностранец на шее повис, собака. Ладно бы из ближнего зарубежья, а тут европеец натуральный из Евросоюза — хлопот с ним не оберешься.

— Погоди, — отмахнулась Проня. — Дай подумать.

Проней называли судебного медика Машу Сухареву, которая на сухарь совсем не походила, а напоминала сдобную булочку. Милая, спокойная, румяная и любимая всеми блондинка с короткими вьющимися волосами.

Пока Проня думала, майор разглядывал старомодный интерьер просторной квартиры. Когда-то в семье явно был достаток, но все здесь словно замерло во времени. Старая мебель, масляные картины в тяжелых рамах на выцветших обоях, настенные часы, море книг, цветов. Ремонта в квартире не было давно, но она не выглядела совсем запущенной, ее старались поддерживать в чистоте и освежали недорогими деталями. Новые занавески, мягкая мебель отреставрирована, перетянуты кресла и стулья, окна, подоконники и кухонные ящики подмазаны масляной краской. В отличие от квартиры старухи Иваньковой, запущенной до крайности, здесь было даже уютно.

Смерти обеих жертв различались между собой по способу убийства, но были явно созвучны. Если бы не этот труп, убийство бабки из верхней квартиры можно было бы смело списать на неудачное ограбление наркоманами. Теперь придется оформлять дела в одно производство. Мало ему самоубийства писателя Коновалова. Жена его, зараза, всю плешь проела. Игорь Вениаминович провел рукой по густым волосам, словно проверяя, не наметилась ли там в самом деле плешь. Чем больше он общался с супругой погибшего, тем сильнее убеждался, что литератор по собственной инициативе свел счеты с жизнью. С такой бабой жить — проще удавиться, в данном случае — утопиться.

Из-за давления на следственное управление творческой интеллигенции, которую подняла на уши супруга писателя, по факту смерти гражданина Коновалова пришлось возбудить уголовное дело. В ходе расследования всплыли подробности конфликта литератора с другим модным сочинителем, пообщавшись с которым следователю самому захотелось вступить на путь криминала и утопить надежду русской словесности собственными руками в унитазе управления.

К счастью, давний конфликт к делу отношения явно не имел, и следователь сосредоточился на неизвестной девушке, которая, по словам очевидца, общалась с Коноваловым незадолго до его смерти на набережной. В результате следственных мероприятий у Игоря Майорова появился фоторобот и словесный портрет высокой блондинки с тростью. Он терялся в догадках: либо свидетель перепутал трость с зонтом, либо у девушки заболевание опорно-двигательного аппарата, травма ноги, либо она до крайности эксцентрична. Опера начали прорабатывать местные травмопункты и поликлиники на предмет выявления блондинки-хромоножки. Пока безуспешно.

Теперь новое дело. В сто семнадцатой квартире творилась полнейшая неразбериха. По словам криминалиста, убили гражданку Симакову в кабинете, там же обнаружено предположительное орудие преступления — нож для резки бумаги со следами крови и отпечатками. В кабинете ковер пропитан кровью, вещи, книги, бумаги раскиданы, явно что-то искали в спешке. В коридоре видны следы волочения. Сначала тело оттащили в ванную. Там его положили на большое банное полотенце, губкой смыли внешние следы насилия и оттащили труп в спальню. Затем положили его на кровать, которую предварительно перестелили, а тело переодели в новую одежду. Было ощущение, что они столкнулись с ритуальным убийством, которое совершил человек с явным отклонением в психике. Действия преступника логике не поддавались.

На столе, дверных ручках, раковине и в ванной остались кровавые отпечатки. В одной из комнат на полу женские вещи со следами крови, предположительно принадлежащие дочери убитой, обрывки старых газет, веревка. На кухне остатки ужина. Судя по всему, до печальных событий в квартире мать и дочь собирались ужинать. Накрыто на две персоны, но тронута еда только в одной тарелке. Кто-то отвлек одного участника застолья? Или близкие поссорились? Опрокинутый табурет, мятая салфетка на полу... На холодильнике распакованная коробка с сердечными каплями, рюмка с характерным лекарственным запахом, пустой тюбик из-под нитроглицерина.

Судмедик перевернула тело на живот.

— Вот оно! — обрадовалась Маша. — Теперь понятно образование следа крови на груди. Игорь, глянь! Платье разрезано по шву сзади, потом зашито. Очевидно, его надевали на окоченевший труп. Труп переворачивали, и, когда зашивали платье, немного крови из раны вытекло. Что характерно: основные следы крови с тела смыли.

В комнату заглянул криминалист Вадим Каримов, невысокий юркий брюнет средних лет.

— Я же тебе говорил, что труп в ванной комнате в порядок приводили. Маньяк, что ли, работал, никак не пойму. Я с таким убийством впервые сталкиваюсь, — подтвердил он опасения следователя. — Пахнет психическим отклонением.

— Не пахнет, а разит, — сказал Майоров.

— Игоряш, — позвала Проня. — Описываю общую картину. На теле и лице потерпевшей следы побоев. Одно ребро сломано. Судя по тому, что кровь горлом пошла, внутренние органы повреждены. Смерть предположительно наступила от удара колющим предметом в область сердца. Но точно сказать не могу. Сложно понять без вскрытия, потому что тело помыли и переодели. Что еще... Не хочу тебя расстраивать, Игорь, но, похоже, ваш гражданин Германии тут совершенно ни при чем. Когда Бензел сегодня с утра звонил в дверь этой квартиры, гражданка Симакова была уже мертва не меньше двенадцати часов.

— Вчера грохнул, сегодня вернулся и как ни в чем не бывало позвонил в дверь, — вставил свои пять копеек полицейский местного ОВД Ушаков, который прибыл на место преступления одним из первых с напарником и произвел задержание гражданина Германии. — Или добить дочку приехал? Но вместо дочки грохнул старуху-соседку.

— А дочка сидела тихо и ждала, когда он вернется, — гоготнул Каримов.

— Дочка у старухи пряталась, — упрямо выдал новую версию Ушаков.

— Спряталась у соседки и не сказала ей, что мать убили? Ждала, пока убийца за ней явится? — язвительно заметил следователь. Ушаков его раздражал. — Собственно, меня именно это и смущает. Почему дочка Симаковой не позвонила в полицию? Не позвала на помощь соседей? Она же вроде инвалид по зрению, а не по мозгу? Телефон в квартире работает. Чтобы набрать 02, особой науки не надо.

— Может, Бензел никуда и не уезжал! — сыпал версиями Ушаков. — Может, он девушку всю ночь истязал, фашист проклятый? Одежда девчонки вся в кровище измазана, веревка в комнате.

— Около десяти вечера вчерашнего дня гражданин Германии отправился в стрип-клуб, потом около часу ночи оттуда вышел, взял такси и вернулся в отель, где провел всю ночь до утра. Опера проверили, все подтвердилось. У немца алиби железное на момент убийства Симаковой.

— Правильно! Время смерти ведь предположительное. Бензел убил Симакову, связал девку, оставил, уехал в клуб, чтобы обеспечить себе алиби. Девчонка к утру отвязалась и к старухе побежала. В это время вернулся Бензел и ломанулся за ней. Старуха пыталась слепую защитить. Тогда Бензел ее по башке табуреткой хрясь. Пока они боролись, девочка тю-тю — сбегла.

— Бред какой! — не сдержавшись, поморщился Майоров. — Зачем ему связывать девочку, уезжать, приезжать. Он вполне мог грохнуть их обеих сразу и поехать в клуб, чтобы обеспечить себе алиби.

— Жаль слепенькую стало, — буркнул Ушаков. — Она ведь сестра его, — добавил он, вложив в голос как можно больше сочувствия. От подобной глупости Майорова слегка перекосило.

— Так, заткнись, Ушаков. Ты меня сбиваешь все время. Ксения Иванькова звонила матери в половине девятого утра. К телефону подошла Алешка. Тьфу! И ко мне прилепилось. К телефону подошла инвалид по зрению Елена Симакова, которая находилась в тот момент в квартире убитой старухи. А Бензеля мы задержали на месте преступления в восемь часов сорок минут. Спустя пять минут после того, как на пульт дежурного раздался звонок от Ксении... Как ее? Забыл фамилию...

— Иванькова, — участливо подсказал Ушаков.

— Да, Иванькова вызвала полицию. На вызов первой прибыла патрульная машина местного отделения. Смерть же старушки произошла, по словам Прони, предположительно между половиной восьмого и восемью часами утра. Тело еще недостаточно остыло, поэтому вероятность ошибки, по словам Прони, маловероятна. То есть гипотетически гражданин

Германии Марко Бензел мог старушку убить, но лишь в том случае, если он дважды побывал в квартире. Первый раз между половиной восьмого и восемью часами утра. Второй — без двадцати девять, когда его задержали рядом с трупом. Тогда хоть какая-то логика есть. Алешка, тьфу, Елена Симакова поднялась в квартиру соседки между двумя визитами иностранца, увидела... Тьфу ты. Слепые же не видят. Поняла, что соседка мертва. В этот момент позвонила дочь потерпевшей Ксения Иванькова. Елена Симакова взяла трубку, попросила вызвать полицию и позаботиться о матери, затем скрылась в неизвестном направлении, разминувшись с гражданином Германии на пару минут. Бензел вошел в квартиру сразу после ее ухода и был задержан сотрудниками местной полиции. Бензел сказал, что пойти наверх его подвигло то, что он услышал шум на лестничной клетке верхнего этажа. Хотел расспросить соседей о жильцах сто семнадцатой квартиры. Поднялся, но ничего разузнать не успел — возможный информатор уехал на лифте. Не исключено, что это была дочь Симаковой. Поэтому она не вернулась домой за вещами. Бензел ее спугнул.

— Похоже на правду, — кивнул Каримов.

— Верьте ему больше! Он следы вернулся заметать, — авторитетно заявил Ушаков.

— В сто семнадцатой квартире следов гражданина Бензеля нет. Немец здесь не был ни разу, зуб даю, — с уверенностью сказал Каримов и блеснул золотой коронкой. — В квартире соседки следы его кроссовок на полу присутствуют. Когда Бензел подошел к телу, вляпался в кровавую лужу. Потом следы идут в кухню, куда его привели после задержания.

— Ну да, мы взяли его тепленьким аккурат на месте преступления — и в кухню, чтобы следы не попортить, — похвалился Ушаков, который уперся бараном в свою версию и не желал никого слышать.

— Из чего можно сделать вывод, что Бензел правду говорит. Немец никого не убивал, — проигнорировал его реплику Каримов. — На одежде и руках гражданина Бензеля нет ни микрочастиц, ни крови, никаких следов, которые могли бы указать на него как на убийцу. Его отпечатки только с внешней стороны двери. Что показательно, следов взлома на двери нет. Либо ключом открыли, либо старуха впустила убийцу сама.

— Тогда откуда у иностранца свежий фингал под глазом? Почему Бензел не хочет об этом рассказывать? — спросил Майоров, перевел взгляд на Ушакова и уставился на него. Ушаков топтался на месте, надвинув фуражку на нос и усиленно делал вид, что его в комнате нет. — А у тебя фингал откуда? — рявкнул Игорь Вениаминович.

Ушаков стал ниже ростом.

— Это самое... Иностранец сопротивление оказывал при задержании, — смущенно заявил он. — Он меня ногой в пах ударил.

— Ах ты, сволочь! — потрясенно выдохнул Майоров. — Почему по форме не доложил, собака?

— Извиняюсь, — промямлил Ушаков. — Я думал, он убийца. Мы ведь его взяли прямо на месте преступления, а он паспорт не хотел показывать. Я к нему и так по-хорошему, и сяк по-хорошему. А Бензел на немецком что-то лопочет, гнида, и делает вид, что не понимает. Не сдержался я, короче, и популярно ему объяснил. Затем вследствие контакта с кулаком Кукушкина у меня под глазом тоже образовался фингал. Прошу это занести в протокол, если че...

— Скройся, пока я тебе второй глаз не подбил! — рявкнул Майоров. — Следствие по ложному следу пустил. Теперь ясно, почему Бензел молчал. Опасался, что признание ему боком выйдет. Езжай немедленно в отделение, извиняйся перед гражданином другой страны и выпускай его из «обезьянника». Не забудь в гостиницу немца транспортировать с комфортом. Совсем башки нет. Привыкли кулаками махать не по делу.

Ушаков хмуро поплелся к выходу.

— На психа Бензел совсем не похож, — заметил Каримов. — А убийство совершил явно человек больной.

— Больной, говоришь? — задумался следователь. — У меня тоже такие мысли возникли. Давай дальше разбираться. Ирину Симакову убили вчера вечером. Старуху Иванькову — под утро. Где была все это время дочь Симаковой? Приблизительно девять часов. Что она делала все это время?

— Вот черт! — стукнул себя по лбу Каримов. — Как же я раньше не докумекал. Это незрячая инвалидка тело матери по квартире таскала и отмывала от крови в ванной.

— Зачем? — спросил Майоров.

— У нее спроси. Может, ритуал пыталась соблюсти? — пожал плечами Каримов. — Помыла, в платье нарядила, руки на груди скрестила и положила на кровать. Я вещи внимательно осмотрел, никаких повреждений, только кровь. Елена Симакова просто испачкалась в крови убитой матери, когда тело таскала. Они ничего не видит, поэтому следы и отпечатки повсюду. В одной из комнат Елена Симакова переоделась, а затем покинула квартиру. Может, она в шоке просто была, когда мать убили? Семья жила очень уединенно. Девчонку держали вдали от мира. Инвалидка, по сути, общалась только с бабками и матерью. Судя по рассказам Иваньковой, тоже своеобразной дамой. Ну вот, кажется, все разъяснилось.

— Все, да не все. Ирина Симакова убита с особой жестокостью. Почему дочь убийца пощадил? — спросил Игорь.

— Возможно, потому, что, по мнению убийцы, слепая не может быть свидетелем, — предположил Вадим.

— Тем не менее она свидетель, и надо ее искать.

* * *

Имя Алешка так зацепилась за извилины мозга Игоря Майорова, что в своих размышлениях он называл незрячую девушку именно так. Комната слепой Алешки мало чем отличалась от комнаты девушки обычной. Здесь было просто и уютно. Кровать, стол, музыкальный центр, много дисков и аудиокниг, книжный шкаф, забитый книгами до верха, цветы на подоконнике, мягкие игрушки, разве что косметика отсутствовала, и компьютер и принтер были оборудованы специальными приспособлениями для незрячих людей. Если бы не осколки керамики на полу, чистота в комнате слепой была бы идеальная. На стуле лежала сумка из ткани. Майоров вытряхнул вещи на кровать и внимательно осмотрел.

— Что характерно, как любит говорить наша любимая Проня, несмотря на шок, побег из дома Елена

Симакова тщательно планировала. Рационально к этому делу подошла. Вещи собрала с предельной педантичностью, только самое необходимое, ничего лишнего. Еда, смена белья, минимум одежды.

Каримов нагнулся и внимательно осмотрел керамические осколки на полу.

— Копилку, похоже, грохнула. Значит, некоторая сумма денег у нее имеется. Почему, интересно, она сумку не взяла?

— Паспорт тоже не взяла, а главное, трость, я видел ее на полу в прихожей. Версия у меня такая. Елена Симакова после убийства матери совершила над телом ритуал, собралась в дорогу, переоделась и поднялась к соседке, чтобы сообщить о случившемся. Там девушка наткнулась на труп, испугалась и дала стрекача, бросив вещи и документы. Или, как мы ранее предполагали, ее немец спугнул, поэтому девушка в квартиру не вернулась. И я, кажется, понял, почему она за помощью к старухе сразу не обратилась. Ксения Иванькова сообщила, что мать страдала от бессонницы и принимала снотворное. Может, прежде Симакова банально не могла старуху добудиться?

— А почему она сама полицию не вызвала? — возразил Каримов. — Телефон я проверил — исправен. А набрать 02, как ты сам выразился, особого ума и труда не надо. Короче, все туманно.

Следователь взял в руки паспорт, пролистнул, задержался взглядом на фото симпатичной блондинки, которая совсем не походила на незрячую внешне. Разве что взгляд рассеянный немного, не сфокусированный, а лицо, напротив, напряженное и одновременно возвышенное, словно девица не от мира сего. Впрочем, так оно и есть, учитывая действия, которые девушка совершала с телом матери.

— Симпатичная девка, — подтвердил его мысли Каримов. В руках он держал рамочку с фотографией, которую снял с книжного стеллажа.

Следователь взглянул на фото из-за плеча криминалиста. На этом снимке девушка была сфотографирована у себя в комнате, с куклой на коленях, и выглядела счастливой и домашней.

Минуту он внимательно рассматривал ее лицо, выхватил рамочку из рук криминалиста и заорал:

— Каримов, это же она!

— Кто — она? — ошарашенно спросил Вадим.

— Блондинка, которая утопила писателя Коновалова!

Майоров достал из кармана сложенный вчетверо лист с фотороботом, развернул и сунул в нос криминалисту.

— Определенно она — глаза, волосы, нос, скулы, характерная ямочка на подбородке. Ни фига себе, сказал я себе, — присвистнул Каримов. — Теперь понятно, почему Елена Симакова в полицию не позвонила. Банально испугалась, что ее заметут. Может, и маман свою слепая грохнула?

— Угу, и бабку соседскую тоже? — ехидно уточнил Майоров, а сам в душе содрогнулся. Перед глазами пронеслись кадры из фильма «Танцующая в темноте» Триера с великолепной Бьорк в главной роли и эпизод, где слепнущая героиня жестоко расправляется с полицейским. В голове заплясало неприятное определение Ксении Иваньковой, характеризующее рождение незрячей малышки у Ирины Симаковой, — бракованная девочка. Может, бракованная не только на глаза? Душа у девушки тоже с браком? Душа самого следователя, однако, сопротивлялась страшным выводам и отвергала версию, что милая блондинка с ямочкой на подбородке — этакая незрячая маньячка, мочившая всех вокруг.

— Допустим, что это инвалидка мать свою с особой жестокостью грохнула. Семья жила замкнуто, неизвестно, какие отношения были между матерью и дочерью. Вернее, известно, напряженные были отношения. Мать держала дочь под жестким контролем, слепая терпела, а потом сорвалась и отомстила за все обиды. Такое, к сожалению, бывает. Допустим, старуха Иванькова стала свидетелем преступления или догадалась о чем-то. За что и поплатилась жизнью. А несчастный писатель чем Елене Симаковой не угодил?

— Ты следователь, ты и выясняй. Может, господин литератор плохую книжку написал. Графоманов столько развелось, сам бы всех поубивал. Или это банальная случайность. Коновалов пошел топиться, в настроении пребывал скверном, зацепил чем-то девушку по пути. Не секрет, что инвалиды болезненно воспринимают, когда кто-то комментирует их физические недостатки. Случился конфликт, в результате литератор погиб. Убийство Коновалова послужило толчком к новому преступлению. Короче, я не психиатр. Сам разбирайся. Что мы знаем о незрячих? Ни-че-го! Душа слепого для нас потемки.

— Да, похоже, без психиатра нам в этих потемках не разобраться. Судя по тому, что Елена Симакова криминальный труп матери таскала по квартире и в платье наряжала, отклонение в психике явно присутствует. Ладно, делать нечего, объявляем девчонку в розыск. Приметная девочка, надеюсь, быстро ее найдем, или сама вернется за паспортом. Ксения Иванькова права, никуда она не денется. С результатами дактилоскопической экспертизы не тяни. Мне надо знать, чьи отпечатки на ноже для бумаги.

— Игорь Вениаминович, — заглянула в комнату его темноволосая помощница Верочка, и майор мгновенно расцвел улыбкой. Вера невзначай поправила прическу и залилась румянцем. — Я нашла свидетеля, Игорь Вениаминович. Дедок с первого этажа видел в окно, как около половины девятого утра в подъезд вошел человек в красном пуховике и рваных джинсах, по описанию похожий на Бензела. Я также созвонилась с гостиницей, где проживал Бензел, и поговорила с портье. Ключ от номера он сдал примерно в восемь утра. Ехать до Фрунзенской от отеля минут двадцать плюс от метро пять-семь минут.

— Замечательно. Убийство старухи, по словам Маши, произошло между половиной восьмого и восемью часами, что еще раз подтверждает невиновность нашего немца. Какое счастье! Что-нибудь еще удалось нарыть?

— Соседка, проживающая под квартирой сто семнадцать, утверждает, что вчера вечером слышала, как Ирина Симакова кричала на дочь. Потом что-то тяжелое упало, и все стихло. Ссора случилась около восьми вечера. Около одиннадцати, когда соседка ложилась спать, она опять услышала странные звуки сверху, грохот, возню какую-то, как она охарактеризовала. Только она не придала этому значения.

— Почему?

— Потому что девушка незрячая довольно часто и раньше что-то роняла, а скандалы в семье случались в последнее время тоже нередко. А еще соседка говорит, что девчонка несколько лет назад вены себе резала. Бабка ее прибежала помощи просить по соседству. Она инвалидку лично откачала.

— Да, я в курсе этого события. Семейство Симаковых, что в обществе «Жизнь без врачей» состоит? Почему соседка откачивала, а не врачи «Скорой помощи»?

— Соседка — медик по образованию. «Скорую» они боялись вызвать, чтобы слепую в психушку не упрятали. Похоже, соседке денег дали, чтобы молчала, но она мне заливает, что из чистого сострадания помогла и потом не заявила куда следует.

— Ладно, пусть это на ее совести останется. Глядишь, если бы заявила, девочке мозги поправили и не случилось бы новой трагедии.

— Вы думаете, это дочь мать убила? — поинтересовалась Вера.

— Пока рано об этом говорить. Дождемся результатов всех экспертиз, выясним, чьи отпечатки на ноже и табурете, которым старуху Иванькову грохнули, тогда окончательные выводы делать будем. Итак, план следственных действий такой. Телефон Ксении Иваньковой берем под контроль, — дал указание следователь. — Чует мое сердце, что Симакова позвонит ей в самое ближайшее время, разузнает новости и уточнит, когда похороны матери. Второе: надо пробить знакомых Ирины Симаковой. Она ведь не в монастыре жила, активно работала, значит, взаимодействовала с миром и людьми. Сотовый Ирины Симаковой мы не нашли. Возможно, девушка телефон матери с собой прихватила, чтобы связаться с кем-то из ее близких или знакомых. Слепая одна в городе не выживет, верно Иванькова говорит. В общество слепых надо позвонить, предупредить, чтобы сразу с нами связались, если вдруг она туда явится. И последнее. Ксения Иванькова упомянула в разговоре, что в свое время семья Симаковых сдавала одну из комнат некой Тамаре с Украины, которая училась в Москве. Тамара жила несколько лет в этой семье. Надо ее разыскать, расспросить и проверить, не к ней ли рванула Елена Симакова. В кабинете Каримов закончил, так что компьютер и бумаги хозяйки в твоем полном распоряжении. Работаем, Вера.

Глава 8

«ПЛЕШКА»

До вокзала Алешка добралась с помощью все той же сердобольной капустной тетушки, которая, выяснив, куда слепенькому надо, вызвалась сопроводить до места. Капустной Алешка мысленно звала тетку из-за того, что от нее пахло щами. Ей оказалось по пути. Проживала тетка в городе Пушкино, куда ходили электрички с Ленинградского, и направлялась как раз в район трех вокзалов. Алешка было обрадовалась, что не придется снова просить помощи в метро, и согласилась, но очень скоро пожалела о своем решении. Тетушка всю дорогу сострадательно вздыхала, задавала некорректные вопросы и громко комментировала ее недостаток, обращая на Алешку нежелательное внимание других пассажиров. Благо терпеть этот ад пришлось недолго, всего двадцать минут, и поезд прибыл на станцию метро «Комсомольская».

Женщина, ухватив ее за руку и расшвыривая грудью пассажиров, вывела Алешку из вагона и потащила за собой на эскалатор. Алешка так ходить с сопровождающим не привыкла. С мамой она передвигалась иначе. Шла с левой стороны, отставая на полшага, сама брала ее за руку чуть выше локтя. Мама всегда ходила плавно, а не неслась сломя голову. Алешка легко за ней успевала, угадывала по движению ее корпуса повороты, подъемы и спуски и следила за дорогой. Не поспевая за теткой, на выходе из метро она споткнулась и рухнула аккурат в лужу. Изгваздалась вся, ладони поцарапала об асфальт, коленку ушибла, промочила штаны, уронила очки. Тетка устроила из этого события очередное театральное представление, охала и причитала, как на поминках, пока Алешка самостоятельно не соскреблась с асфальта и не выловила из лужи дедовские окуляры. Теперь она походила на самого настоящего бомжа.

Тактичная попытка избавиться от помощницы успехом не увенчалась. Тетка грязи не испугалась, снова схватила ее за руку и поволокла за собой. Она перла с такой скоростью, что Алешка оступилась второй раз, и просто чудо, что не рухнула, а удержалась на ногах. Когда навязчивая помощница наконец привела девушку в зал ожидания Ленинградского вокзала, Алешка готова была ее убить, а не поблагодарить. Благодарности, к счастью, капуста не требовала, чмокнула Алешку в щеку, впихнула ей подсохшую булочку от щедрот своих и с чувством исполненного долга рванула к электричкам, топая как слон.

Оказавшись в одиночестве в гулком зале вокзала, Алешка вновь пожалела о своем решении приехать сюда и затеряться среди толпы. Гомон, посторонние шумы, снующие туда-сюда люди, незнакомые запахи сводили ее с ума. Судя по гулкому звуку, помещение было огромным, и найти опору и понять, с какого места можно обследовать пространство, Алешка не могла. Она совершенно потерялась в этом гуле и суете, не в состоянии сориентироваться на местности. Ее толкали, ругали, что стоит посреди дороги. Попытка найти лавочку, куда можно присесть и подумать, сосредоточиться на дальнейших действиях, не увенчалась успехом. И главное — она не могла вычленить из толпы человека, к которому можно обратиться за помощью. Отправляясь на вокзал, Алешка верила, что, полагаясь на свою интуицию, она такого человека отыщет. Чужую энергетику она всегда тонко чувствовала. Планировала, что выберет из общей массы того, кто нуждается в деньгах, и попросит об одолжении за небольшую плату побыть ее глазами. Здесь же применить интуицию было невозможно. На вокзале можно только сойти с ума. Все смешалось в голове, превратилось в хаос, она оглохла и перестала владеть осязанием.

Толпа отшвырнула ее к холодному мраморному сооружению, которое, судя по акустике, располагалось почти в центре зала ожидания. Спотыкаясь о чьи-то сумки и ноги, Алешка нашла свободное местечко рядом с сооружением, уселась на пол и наконец почувствовала себя немного комфортнее. Никто не толкал и не орал на нее. Посторонние звуки, запахи, гул и голоса стали выстраиваться в голове в систему, разделяться на фрагменты, рисовать визуальные образы в мозгу.

Рядом с ней по правую руку находилась молодая женщина с детьми, явно приезжие, неблагополучные, провели в дороге пару суток, возможно, ночевали на вокзале, но не бомжи. По левую руку — двое молодых парней, возможно, студентов. Угадывался чуть заметный запах пивного перегара, сладковатый незнакомый запах какой-то травы, аромат дорогого мужского парфюма с примесью дешевых женских духов и... Алешка смущенно отвернулась. Она могла только догадываться, что запах, исходящий от парней, оживленно беседующих друг с другом о рыбалке на Селигере, означает недавний секс, но отчего-то была уверена, что в Москву ребятки приезжали явно не рыбу ловить, а на доступных девушек сети расставлять и вполне в этом преуспели.

Алешка достала из кармана булочку, которую ей всучила капустная тетка, отщипнула кусочек и сунула в рот, чтобы не выдать волнения, которое вдруг охватило ее ни с того ни с сего от этого щекотливого запаха недавних человеческих наслаждений. Булочка исчезла мгновенно. Оказывается, она очень голодна. Ничего удивительного, последний раз она ела вчера днем, исключая две пробы картошки с мясом, которую для мамы жарила. Воспоминания о матери так сильно сдавили грудную клетку, что Алешка с трудом удержала свое горе внутри, не расплескала на окружающих. Раскисать никак нельзя. Надо сосредоточиться на главном.

Молодые люди ушли. Их место заняла женщина, которую Алешка не могла проанализировать. Пахло от незнакомки хозяйственным мылом, шампунем и стиральным порошком, а еще вокзалом. Незнакомка словно сливалась с этим местом.

— Че сидим, скучаем? — лениво обратилась к ней незнакомка. В голосе звучали угроза и одновременно детское любопытство. Образ сразу проявился. Совсем молоденькая, лет пятнадцать-шестнадцать, но уже прожженная жизнью. Нахальная, незлая, осторожная. Небольшой южный акцент. Прояснилось и то, почему девушка сливалась с этим местом. Вокзал — ее дом, она провела здесь не один день, считает себя хозяйкой территории, а Алешку воспринимает как конкурентку. Любопытство удерживает девушку от решительных действий по расчистке личного пространства от вражеских оккупантов. Уже хорошо, значит, она выглядит как бродяга, оптимистично подумала Алешка и решила сразу расставить все точки над «i»: показать девице, что не претендует на чужую территорию и здесь по делу.

— В компьютерах разбираешься?

— В смысле? — растерялась незнакомка.

— В Интернет сможешь выйти и на один сайт залезть, информацию кое-какую проверить? Не за бесплатно, конечно.

— Прямо заинтриговала. Шпионские страсти-мордасти. Ну, допустим, могу...

— Допустим или можешь?

— Я тебя для начала, пожалуй, тоже озадачу вопросом. От кого шифруемся? От ментяр или нелюбимого мужа?

— Не твое дело, — огрызнулась Алешка, решив перенять манеру собеседницы, чтобы войти в доверие. Она читала про психологический прием «зеркало». Чтобы стать своей, надо говорить с человеком на его языке.

— Подумаешь, уже и спросить нельзя, — обиделась девчонка. — Так что ты там хотела? В сайт выйти? Говно вопрос, сделаю все, что скажешь, если бабок отсыплешь. А сама чего — не рубишь?

— Слепая я, не видишь?

Секунду девушка молчала, сосредоточенно проверяла информацию и махала ладошкой перед носом Алешки.

— Охренеть! Че, совсем ни хрена не видишь? Зачем тебе тогда очки с линзами?

— Для маскировки.

— Охренеть! Прикинь, я однажды клея надышалась и тоже натурально ничего не видела. Испугалась до усрачки. Вообще здесь у нас много слепых обитает. Правда, они как бабок с прохожих натрясут, тут же прозревают и бухать идут на трубу, — хохотнула девушка. — Еще баба Клава одноглазая есть и Никола косой. Те в натуре с проблемами. Клава все под слепую косила, а потом, прикинь, ирония судьбы. Ей взаправду глаз один бич спьяну выбил.

— Боже мой, за что? — охнула Алешка.

— За место под солнцем. Баба Клава на диван его прилегла отдохнуть, до своей лежанки не дотянула, пьяная была. Он вернулся, озверел и пырнул ее сгоряча. Воплей было! Клава хотела его убить, но потом передумала. Раньше она попрошайничала на задворках «плешки», копейки собирала.

— Плешка — это что? — перебила Алешка.

— Ну ты даешь! «Плешка» — это площадь тутошняя. Так вот, без глаза Клава на уровень выше поднялась. Милостыню просит в центровом месте. Люди ее жалеют и бабок щедро отсыпают. А Никола с рождения косой в натуре. У него еще и с мозгами полный кирдык. В детском доме вырос, потом ему комнату выделили. Он че-то там такое не то подписал с косых глаз и на улице оказался. С тех пор здесь болтается, бутылки собирает и мусорки чистит. А ты откуда нарисовалась? По говору вроде тутошняя, коренная жительница столицы, — с некоторой неприязнью сказала девушка. — Из интерната для инвалидов, что ль, слиняла?

— Что-то типа того.

— Загадочная такая прямо в натуре. Ну и хрен с тобой, не хочешь, не говори. Бабки давай и излагай задачу. Здесь недалеко есть интернет-кафе, за площадью. Я туда слетаю по-быстрому, в сайт выйду, все узнаю и вернусь. Жди меня, и я вернусь, — пропела девушка хриплым прокуренным голоском.

Алешка хотела достать записную книжку и альбом, но в последний момент передумала.

— Вместе пойдем. Там объясню, что нужно сделать.

— Никуда я с тобой вместе не пойду! — неожиданно резко ответила девушка. — Деньги давай. Я сказала, все сделаю и вернусь. А ты здесь жди.

— Не вернешься, — тихо сказала Алешка, ужасаясь тому, какую ошибку совершила — выбрала не того человека. Вокзальная жительница тоже поняла, что лопухнулась, и забеспокоилась, что деньги, которые уже практически лежали в ее кармане, уплывают из-под носа.

— Почему это? Почему я не вернусь? Ты что, думаешь, если я на вокзале живу, значит, глупая и непорядочная? — истерично спросила девушка, в голосе слышались искренняя обида и ярость.

— Может, и не глупая, но в компьютерах ты точно ничего не соображаешь. Иначе спокойно пошла бы со мной и деньги вперед не просила. Ты меня обманула, — ровным голосом сказала она.

— Ах, ты так, да? — взвизгнула девчонка. Неожиданно малолетка навалилась на нее и принялась колошматить по голове и лицу. — Это я ничего не понимаю в компьютерах! Да я побольше твоего понимаю, слепая гадина! Давай сюда бабло. Я сказала, давай!

К такому Алешка была не готова. Она как могла отпихивала девочку, стараясь не причинить ей вреда, но вокзальная обитательница была хоть и мелкой, но сильной и напористой. Ухватить за волосы агрессивную нахалку тоже не получилось, девица оказалась стриженной почти под коленку. Через мгновение Алешка лежала на полу, а вокзальная обитательница сидела сверху, одной рукой зафиксировав ее руки, другой — профессионально обшаривая карманы. Подвела Алешку хваленая интуиция, просигналила об опасности слишком поздно. Нарвалась на карманницу по собственной глупости. Все было так нелепо. Ее грабили и мутузили на вокзале средь бела дня, но никто не вмешивался в ситуацию. Полиция в том числе. Малолетка добилась своего, вытащила у Алешки из кармана деньги и бросилась бежать. Записная книжка мамы из кармана тоже исчезла, маленькая дрянь прихватила и ее.

Кричать и звать на помощь было бесполезно. Людям безразличны разборки двух бомжей, а взывать к совести полиции в ее положении — верх идиотизма. Тем более нельзя исключать, что здесь полиция тоже кормится из рук местных бродяг, в лучшем случае ее вышвырнут с вокзала, в худшем — заберут в отделение. По собственной дурости она лишилась всего. Курица безмозглая! Самонадеянная идиотка! Как же так получилось? Девчонка показалась ей незлой, просто попавшей в затруднение, как и она сама. Она надеялась, что получится договориться и помочь друг другу. Теперь у нее нет не только денег, но и надежды на спасение. Остался альбом, но толку от старых фотографий теперь нет. Все кончено.

Алешка с трудом села, вытерла рукавом кровь, текущую из носа, закрыла глаза и прислонилась затылком к прохладному мрамору.

В нескольких метрах от нее девчонка-карманница вдруг разразилась ругательствами и проклятиями на весь зал ожидания, а потом Алешка услышала приближающиеся шаги. Кто-то подошел, поднял ее на ноги и сунул что-то в карман. Алешка проверила и обнаружила там украденные деньги.

— Спасибо, — пролепетала она. — Даже не знаю, как вас благодарить.

— Не надо меня благодарить. Вали отсюда, парень, быстро! Сейчас эта шмара малолетняя знакомых бичей соберет — порежут.

Голос был знакомый, но Алешка не могла понять, где его слышала. Образ от волнения визуализировать тоже не получалось. Он то собирался в картинку, то распадался на миллионы фрагментов.

— Я никуда не пойду. У этой девушки осталась одна вещь, которая категорически мне нужна. И идти мне некуда, — тихо сказала она.

— А жизнь твоя тебе нужна? Ты что, плохо слышишь? Мотай отсюда!

— Слышу я хорошо. Я плохо вижу, — огрызнулась Алешка. — Никуда я не уйду. Пусть только попробует кто-нибудь ко мне подойти. Я себя в обиду не дам.

— Извини, я не понял, что у тебя со зрением проблемы, — смутился мужчина.

— Ничего, я привыкла.

— Привыкла? Ты что — девка? — растерялся мужик.

— Какая вам разница? — с вызовом спросила Алешка.

— Мне-то все равно, а им вряд ли. Не только порежут, но и... Ладно, объясняю еще раз для бестолковых дур, как ты. Эта малолетка на вокзале давно прописана. Она здесь своя в доску, для ментов в том числе. Мало того, она — любимица одного из влиятельных авторитетов «плешки». Пока ты в зале, тебя не тронут. Но на ночь отсюда менты всех вытряхивают. Как только выйдешь из дверей, тебя на куски порвут. Меня, к слову, тоже. Сейчас к вокзалам приехала миссия с волонтерами. Почти вся местная шушера рванула жрать на халяву и боевые раны обрабатывать. Поэтому есть шанс смотаться отсюда без увечий. Лично я пошел другой вокзал искать. А ты как хочешь, уговаривать тебя не собираюсь, — с раздражением сказал мужчина, и Алешка вспомнила, где слышала этот голос. Сегодня в метро на «Фрунзенской» этот гражданин отшвырнул ее за шкирку от края платформы. Выходит, он жизнь ей спас. А сейчас помог вернуть деньги и пытается спасти второй раз. Может, этот невежливый тип ее ангел-хранитель?

Ангел-хранитель тем временем больше спасать ее был не намерен, звук его шагов зазвучал в направлении выхода. Алешка устремилась следом.

— Стойте! Я передумала! Возьмите меня с собой, пожалуйста! — закричала она и уткнулась в мужское плечо, потому что тот резко остановился и повернулся. Она отстранилась, смущенно потерла нос и замерла в ожидании. Некоторое время спаситель молчал. Алешка чувствовала его взгляд и напряжение.

— Ладно, — сдался он. — С вокзала выведу тебя в безопасное место. Дальше сама будешь соображать и устраиваться. Мне с тобой возиться не с руки. У меня своих проблем полно. Короче, пошли. Тебе как удобнее? С какой стороны? Руководи.

Алешка сначала не поняла вопроса, так неожиданно он прозвучал от зрячего. Обычно добровольные помощники не слишком церемонились, хватали ее за шкирку или за руку и волокли, как капустная тетушка. Алешка неуверенно взяла его за левую руку чуть выше локтя и скомандовала:

— Иди.

Спаситель шел быстро, но идти с ним было комфортно, словно он всегда ее сопровождал. Однако человек, который шел с ней рядом, был для нее полнейшей загадкой. Не помогли ни тактильные ощущения, ни обоняние, ни анализ голоса. Он был как облако, далекое и белое. От него пахло костром, сыростью, плесенью, осенними листьями, сушеными грибами и яблоками, но этот запах как будто мужчине не принадлежал, словно он одолжил его на время. Весь этот компот ароматов никак не вязался с еле уловимым запахом геля для душа. От вокзальной воровки тоже пахло мылом и шампунем. Вероятно, на вокзале есть места, где можно помыться и даже постирать одежду. Единственное, что Алешка поняла: ее ангел-хранитель большой, сильный и довольно уверенный в себе молодой мужчина. Образование, судя по речи, не ниже среднего, вырос в городе. По цвету образ виделся ей белым. Прежде белых образов ее воображение не рисовало. Однажды, когда Алешка была маленькой, один доктор сказал, что незрячие с рождения не могут видеть цвета. Она удивилась, прислушиваясь к словам синего доктора, но спорить не стала. Врачей переубеждать себе дороже. Возможно, она понимает цвета не так, как зрячие, но каждый человек, с которым она общалась, имел свою палитру. Мама виделась ей желтой, как солнце, когда пребывала в хорошем настроении, и фиолетовой, когда сердилась. Бабушка всегда была зеленой, как трава и листья, но когда заболела — стала горчичной. Подруга бабушки имела палитру от голубого до черничного. Ее дочка Ксения Эммануиловна казалась серой с коричневым. Возможно, в отношении объекта исследования сыграла шутку ассоциация, заимствованная из литературы: начать жизнь с чистого листа. Бумага, по словам мамы, была белой. А может, он был как облака, развеянные ветром по небу, о которых она читала? Алешка поморщилась от собственных пошлых ассоциаций. С какой такой радости ее вдруг в лирику потянуло? Она идет под руку с бродягой, ведь это очевидно. Он шастает по вокзалам, носит брезентовую куртку, набитую ватой, пахнущую плесенью, и хорошо разбирается в местных порядках. Прежде, правда, Алешка встречала только вонючих бомжей. Соседи гоняли их из подъезда, потому что от запахов можно было удавиться. Мало того, все свои нужды они справляли тоже на месте и порой совокуплялись прямо на лестнице, не стесняясь в проявлениях чувств. Мама относилась к бомжам сострадательно, подкармливала их, вещи какие-то отдавала и просила не мусорить. Потом расстраивалась, когда находила смердящую лужу на лестничной клетке, газеты, объедки и окурки после их ухода. Только один бомж из сотни других вел себя аккуратно. Звали его Ильей. Он благоухал умеренно, всегда вежливо здоровался, почти не пил, за собой убирал. Приходил он под вечер, расстилал картонку, почитывал газеты и даже пытался за мамой ухаживать. О своей жизни он рассказал слезную историю, будто в прошлом он инженер, работы в его городе не было, и он подался в Москву на заработки обычным работягой. Первые работодатели его кинули, потом на вокзале карманники украли документы. С тех пор он вынужден скитаться, не может устроиться на работу и вернуться домой, где его ждет семья. Илья клятвенно заверял, что, как только восстановит документы, тут же поправит свою жизнь. Мама искренне пыталась ему помочь, давала телефоны социальных служб, фондов милосердия и приютов, где можно помыться, покушать и поспать, но бомж каждый день возвращался в подъезд, расстилал свою картонку, пощелкивал семечки, почитывал газеты, стыренные из почтового ящика, и благосклонно принимал от нее еду. Когда она, приложив массу усилий, раздобыла Илье справку, удостоверяющую личность, и на свой страх и риск договорилась со своим работодателем, что Илья отштукатурит стены в офисе, бомж рассыпался в благодарностях и исчез. На службе он так и не появился. Жизнь бродяги его вполне устраивала, а все усилия мамы оказались напрасны. Может быть, ее спаситель из подобных любителей свободного образа жизни? Скитается, потому что ему это нравится? Или в самом деле попал в беду? Историю жизни ангела-хранителя хотелось немедленно разузнать, но спрашивать Алешка стеснялась, а сам он не торопился выкладывать ей свои секреты.

Площадь они миновали без неприятностей. Никто к ним по дороге не привязался, никто не окликнул. Через несколько метров ее спаситель перестал оглядываться, расслабился и сбавил ход, и Алешка поняла, что опасность миновала.

На улице светило солнце и было непривычно тепло для начала ноября. В здании вокзала на полу она продрогла и сейчас наслаждалась теплом, прислушиваясь к гулению голубей, которые выпархивали из-под ног. Даже жарковато стало в дедовском пиджаке. Алешка расстегнула пуговицы и распахнула.

Спаситель резко остановился и вырвал свою руку. Алешка пробежала по инерции еще несколько шагов и повернулась к нему лицом.

— Ты это? Того самого, что ль? — гаркнул он. Голос прозвучал так резко, что Алешка от неожиданности подпрыгнула.

— Ты про что? — озадаченно спросила она, не заметив, как перешла с мужчиной на «ты».

— У тебя свитер на животе оттопыривается.

— А-а-а-а, вот ты про что, — смутилась Алешка. — У меня там Манюня сидит. Как бы тебе... В общем... Неважно, ты все равно не поймешь.

— Ну, я понял. Девка, значит. Надеюсь, коза малолетняя ничего тебе там не повредила? — с опаской поинтересовался он. — А то мне пора уже.

— Не беспокойся, моя Манюня крепкая. Может

быть, лицо только расплющилось, нос запал, глаз выпал или рука оторвалась.

— Э-э-э... — сдавленно сказал ее провожатый. — Давай я тебя к доктору отведу? Какому-нибудь... — ненавязчиво предложил он. — Умоешься в больничке заодно. А то у тебя вся щека в грязи, очки заляпаны, кровь в носу запеклась и по подбородку размазалась. В метро тебя в таком виде не пустят. Подумают, что ты вампир, — попытался пошутить он. — Болит?

— Ерунда, подумаешь, нос расквасили. Я за жизнь знаешь сколько травм получила. Обо что я только башкой не билась.

— Понимаю...

— Вряд ли. Короче, я в метро не собираюсь и тем более в больничку. Со мной все нормально. Мне бы в интернет-кафе... Мне сказали, что здесь есть салон где-то поблизости. Ты, случайно, не в курсе — где? Можешь подсказать, в каком направлении идти? Дальше я сама управлюсь.

— Каким образом — интересно?

— Не твое дело! — разозлилась Алешка и повернулась к нему спиной, расстегнула «молнию», достала куклу, проверила, все ли с ней в порядке. На асфальт что-то брякнулось. Так и есть, ручка отвалилась. Алешка присела, чтобы ее отыскать. Он тоже присел, поднял деталь первый.

— Блин, я думал, у тебя ребенок там, — нервно хохотнул он и помог подняться.

— Шутишь? Какой ребенок? Кому я нужна со своими проблемами?

— Это ты зря. Глупости какие. При чем тут... Любовь, если хочешь знать, тоже слепа. Пардон, что-то я, кажется, не то ляпнул... — сконфуженно сказал он и торопливо добавил, чтобы скрыть неловкость: — Давай сюда свою драгоценную Манюню. Сделаем ей хирургическую операцию по починке конечностей. — Он забрал куклу, приделал руку обратно и вернул Алешке. — Интернет-кафе метрах в ста отсюда. Пойдешь прямо и упрешься в него. — Спаситель развернул ее в нужном направлении и легонько подтолкнул.

— Спасибо, — не оборачиваясь, кивнула она и побрела вперед, настроение окончательно испортилось. Он догнал ее и снова развернул к себе.

— Погоди, у меня влажная салфетка есть. Дай я тебя умою хоть. А то в салоне всех распугаешь. Кто тебе тогда поможет.

Он взял ее за подбородок, снял с носа очки и старательно протер лицо холодной мерзостью. Запах у салфетки был отвратительный, но отчего-то стало приятно и волнительно ощущать на лице его прикосновения. Потом он протер очки с мерзопакостным скрипом и нацепил их обратно Алешке на нос.

— Тебе уже говорили, что ты очень симпатичная? Обязательно найдешь своего принца.

— Я уже нашла. Только вряд ли он когда-нибудь разглядит во мне принцессу. Пока, — буркнула Алешка. Она сама развернулась и пошла в указанном прежде направлении. Спаситель снова ее догнал.

— Слушай, я тут подумал... Мне все равно в ту сторону. Хватайся, провожу. А по дороге ты мне расскажешь, как дошла до жизни такой и зачем тебе Интернет? Вдруг я смогу быть тебе полезен?

Алешка молча брела рядом, размышляя, рассказывать ангелу-хранителю о себе или нет, и вдруг почувствовала, как мышцы на его руке напряглись. Он резко остановился.

— Кажется, у нас серьезные проблемы, детка. Твоя подружка и ее друзья поджидают около интернет-кафе. Идут сюда. Беги, а я попробую их задержать.

— Какая я дура, — охнула Алешка и оттолкнула его от себя. — Иди, я сама. Пожалуйста, иди. Довольно крови. Это мои проблемы, — умоляюще попросила она, широко расставила ноги, перевернула трость и, крепко сжав в ладони, сконцентрировала слух. Так просто она сдаваться не собиралась.

Судя по шагам, к ним приближались три человека. Двое мужчин и девушка. Алешка опознала ее по шлепкам, которые ее обувь издавала при ходьбе. Девчонка немного отставала от спутников, хрипловато хихикала и отпускала в адрес Алешки гнусные шутки, подначивая своих кавалеров. Спаситель никуда не ушел, загородил Алешку собой.

— Почто мою девочку обидел? — спросил густым басом с кавказским акцентом один из бомжей. Он явно был лидер. В голосе звучали власть и превосходство.

— Ваша девочка сама кого угодно обидит, — ответил ее провожатый. — Никто ее не трогал. Я лишь забрал то, что ей не принадлежало. Потому как западло тырить деньги у слепых. Или у вас другой кодекс чести? — с вызовом спросил он.

— Реально — слепая? — лениво поинтересовался бомж.

— Вепрь, она реально слепая, но ушлая. Меня в натуре наколола! Пообещала за услугу бабла отсыпать и обманула?! — взвизгнула девчонка, явно жаждущая крови.

— Это правда? — спросил лидер бомжей, напряжение снова возросло.

— Правда то, что услугу твоя девка не выполнила, а деньги захапала. Я помог слепой мани вернуть. Вот что правда. Сам посуди, по-людски это или нет, незрячих обирать и обманывать? — гнул свою линию спаситель.

— Она меня тупой обозвала! — Вокзальная обитательница предприняла еще одну попытку настроить против них главаря.

— Тупая ты и есть! Даже безглазую не могла обчистить без проблем, — сказал Вепрь. Послышался звук удара, девочка всхлипнула и упала на асфальт. Главарь снова ее ударил. Кажется, ногой в живот, потому что воровка стала жадно хватать воздух ртом и кашлять.

— Не трогай ее! — не выдержала Алешка, выйдя из-за спины своего спасителя. — Она же совсем ребенок еще!

— Помолчи, — пихнул ее в бок спаситель, но Алешка его не слышала. В памяти всплыли события вчерашнего страшного вечера. Растерзанное тело мамы, которую убили такие вот подонки, и ярость захлестнула душу.

— Она к тебе за помощью побежала, а ты! Вместо того чтобы стать для нее опорой, кулаками машешь. Вот твои деньги! Забери и оставь ребенка в покое!

Алешка достала из кармана купюры, швырнула их на асфальт. Главарь, кажется, растерялся от такой наглости. Возникла напряженная пауза.

— Блаженная, мелет незнамо что, — крякнул спаситель, вцепившись в ее руку и отступая назад.

— Я соберу, — пролепетала вокзальная воровка,

завозилась у их ног, кашляя, отплевываясь и шмыгая носом.

— Возьми мои деньги тоже. Это все, что у меня есть, — сказал спаситель. Главарь хмыкнул, сплюнул, подумал немного и забрал деньги. Его напарник загоготал, как конь. — Надеюсь, теперь конфликт исчерпан? — миролюбиво спросил ее спутник.

В этот миг Алешка затылком почувствовала угрозу. За спиной раздался характерный щелчок открывшегося складного ножа. Она резко развернулась и наотмашь махнула тростью в воздухе, вложив в удар всю свою ненависть. Нож со звоном отлетел в сторону, на асфальт свалился тяжелый куль, оглашая окрестности звериным воем и матюгами. Удар металлическим набалдашником бабушкиной трости пришелся бомжу куда-то в район головы.

— Ни хрена себе черепашка-ниндзя! — присвистнул с восхищением главарь. Его напарник снова заржал и захлопал в ладоши. Значит, со спины зашел третий бродяга, которого они не учли.

— Эта сука мне челюсть сломала и зуб выбила! — выл с асфальта бомж-невидимка. — Я сейчас шмаре печень вскрою.

— Захлопни пасть и вали отсюда, — скомандовал лидер. — Тебе вообще никто команду не давал мокрушничать. Девку и ее хахаля не трогать. Иначе я тебе сам печень вскрою и скормлю воронам. С этого момента они под моей защитой, — сказал Вепрь и обратился к ним: — Ежели задержаться планируете, добро пожаловать в наши пенаты, господа хорошие. Мимо просквозите — плакать не будем, гуд бай.

Раненый бомж с матюгами поднялся и зашаркал в неизвестном направлении.

— Мурад, вот деньги, — пролепетала вокзальная девица.

Вепрь не стал строить из себя благородного рыцаря, Алешкины рубли тоже сунул в карман и потопал в сторону Комсомольской площади.

— Мурадик, подожди, — заныла девица.

Вепрь остановился.

— Забудь! — рявкнул он. — Пусть теперь они с тобой возятся. Забирайте эту козу себе. А то ведь я сгоряча порешу ее или отдам поиграться бичам. Жалко дуру. Короче, мы в расчете.

Вепрь ушел, а воровка уселась на асфальт и завыла в голос.

— Да не реви ты, и без тебя тошно, — раздраженно сказал спаситель. Судя по голосу, подарок его совсем не радовал.

— Тошно ему. Это мне тошно! Вепрь меня продал за четыре тысячи рублей! — крикнула воровка. — Как дешевку.

— За пятьдесят четыре, — уточнил спаситель, пытаясь хоть как-то успокоить «бедняжку».

Алешка немного удивилась и мысленно отметила, что денег у нее было больше четырех тысяч.

Карманница мгновенно успокоилась.

— Круто, — присвистнула она. — А по тебе не скажешь, что бабки такие водятся.

— Заработать деньги не проблема, если не лень, — уклончиво сказал спаситель.

Воровка тактично не стала уточнять, каким образом, и обратилась к Алешке:

— Я вообще в натуре над вами фигею, девушка. Как это ты так лихо Гаврилу с копыт скинула? Еще мгновение, и он бы твоему заступнику перо под ребра загнал. Вепрь правду говорит. Гавриле в натуре никто команды не давал резать. Мы просто пугнуть вас хотели. Он по собственной инициативе выступил. Гаврила отморозок еще тот. Конченый беспредельщик. Бывший спецназовец. Крышу после Чечни ему снесло. Ранение было в голову, его списали, он вернулся, а жена с другим кувыркается. Гаврила их обоих тут же к праотцам отправил. Дали три года всего. Адвокат доказал, что мужик находился в состоянии аффекта. Срок отмотал, вышел, но так до сих пор в состоянии аффекта и пребывает. У него дом в Вышнем Волочке есть и с документами ништяк, но он здесь ошивается. Для него человека замочить — особое наслаждение, в натуре. Даже Вепрь его втайне опасается. Вы тоже держитесь от него подальше, мало ли что. Если че, меня Анкой звать, в натуре.

— Пулеметчицей? — усмехнулся спаситель.

— Вертолетчицей, от слова «вертануть», — расхохоталась девица.

— А меня Павел, — представился он.

«Павел», — проговорила про себя Алешка. Имя ей понравилось, оно приятно ласкало слух и убаюкивало сердце. Павел... Белый цвет смешался с сиреневым, расплылся причудливым узором. У Анки цвет был красный с зеленым. Она напоминала Алешке треснувший перезревший арбуз. Отчего возникла такая ассоциация, Алешка не понимала. Арбузы она любила, а караманница симпатии у нее совсем не вызывала. «Подарок» тем временем осваивался в новой роли.

— Я думала, ты скажешь, Чапаев, — игриво заметила Анка. — Так все говорят. Думают, оригиналы. А на самом деле, в натуре, примитив. А ты как, Павлуша, вообще здесь оказался? С виду, в натуре, не говно мужик. Да и деньги умеешь зарабатывать.

Бывшая подопечная Вепря явно пыталась понравиться новому хозяину, расположить его к себе и выпытать подробности его судьбы. Кокетство малолетней нахалки Алешку раздражало, но подробности и ее саму интересовали не меньше.

— Ногами пришел, — сказал Павел. Делиться своей историей он явно не собирался, но вел себя с карманницей дружелюбно и охотно поддерживал разговор.

— А че сюда забрел? — продолжала расспросы воровка.

— А куда должен был?

— Как — куда? На Павелецкий, ясен пень. Павелецкий вокзал тебе, Павел, положен по астралу, — добавила она и громко захохотала собственной остроте.

Павел тоже засмеялся. Смех у него был густой, как летние сумерки. Алешка окончательно расстроилась.

— Меня Алена зовут, — хмуро представилась она.

— Алена, значит. Не катит, слишком романтично. Если собираешься тут прижиться, придумай себе более звучное погонялово.

— Зови тогда меня Алешкой. И верни записную книжку.

— Да легко. Я думала — это документы. Вот и притырила. Скажи спасибо, что не выкинула. Только это не записная книжка. Там вместо телефонов какие-то расчеты и формулы. — Вертолетчица отдала ей книжку, Алешка сунула ее в карман и расстроилась. Ошиблась, вместо записной книжки прихватила из маминого стола еженедельник, где она, вероятно, делала пометки по работе. — Алешка — это хорошо. То, что надо! — отвлекла ее от грустных мыслей карманница. — Ты как раз в натуре на парня похожа. Будешь Алешка Таврическая, гы-гы-гы. Черт знает, что эта фигня значит, но звучит гордо. Ну че, Таврическая, в интернет-кафе идем? Страсть как там побывать всегда мечтала. Не дрейфь, я не все деньги Вепрю отдала. Комиссию зажулила. На Интернет хватит, — гоготнула девица и сделала губами длинный художественный «пук».

Глава 9
ИССЫК-КУЛЬ В НАТУРЕ

В интернет-кафе их не пустили, сославшись на отсутствие свободных столов. Даже Алешка, которая не видела зала, поняла, что это отговорка. Виной был их непотребный вид. Лицо ей Павел от грязи очистил, но изгвазданная старая одежда с чужого плеча вполне объяснимо внушала людям ужас. Спасибо капустной тетке, искупала ее в луже по дороге. Анка, судя по всему, после общения с хозяином тоже не отличалась совершенством. Павел, однако, отступать был не намерен и попытался напомнить менеджеру о правах человека и обществе защиты прав потребителей. Менеджер почти дал слабину, но тут Анка, которая сильно расстроилась из-за ущемления своих конституционных прав, все испортила. Она неожиданно обматерила всех вокруг, менеджера в том числе, и двери перед их носом захлопнулись.

Пообещав вернуться с гранатой, Анка направилась к ближайшему ларьку, купила водки, пиццу и шоколадку и повела их обратно в район трех вокзалов отмечать знакомство. Сдачу она благородно отдала новому хозяину. Павел незаметно сунул деньги Алешке в карман, что почему-то ее совсем не порадовало. Уйдет и бросит ее в компании с малолетней агрессивной девицей при первом удобном случае, подумала она. Осуждать Павла Алешка, конечно, не смела. Он не нанимался быть ее ангелом-хранителем вечно. Но отчего-то так не хотелось, чтобы Павел исчез.

Всю дорогу обратно Анка продолжала ругать интернет-салон и его сотрудников, цеплялась к прохожим, отпускала скабрезные шутки и кокетничала с Павлом. От невообразимых оборотов у Алешки уши завяли, и страстно захотелось Анку стукнуть чем-то тяжелым по голове, чтобы она заткнулась и перестала клеиться к ее спасителю.

Отмечать событие уселись на лавку рядом с площадью трех вокзалов. Место под пикник подыскивала и освобождала Анка лично, пинками и матюгами согнав со скамейки вонючую бомжиху. Та их тоже художественно обматерила, прокляла, пожелала гореть в аду, собрала вещи и побрела искать себе другое пристанище.

— Зачем ты так с человеком? Мы совершенно спокойно могли бы поискать другое место, — укоризненно сказала Алешка.

— Посмотрю, как ты запоешь, когда на вокзале поживешь с мое. Здесь иначе нельзя. Кто сильнее, тот и бог. И вообще, кого ты человеком называешь? Это не люди, это говно собачье. Я таких презираю, — прокомментировала свой поступок малолетка, зашуршала газетой, расстелив ее на лавочке, и пригласила всех к столу. В иерархии Анки вонючая бомжиха явно стояла на низшей ступени социальной лестницы. Алешка в очередной раз удивилась. Она всегда считала, что бродяги все равны, но уже дважды ей доказали обратное.

На улице похолодало. Алешка плотнее запахнула дедовский пиджак. Анка сунула ей в одну руку пластиковый стаканчик с водкой, в другую — кусок пиццы. Пицца воняла кислым сыром и заветренной колбасой, от резкого запаха водки к горлу подступила тошнота. Павел сидел от нее по правую руку, очень близко, было приятно ощущать плечом тепло его тела. Анка сидела слева и тоже жалась к ее плечу, но вовсе не от нежного отношения, девчонка дрожала от холода. Еще бы не замерзнуть в шлепанцах в ноябре. Курточка на Анке тоже была легкая, словно она вышла на минутку из дома.

— Пей, Таврическая, в натуре, легче станет, — подбодрила Анка. — Иначе тут не выживешь.

— Я здесь задерживаться не собираюсь, — сказала Алешка. — Просто обстоятельства так сложились.

— Все это говорят. Про обстоятельства. Только вокзал такая жопа мира, что легко отсюда не выберешься, в натуре. Черная дыра, — философски сказала Анка, выпила свою порцию, крякнула и зашуршала шоколадкой.

Павел тоже выпил. Алешка набралась смелости и, стараясь не дышать носом, отхлебнула зловонную жидкость. Водка обожгла гортань и камнем упала в желудок. Алешка с перепугу запихнула в рот пиццу и съела целый кусок, не чувствуя вкуса. Дешевая водка все вкусовые рецепторы притупила. Происходящее казалось дурным сном. Она на лавочке возле вокзала с двумя бродягами пьет водку. Самое поразительное — один из бродяг ей очень нравится. Ей нравится бомж. Она, наверное, свихнулась. Впрочем, никакого социального неравенства, потому что теперь она сама бродяга. У нее нет ничего — ни близких, ни родных, ни дома. Воспоминания о маме ножом полоснули сердце. Алешка выдохнула и допила водку до дна. Через минуту по венам побежало тепло, голова приятно закружилась. Анка не обманула — полегчало.

— Налей еще, — попросила она и протянула пустой пластиковый стаканчик воровке.

— Обойдешься. Водяра паленая. Траванешься еще с непривычки, а мне потом возись с тобой. Эх... Жила я без печали, и нате вам, — басом пропела Анка и отхлебнула паленой водки из горлышка.

Павел пил и все больше молчал, слушал Анку. После принятого на грудь алкоголя воровка разоткровенничалась. Алешка тоже слушала. Спиртное сделало ее флегматичной и расслабленной.

На днях Анке исполнилось пятнадцать, но скиталась она не первый год. Однако бомжихой девушка себя не считала. Бомжами в понимании Анки были те, кто опустился до самого дна. Таких здесь презирали все и называли «китайцами».

— Я из Ташкента сама. Мама русская, отец узбек. Они в России познакомились. Папка в медицинском учился, а мама на историка. Потом они поженились и уехали в Ташкент, отец не хотел жить в России. Мама на новом месте сразу прижилась. Ей всегда нравились солнце, культура и люди. Родня отца ее приняла хорошо, как свою. Потом я родилась. Все у меня было. И компьютер тоже. Я помню — был! — сделав акцент на этом слове, сказала Анка и пихнула Алешку в бок. Похоже, компьютер стал для девочки больной темой, и Алешка вдруг поняла, почему у них вышел такой серьезный конфликт. Она, сама того не ведая, задела Анку за самое больное. — Была и комната своя, — рассказывала Анка. — Закрываю глаза и прямо вижу лампу с бахромой, цветной ковер на полу, такой шелковистый на ощупь, кроватку с игрушками, стол с карандашами и пианино. Пианино у меня было, прикиньте, — гоготнула Анка, закурила и сплюнула на асфальт. — Я запах постельного белья помню. Мамка простыни крахмалила до хруста, утюжила. А когда спать меня укладывала, с моей простыни крошки стряхивала, подушку взбивала, одеялом закрывала и целовала в лоб. Прямо так, каждый день, прикиньте. Нормально жили, не шибко богато, но и не голодали. А потом у отца на работе полный кирдык случился. Кого-то он там из больших начальников до смерти залечил. Вроде и не было его вины в этом, но скандал получился грандиозный. Отца во всех грехах обвинили. Устроиться он больше не мог никуда. Он сильно переживал, что семью не может обеспечить всем необходимым. Мама предложила в Россию перебраться, он согласился, но на переезд у нас денег не было. Чтобы концы с родиной не рвать, папа квартиру продавать не хотел. Решил податься в Россию на заработки, устроиться и нас потом забрать. Мама не хотела одного его пускать, с ним решила ехать. Спорить было бесполезно. Он мужчина, глава семьи, как сказал, так и будет. Собрался, уехал и пропал. Ни письма, ни звонка, с концами. Мать от горя чуть не померла. Ждала его, плакала каждый день, исхудала до скелета. Без папки в Ташкенте нам жить стало совсем тяжело. Мать продала все, что могла, и поехали мы в Россию искать папку и налаживать отношения с бабкой, с матерью ее. Не ладилось у них шибко. Та ей простить не могла, что замуж за мусульманина выскочила. Радикальная такая бабка. Всю жизнь ярой коммунисткой была, в натуре, а на старости лет в религию с головой ударилась. Мать надеялась ее разжалобить. Поехали в Клин, откуда мама родом. Выяснилось, что бабка померла, в натуре, а квартира отошла государству, потому что эта старая гадина мою мать выписала! — в сердцах бросила Анка, прихлебывая водку из бутылки.

Рассказ Анки рвал душу в клочья. Алешка снова протянула ей свой стаканчик. Анка в этот раз отговаривать не стала, машинально плеснула водки. Алешка выпила.

— Деньги у матери были кое-какие с продажи ташкентской квартиры, часть мы на переезд потратили, часть она родственникам отдала. Бедные они очень. Да и не рассчитывала она, что жилья лишится. Хватало только на комнату в Подмосковье. Нашла вариант хороший, деньги все последние отдала и на аферистов нарвалась. Оказалось, в комнате псих какой-то прописан. Мы въехать туда не успели, нас вышвырнули на улицу. Так мы на вокзале оказались, без денег, без жилья, без регистрации. Отца искали, но безрезультатно. Мать решила, что помер он, убили. Иначе нашел бы возможность с нами связаться в Ташкенте, когда в Россию приехал. Но я-то знаю, что папка живой. Просто его инопланетяне украли, — вздохнула карманница, и Алешку словно жаром обдало. Девочка не шутила, говорила всерьез. Анка придумала себе свою правду, чтобы было легче пережить смерть отца. — Мать на вокзале уборщицей устроилась. Нанялась электрички мыть, сутками их драила всякой химией и здоровье надорвала. Померла от воспаления легких в тот же год. Я осталась одна. Меня хотели в приемник забрать, но я к тому времени познакомилась с местными вокзальными пацанами, наслушалась от них про приемник и интернаты жутких ужасов, испугалась и слиняла. Жила год на Курском. На «Серпе». В дырках.

— В каких дырках? — спросил Павел.

— Под платформой «Серп и Молот». Там дыры в бетоне, где бродячие дети в норках обитают. Вот где жесть полная. Срач, вонь, наркотики. Я первое время пыталась этот хлев разгребать, потом плюнула — бесполезно. Все на наркоте, младшие дышат клеем, старшие колются. Я тоже пристрастилась клеем дышать и год жила как в тумане. Кормилась с того, что бутылки собирала, попрошайничала, воровала помелкому. Кое-как перезимовала и смерть мамки пережила. Мне даже по приколу одно время было так жить. А потом однажды проснулась на путях. Лежу, на звезды смотрю, вся избитая, в бошке дырка, в натуре. Рядом одна маруха наша мертвая валяется. Она только месяц с нами кантовалась, из детдома слиняла. Ей всего одиннадцать лет было.

— А тебе? — спросил Павел.

— А мне тринадцать, я уже взрослая была. Последнее, что помню, как подошли к нам дяденьки и представились журналистами. Чебуреками нас угощали в кафе, лимонад наливали, о жизни расспрашивали, а дальше провал. Кое-как доползла до вокзала. Там меня подобрали люди добрые, отволокли к машине с волонтерами, где жрачку выдают и помогают, чем могут. Они меня в больничку определили, приезжали, в душу лезли, в приют заманивали. Я, в натуре, снова перепугалась. Под платформой столько бегунов жило, и никто обратно не хотел. От хорошей жизни ведь не убежишь. В лазарете мне бошку обрили, залатали, я отлежалась чуток и слиняла. Обратно в нору не вернулась. Боялась, что дяденьки вернутся и добьют. Но в бошке моей случилось некоторое просветление. Думаю, не, так жить нельзя — сдохну. Сюда приехала. На «плешку» пришла, вся из себя лысая и охреневшая от уколов. Села на площади с протянутой рукой. Тут Вепрь меня и заприметил. С плантации снял, отмыл, приодел и начал сам учить ремеслу. Не знаю прямо, что он во мне нашел, — кокетливо сказала Анка. — Говорят, я на Деми Мур похожа из фильма «Солдат Джейн». Вепрь этот фильм уважает и Мур тоже, вот его на мне и заглючило. Боюсь теперь волосы отращивать. Вдруг разлюбит. Так и живу. Лажаю иногда, правда, по полной, как сегодня. Вепрь злится, но любит все равно. Теперь придется какое-то время в залах ожидания перекантоваться вместо спального вагона СВ. А че, все лучше, чем на улице. На вокзале тепло, помыться можно, шмотки постирать и в туалет с комфортом сходить. Я с уборщицами клозетов давно закорешилась. За сотку они меня пускают в технический перерыв. Закрываюсь и моюсь, шмотки в помойном ведре стираю. В теплый зал на Казанском ночевать меня тоже без проблем пускают. Сейчас ментяры обход сделают, вышвырнут всю бомжовую шваль с алкашами из зала на улицу, и мы пойдем с ночевкой устраиваться. Если у вас, конечно, нет других предложений.

— Вепрь тебя так любит, что чуть ногами не забил и продал первым встречным за три целковых, — не удержалась от комментария Алешка.

— Че ты понимаешь в любви, дура слепая! — разозлилась Анка. — Что ты вообще в жизни понимаешь? Вепрь меня от смерти спас и теперь имеет полное право уму-разуму учить. Убьет — значит, заслужила. Он заботится обо мне. Профессии обучил, элитой сделал. Реально, в натуре, с клея снял и на водку перевел. Объяснил популярно, как вредно клей нюхать. Прикиньте, я и не знала, что от клея умирают.

— Ну и дура! Тебе Господь глаза дал, а ты зрением пользуешься, чтобы других обирать, — не осталась в долгу Алешка и неожиданно для себя толкнула Анку локтем так, что та кубарем свалилась с лавки.

— Девочки, не ссорьтесь, — попытался разрядить обстановку Павел, поднял Анку с асфальта и усадил обратно на скамейку.

— Бешеная какая-то, в натуре, — буркнула Анка. — То палкой машет, то кулаками. Сидели спокойно, за жизнь разговаривали. Вдруг с какого-то перепугу сальто-мортальто мне устроила. Че я такого сказала? Что ты слепая? Да ведь так оно и есть! А была бы умная, сидела бы в своем интернате и не рыпалась никуда. Думаешь, прикольно на вокзале жить и чужие кошельки воровать? Да я бы с радостью отсюда усвистела, но не могу. Папку жду. Он вернется, найдет меня, и мы с ним в Ташкент поедем, домой, к солнцу... — Некоторое время Анка молчала и дышала тяжело и часто. Алешка не удержалась и нежно погладила девочку по лысой голове, та резко отстранилась и стала похожа на ежика, колючего и злого. — Себя жалей, — огрызнулась она. — Тоже мне, нашлась мамка. У меня все в натуре чики-поки. Через пару дней Вепрь отойдет и меня заберет обратно. Ничего он меня не продал, а в разведку отправил. Он уже неделю Павла пасет и никак понять не может, что он за фрукт, — брякнула карманница, ойкнула и притихла.

— Может, тебе стоит прямо сейчас к нему вернуться, — сказал с угрозой Павел и спихнул Анку обратно на асфальт.

Секунду девчонка молчала, а потом запричитала, как кладбищенская плакальщица, умоляя не выдавать ее и не гнать. В голосе девочки звенел реальный страх. У Алешки от этих причитаний тоже зазвенело в ушах, а потом звон прекратился, и в мозгах стало как-то непривычно гулко, словно в зале ожидания вокзала.

— Не сбегала я ни из какого интерната. Я человека убила, — вдруг сказала она и не узнала собственного голоса.

Павел напрягся. Анка захлопнула рот, уселась рядом с ней. Помолчала минуту.

— Че-то тоскливо как-то. И водка меня не берет, — вздохнула она и зашуршала пакетиком.

Чиркнула спичка, запахло странно. Похожий запах исходил от молодых парней на вокзале, которые мечтали поехать на Селигер. Запах переместился к Павлу. Он сделал затяжку, выпустил облако сладковатого дыма и собрался передать мимо нее сигарету Анке, но Алешка перехватила его руку и тоже сделала глубокую затяжку, чтобы не отставать от коллектива. Закашлялась, но упрямо затянулась еще раз. Во рту появился горьковатый привкус, в голове запрыгали разноцветные зайцы. Алешка потрясла головой, зайцы запрыгали еще активнее.

Анка вырвала сигарету из ее рук и в очередной раз обругала по матери. Сигарету они докурили вдвоем с Павлом, передавая друг другу через нее. Алешка сидела, зажатая с двух сторон собратьями по несчастью, вдыхала ароматный дымок и уговаривала бешеных зайцев покинуть чужую территорию. Зайцы не слушались и бузили.

— Все очень плохо. Просто ужасно. Он ведь писателем великим был, — трагично сообщила она, решив не обращать на ушастых внимания. — Все случайно вышло. Я потерялась и мимо шла, а писатель сидел и курил в тапочках. Я его не заметила и уронила. А дома у него кот с радикулитом, но это к делу не относится. Писатель упал и утонул в Москве-реке. А я телефон потеряла. И спасти его не смогла. Потом меня мама нашла, домой привела и сказала, что мне все почудилось. А потом она сказала, что не почудилось и меня полиция ищет. Мы поссорились, и я решила сама идти в полицию, но мою маму убили из-за квартиры нотариус и агент. Я сделала вид, что убежала, потому что мама меня об этом попросила. А потом оделась в дедовские вещи, взяла Манюню, фотоальбом и пошла к бабушкиной подруге. Прихожу, а ее тоже убили. Я испугалась и убежала, но уже не понарошку, а на самом деле. Вернуться домой не могу, там ждут киллеры, чтобы сделать из меня овощ и завладеть квартирой. А полиция вся купленная у них в этом районе. Я сама слышала, когда под кроватью лежала. Полиция тоже меня ищет за убийство писателя. Одна надежда на фотоальбом.

— Уф, слава богу! — отчего-то повеселела Анка. — Говорила, не пей много паленой водки, еще и пыхнула. Вон как заглючило, в натуре, с непривычки. Небось впервые в жизни косяк в руках держишь?

— Косяк? Я курила марихуану? — с ужасом и одновременно с восторгом спросила Алешка и догадалась, откуда зайцы прибежали.

— Угу, — подтвердила Анка. — Вообще-то с первого раза редко кого прет. А меня вообще не взяло ни грамма. Пойдем, убийца великих писателей. Сейчас на вокзале минералкой тебя отпою и спатеньки уложу, а то ты, в натуре, на овощ похожа. На баклажан. Вся синяя от холода.

Алешка попыталась встать.

— Что-то я не могу, — с удивлением сказала она, пощупав свои коленки.

— Начинается, — гоготнула Анка. — Паша, на тебя вся надежда. Отскребай ее от лавки, и погребли.

Павел охотно подчинился, подхватил Алешку под мышки, придал ей устойчивое вертикальное положение и бережно поправил на ней пиджак.

— Спасибо, — шепнул ей на ухо Павел.

— За что? — удивилась Алешка, покачиваясь и цепляясь за своего спасителя. Он сам стоял с трудом и тоже покачивался.

— Если бы не ты, бич меня бы зарезал.

— Если бы не я, то жил бы ты спокойно.

— Я здесь не для этого. У меня совсем другая цель, — загадочно сказал Павел.

Анка тихонько подошла ближе и прикинулась ветошью. Похоже, косяк она предложила покурить Павлу не просто так, а чтобы выведать сведения для любимого Вепря.

— Я с другой планеты, — прошептал он. — Прибыл сюда с важной миссией. Моя задача найти тех, кому нужен шанс, и спасти их. Я — Мессия! — торжественно провозгласил спаситель и рухнул обратно на лавку, уронив Алешку себе на колени.

— Дубль два, блин, — расстроилась Анка. — Только я одна без прихода, как лохушка. Наврал Леший, что трава убойная. Идете или нет в теплый зал? Совесть надо иметь, между прочим, наркоманы поганые. Если бы не вы оба, то я бы сейчас спала в купейном вагоне СВ. Ой, — пролепетала Анка и тоже плюхнулась на лавку, — глядите! Иссык-Куль в натуре!

— Иссык-Куль в Киргизии, — сообщил Павел.

— А мы где? — поинтересовалась Анка и захохотала. Алешке тоже стало отчего-то очень смешно.

— А мы где? — эхом отозвалась она и захохотала, барахтаясь на коленях у Павла.

— Где, где, в Караганде. То есть на Иссык-Куле, в натуре, — корчась от смеха, подхватил Павел и усадил Алешку на лавку.

Они сидели на скамейке и хохотали как ненормальные. Алешке стало так хорошо, что возвращаться в реальный мир не хотелось.

Анка вдруг перестала хохотать и обернулась.

— Гаврила, а ты че тут? — удивленно спросила она.

В это мгновение в спину Алешке что-то воткнулось. Павел вскочил, бросился на бомжа. Анка закричала. Послышался звук ударов, ругань и визг.

— Паша, оставь! Оставь эту тварь! Убьешь упыря — зону пойдешь топтать! — закричала Анка. — Надо Таврическую спасать! Врача надо срочно!

Алешку подхватили под руки и поволокли к вокзалу.

— Я сама могу идти, — попыталась протестовать она. — Со мной все нормально. Только чего-то царапает немного спину.

— Молчи, дура! У тебя финка из спины торчит, — огрызнулась Анка. — Ты под кайфом, поэтому боли не чувствуешь. Смотри не вздумай сама нож выдергивать, кровью истечешь.

— Финка? — пискнула Алешка, практически теряя сознание.

— Ничего, Таврическая, не дрефь. Прорвемся. Жить будешь. Я те обещаю, в натуре. А Гаврилу Вепрь на куски порежет и в канализацию тварь отмороженную спустит. Он таких вещей не прощает.

— Но я правда боли не чувствую! Только колется что-то ужасно, — простонала она, резко высвободилась и выдернула финку из спины.

— Что ты наделала! — закричала Анка с ужасом. Павел выругался, оторвал от себя какой-то лоскут и задрал ей кофту на спине. На асфальт что-то хлопнулось с характерным картонным звуком.

— Это чево? — ошарашенно спросила воровка.

— Фотоальбом! Он в сумку не влез, я его за пояс сунула, — объяснила Алешка, нагнулась, пошарила рукой по асфальту, нашла альбом и прижала к себе.

— Поздравляю! Ты в рубашке родилась, детка, — с облегчением выдохнул Павел. — Финка в плотном картоне застряла, поэтому лезвие только кожу спины немного поцарапало. Погоди, сейчас царапины на всякий случай обработаю. — Спаситель достал влажную салфетку, протер ей спину и одернул одежду.

— Очуметь с вами можно, в натуре! — отмерла Анка. — Я думала, все, хана тебе, Таврическая. До вокзала не донесем, окочуришься по дороге. Финка реально из печени торчала.

— А говорила, прорвемся и жить буду, врушка, — нервно хихикнула Алешка, притянула к себе обалдевшую Анку и крепко обняла. На этот раз девушка не превратилась в ежа, а уткнулась Алешке в плечо, постояла пару минут и отстранилась, шмыгая носом.

— Ну все, достали вы меня, в натуре! Кто вы такие вообще? Откуда взялись? Что вы меня приручаете, как собаку? Не трогайте меня! И в душу не лезьте! Мне плохо от вашей заботы. Я же знаю, что вы скоро уйдете и забудете все. А я тут останусь навсегда! — крикнула девушка, и ее шаги эхом отозвались в здании вокзала.

— Если ты правда пришел сюда, чтобы дать шанс тем, кто попал в беду, дай шанс этой девочке. Он ей очень нужен, — тихо сказала Алешка.

— Все не так просто. Я могу дать шанс только тем, кто гарантированно сюда не вернется и сможет начать новую жизнь, иначе сам потеряю все. Анка вернется, потому что здесь живет ее мечта. Она не бомжует, а ждет отца. Пойдем, поздно уже, — сказал Павел и взял Алешку под руку.

— Тогда найди ее отца, — прошептала Алешка.

Она хотела сказать, что у нее тоже нет шансов, потому что она убийца. Даже если Павел захочет ей помочь, не сможет. Ничего хорошего ее не ждет, но промолчала и пошла за своим ангелом-хранителем. Ее сумбурному рассказу никто не поверил. Сегодня она не будет никого разубеждать. Завтра расскажет правду, и все встанет на свои места. Спаситель оставит ее и уйдет искать тех, кто заслуживает счастья. А она попадет если не в тюрьму, то в дурдом, потому что всерьез верит, что Павел — самый настоящий Мессия. Или еще действие травы и паленого алкоголя не закончилось? — озадаченно подумала Алешка, внимательно прислушиваясь к себе. Зайцы в голове больше не скакали, хотя бы это радовало, но в мозгах осталось чуточку сумасшествия, которое никак не желало выветриваться.

* * *

Либо Анка договорилась, либо Павел выглядел вменяемо, но в теплый зал ожидания они прошли совершенно свободно и бесплатно, заглянув по дороге в туалет.

На втором этаже было тепло, тихо и воняло бомжами, хотя, по словам Павла, «китайцев» из зала выгнали. Алешка так устала, что ароматы немытых тел, витающие в воздухе, ее совсем не смущали. Она с наслаждением опустилась на пластиковый стул и откинулась на спинку.

Явилась Анка.

— Водички не желаете? После косяка обычно сушняк, — хмуро спросила она, сунула ей в руку бутылку и заняла место с другой стороны. — А зачем тебе фотоальбом, Таврическая? — лениво спросила она. — Ты ведь все равно ни хрена не видишь.

— Там фотография женщины, которую я ищу, — Алешка открыла альбом, изучив рукой дырку. Отверстие от ножа пришлось в район, где была фотография мамы, и у Алешки мелькнула странная мысль, что это она уберегла ее от смерти. Страха почему-то не было, алкоголь и трава притупили все эмоции и чувства.

— Что за баба? — поинтересовалась Анка.

— Знаю только ее имя — Арина. Я планировала

выяснить фамилию и потом найти ее в соцсетях через Интернет. Номер школы и год выпуска я знаю, а фамилия должна быть в альбоме. Вдруг повезет, и я смогу с ней связаться. Сама я в Интернет могу выйти, только если компьютер оснащен специальной звуковой программой. Поэтому искала человека, который может мне помочь, и на тебя нарвалась, — усмехнулась Алешка.

— Тебе категорически повезло, в натуре, — хихикнула Анка и выхватила у нее альбом. — Да ты голова, Таврическая. Мыслишь прямо как Штирлиц, блин. Щаз поглядим, кто тут Арина.

— У меня есть информация, что Арина вышла замуж и в Питер уехала. Больше я ничего о ней не знаю. Возможно, мне придется в этот Питер поехать. Правда, паспорта у меня нет и денег на билет.

— Да это не проблема, — отмахнулась Анка. — Во! Есть тут одна Арина. Симпатичная, но сразу видно, что сволочь. Фамилия Петровская. Запомнила? Только иллюзиями себя не тешь. Если твоя мамаша от тебя отказалась в младенчестве и сбагрила в интернат для инвалидов, то и сейчас ты ей на хрен не нужна.

— При чем тут... Никакая она не сволочь! — возмутилась Алешка. — Арина — не моя мать! Мою маму зовут Ирина. Она тут тоже есть. У нее фамилия Симакова. Вот она, рядом с дыркой, — указала пальцем Алешка. — С Ариной они подругами были близкими.

— Про эту и не скажешь, что сволочь. Прямо сама невинность, — вздохнула Анка и поинтересовалась: — Через одноклассницу, значит, решила мать найти?

Алешка хотела возразить, но передумала. Анку наглухо заклинило на интернате для инвалидов, и спорить с ней, похоже, бесполезно.

— Ирина Симакова? — подал голос Павел и забрал у Анки фотоальбом. — Имя очень знакомое, но лица я не узнаю.

— Здесь моей маме семнадцать лет. Даже если бы вы где-то с ней пересекались, то вряд ли ты бы ее опознал по этому фото сорокалетней давности.

— Да мало ли Симаковых на свете, — зевнула Анка. — Вот у меня фамилия Абдурахманова.

— Она тебе очень подходит, — буркнула Алешка.

— Ага, красивая, как я, — похвалилась Анка, не поняв намека. — Ладно, завтра займемся этим делом вплотную. Да, Паш? А сейчас отбой. Спать будем по очереди, — дала она указания. — Вепрь уже в курсе про подвиг Гаврилы, но эта тварь играет в неуловимого мстителя. Значит, вы по-прежнему в опасности. Пока этот отморозок шастает поблизости, надо быть настороже. Короче, я первая сплю. Мне завтра с утра на работу, — сказала Анка и мгновенно уснула.

— А чем твоя мама занималась? — поинтересовался Павел.

— Бухгалтером работала. Вела несколько коммерческих фирм.

Альбом выпал у Павла из рук.

— Прости, — хрипло сказал он. — Прости меня.

— Ерунда, — рассмеялась Алешка, забрала у Павла альбом, сунула за пазуху, зевнула и не заметила, как тоже провалилась в сон.

Глава 10

ПФФАФИНЮСИК

Любительница Кафки и Джойса сидела за барной стойкой и потягивала из соломинки клубничную «Маргариту». Волосы блондинка сегодня собрала на затылке в пучок, и теперь они не мешали любоваться всем желающим на ее красивую стройную спину в вырезе облегающей кофточки. По спине Катрин скользили разноцветные отблески от цветомузыки. Темно-синие мерцающие джинсы с низкой талией открывали взору еще одну пикантную подробность — полоску ярко-красных трусиков и начало ложбинки между ягодиц. На эту пикантную деталь пялились, кажется, все мужики в клубе. Словно почувствовав его взгляд на своей заднице, Катя обернулась, приветливо помахала Марко рукой и ослепительно улыбнулась. Он сел на соседний барный стул.

— Хай, гай! — шепнула ему на ухо Катя, обдав его клубничным дыханием с легким запахом алкоголя. — Как чувствуешь себя после вчерашнего банкета?

— Вери гуд, май дарлинг, — пошутил Марко, заказал двойной виски и закурил. От запаха алкоголя его мутило, голова по-прежнему раскалывалась, но стресс снять было необходимо.

Катя пошарила в своей сумочке, извлекла оттуда его телефон, положила на барную стойку и двумя пальчиками раскрутила его юлой.

— Дарю!

— Вот это подарок! Спасибо! — обрадовался Марко.

— Не за что. К слову, тебе звонил отец, — сказала она и тоже закурила тоненькую ментоловую сигаретку.

— Что ты ему сказала? — заволновался Марко.

— Почти правду, что ты забыл в баре телефон. Но я собираюсь тебя разыскать и вернуть его.

— Я думал, в такси мобильник посеял, — Марко улыбнулся.

— Врешь, — усмехнулась Катя, сощурив синие глаза, и выдула ментоловый дымок ему в лицо. — Ты думал, что я воровка. Напоила тебя и обчистила как липку.

Курить ей шло. В изящных пальчиках Катрин сигарета смотрелась красиво. И колечко с зеленым блестящим камушком ей тоже очень подходило. Кольцо притягивало взгляд. Марко удивился, он всегда был равнодушен к женским побрякушкам.

— Липку? — переспросил он, хотя прекрасно знал это выражение. Хотелось увести тему разговора в другую плоскость. — Что такое липка?

— Липка — пипка, — расхохоталась Катя. Марко тоже гоготнул, хотя ему стало неловко. Шутки у девушки были какие-то странные. — Я еще хочу тебе один подарок преподнести, — сказала она и подмигнула, в ее глазах запрыгали озорные чертики.

— Какой?

— Русские пусинюси! — проворковала Катя, потушила сигарету и полезла в свою сумочку.

— Что, прости? — Марко поперхнулся виски и залился краской до корней волос. Пусями в Германии игриво называли часть женского тела, которая расположена в трусиках. Он, конечно, не был пуританином, но чтобы так открыто предлагать себя? Или пусю какой-то Нюси? Захотелось немедленно проститься с блондинкой. В этот момент Катя положила перед его носом пряник и замерла с довольным выражением лица.

— Что это? — растерялся Марко.

— Тульский пряник, — обиженно отозвалась блондинка. — Ты вчера весь вечер говорил, что обожаешь пряники и мечтаешь попробовать русские. А я не могла запомнить, как по-немецки пряники называются. Пусинюси?

— Pfeffernusse! — заорал Марко и заржал на весь бар.

— Пфе-ффе... Пфе-ффер-пуси... — попыталась воспроизвести незнакомое слово Катя и подняла руки вверх. — Все. Сдаюсь!

— Просто надо еще выпить, тогда получится, — предложил Марко и заказал еще виски для себя и для Катрин.

Второй бокал, выпитый на голодный желудок, вернул организм в норму и снял чудовищное напряжение сегодняшнего дня. Третий расслабил его окончательно. Он вдруг разоткровенничался и выложил Катрин все свои проблемы, поведал об отце и своей «новорожденной» сестре. Катя слушала и сочувственно вздыхала, подливая ему виски. Потом было душное такси, тошнота, подкатывающая к горлу, стыдные слезы, смех Катрин, горечь во рту и муть, муть, муть... Сквозь муть он увидел тонкий силуэт девушки в темной повязке на глазах. В одной руке она держала две чаши, в другой — меч. Девушка неожиданно подняла меч и обрушила его на голову Марко, расколов черепушку на две половины.

— А-а-а-а-а-а!!! — заорал он и открыл глаза. Он лежал на кровати своего гостиничного номера. Потолок и стены вращались, как беличье колесо. Когда-то у него была белка Клариса. Рыжая пушистая дурында. Бабушка подарила. Месяц он наблюдал, как Клариса старательно вращает колесо. Потом белку стало так жалко, что он не выдержал, втихаря от родителей отнес клетку в парк и выпустил рыжую на волю. «Ты не имел права так поступать. Теперь погибнет твоя Клариса», — укоризненно сказала мама. Марко бросился обратно в парк искать белку, но так и не нашел. Вернулся в истерике, стал умолять родителей вызвать службу спасения. Мама прочитала очередную лекцию. Бабушка смертельно обиделась. Отец, напротив, его поддержал. Сказал, что лучше недолго прожить на воле, чем всю жизнь в клетке. В этом и заключается счастье. В тот день родители сильно поссорились, и отношения между ними пошли под откос. Через несколько месяцев мама от отца ушла. Он не предпринял попытки ее вернуть. Марко страшно переживал и винил себя. Он искренне считал, что разрыв родителей случился из-за его глупого поступка. Оказалось, что причина была не в белке Кларисе, а в женщине по имени Ирина Симакова.

Голову от подушки получилось оторвать с трудом. Пошатываясь, он доковылял до холодильника, достал ледяную колу, откупорил, сделал два глотка и приложил жестянку ко лбу. Постоял так с минуту, закрыл глаза и на ощупь отправился в душ, чтобы качающийся потолок мозги окончательно не расплющил.

В голове ворочались вопросы — ленивые, но важные. Вчера он снова напился в хлам, но это было жизненной необходимостью. Реальность хотелось временно покинуть, забыться и не думать ни о чем. Катрин, как обычно, потерялась где-то по пути в отель. На этот раз блондинка совершенно точно села с ним в такси, а дальше... Дальше Марко ничего не помнил и помнить не хотел. Стыдно было. Девушка такая милая, телефон вернула, тульскую пусюнюсю подарила, выслушала его, посочувствовала, а он так с ней поступил.. Последнее, что Марко помнил, как они вышли из клуба и зашли в ночной супермаркет. Катрин решила купить ему еще один пряник.

Размышлять о жизни и сейчас мало хотелось и моглось. Но надо же как-то определяться, решать, как быть, звонить отцу, сообщать о новостях. Вчера, когда папа позвонил, у него моральных сил не было с ним разговаривать. Он быстро сообщил, что с ним все в порядке, и отключил телефон. Вопрос встал ребром: говорить отцу о смерти любимой женщины или соврать, что передал письмо? А может быть, солгать, что Ирина Симакова давно умерла? Отец перепишет завещание, и люди, которые ворвались вдруг в его жизнь, исчезнут навсегда. Зачем ему сестра? Жил он без нее спокойно столько лет и дальше проживет. Отец не знает, и не нужно его волновать такими новостями. Известие о том, что двадцать четыре года назад он сделал слепую дочь, его попросту раздавит. А вдруг наоборот — заставит бороться?

От последней мысли Марко стало так страшно, словно он изобрел водородную бомбу. Ревности ему только не хватало. Марко включил холодный душ и сунул под ледяные струи белобрысую голову. Полегчало — беличье колесо в голове перестало вращаться.

В задницу все! Пусть отец спокойно отойдет в мир иной. Ему волнения противопоказаны. Алешка... Сестра... Слепая...

В задницу! Не было у него никакой Алешки и не будет. Не было у отца никакой дочери и не будет. Вечером поезд в Питер. Благо он чемодан вчера собрал. Пора сдавать номер, и на вокзал. Там он оставит чемодан в камере хранения и прогуляется по Москве до отправления поезда. Потом Питер, экскурсии — и домой, в Берлин, к отцу. Про Ирину Симакову он сочинит историю, дескать, умерла сто лет назад от свиного гриппа или от куриного. Свою миссию он выполнил. Не дай бог, майору майоров взбредет в голову снова заподозрить его в преступлении и арестовать. Просто чудо, что все обошлось. Хватит с него приключений. Надо валить отсюда, пока не поздно.

Воодушевленный и посвежевший Марко набросил банный халат, бодрячком вышел из ванной и замер. Как это он раньше не заметил, что на журнальном столике стоят открытая бутылка шампанского, два бокала и фрукты. С опаской он перевел взгляд на кровать. Постель не разобрана, подушка примята только с его стороны. Значит, Катрин не ночевала в номере. Определенно между ними ничего не было. В том полубессознательном состоянии, в каком он вчера пребывал, возродить его к жизни не смогла бы даже сама несравненная Сандра Балок.

Одежда валялась по ходу движения от двери к

кровати. Кроссовки, заляпанные московской грязью, лежали на кресле. Марко скинул их на пол, натянул джинсы и похлопал себя по заднему карману. Бумажник он всегда носил именно там — вместо денег в кармане оказался тульский пряник. Марко вытаращился на него с ужасом и перевел взгляд на сейф, где у него лежали тысяча евро наличными, дорогой фотоаппарат и навороченный ноутбук.

— Полнейшее пусинюси! — присвистнул Марко, оглядев пустую ячейку. Дорогого айфона тоже нигде не оказалось. Любительница Кафки забрала свой подарок назад. — Пить вредно, — почесал блондинистый ежик Марко, позвонил с гостиничного телефона в банк и заблокировал кредитки. Толку от этого, правда, было мало, потому что на карточках, как выяснилось, не было ни цента. Верно отец ему говорил: пин-код не следует нигде записывать. Не послушался и накорябал на внутренней стороне бумажника, который тоже испарился с карточками и наличными.

Следующий звонок был отцу. Марко наврал, что потерял подзарядку для телефона, с ним все хорошо, он перемещается в Питер, звонить больше не будет, потому что дорого, а все новости расскажет, когда вернется в Берлин. Голос у отца был бодрый, но сообщать о случившемся Марко не решился, чтобы лишний раз его не волновать.

В одном из карманов джинсов лежала визитка следователя Игоря Вениаминовича Майорова. Марко нервно хихикнул, сообразив наконец, что у майора фамилия Майоров, а не двойная майорская должность. Некоторое время Бензел размышлял, звонить ли следователю и сообщать ли ему о случившемся.

По-хорошему, надо бы, но после вчерашнего общаться с правоохранительными органами России страсть как не хотелось. Тем более вероятность, что любительницу Кафки и чужих кошельков найдут, очень мала.

Анализируя события, Марко пришел к выводу, что развела его настоящая профессионалка. Стало очевидно, что телефон Катрин вернула ему специально, чтобы окончательно расположить его к себе и притупить бдительность. Катрин прекрасно знала, что он снова придет в клуб, а если бы Марко не пришел, то позвонила бы ему в отель или дождалась, пока он сам позвонит. Поэтому телефон она не выключала, ждала от него звонка. Хитрая, зараза, негодовал Марко. Одежду провокационную она наверняка специально надела. Все пялились на ее задницу, а не на лицо. При первой их встрече Катрин тоже была одета вызывающе. Глубокое декольте, короткая юбка — беспроигрышная комбинация, все без исключения таращились на ее сиськи и ноги. Красивая девочка и красивая разводка.

Спасибо, что документы и билеты не сперла. Вряд ли из сострадания. В планы Катрин явно не входит, чтобы он задерживался в Москве надолго.

Марко на всякий случай открыл паспорт. Внутри лежала записка:

«*Спасибо за чудесный вечер, мой маленький Пффафинюсик! Приятного дня и счастливой поездки в Питер. Целую. Твоя Катрин*».

В записку был вложен билет в Третьяковскую галерею.

— Вот зараза! — выругался Марко, повертел билет в Третьяковку в руке, размышляя, не сходить ли ему в самом деле в музей. Все равно делать до вечера нечего, а он не был нигде, кроме камеры предварительного заключения и ночного клуба.

В дверь постучали. В номер заглянула горничная, поинтересовалась, не нужен ли носильщик, тем самым вежливо намекнув, что пора выметаться из номера. Марко от носильщика отказался, сообщил, что через пять минут покинет номер.

Он натянул свитер и кроссовки, подхватил чемодан и ошарашенно замер. Легкость ноши ему совсем не понравилась. Швырнув ее на пол, он открыл «молнию». Чемодан оказался пуст! На дне лежали только старые трусы, носки и томик Джойса. Все его новые шмотки, которые он закупил перед поездкой в Россию, исчезли.

— Scheiße! — выругался он, захлопнул чемодан, пнул по нему ногой, натянул пуховик и спустился вниз. В кармане куртки нашлось немного денег, и это очень радовало. Как раз хватит, чтобы оплатить телефон и две банки колы из мини-бара. Шут с ним, с чемоданом, поедет в Питер налегке.

На ресепшене Бензела ждал очередной сюрприз. Счет, который ему предъявили, включал в себя не только два минутных разговора с Берлином и колу, но и бутылку эксклюзивного шампанского «Вдова Клико Ля Гранд. Дам Брют» 1998 года стоимостью 20 тысяч рублей! Таких денег у Марко не было, поэтому вместо Третьяковской галереи он в сопровождении службы безопасности отеля поехал на казенной машине в ближайшее отделение полиции, где провел несколько часов за решеткой в обществе наркоманов и забулдыг, пока следователь Майоров не вытащил его оттуда и не отвез в следственное управление.

* * *

— Что-нибудь еще можешь вспомнить, кроме того, что у девицы красивые сиськи? — поинтересовался следователь.

— Еще ноги... Ну и все остальное тоже. Вспомнил! — оживился Марко. — У нее кольцо на пальце было зеленое.

— М-да, не густо. Угораздило тебя, парень, за два дня пребывания в России вляпаться аж в две криминальные истории. Это надо ухитриться, скажу я тебе. К счастью, с тебя полностью сняты все подозрения по делу об убийствах. С отелем я тоже все уладил. Так что можешь преспокойно ехать в Питер. Твое заявление я передам сыщикам, которые этой девицей занимаются. Похоже, тебе повезло. Нарвался на саму Катрин — легендарную личность в криминальном мире. Можешь гордиться. Правда, в прошлый раз она была рыжей. Мы ее уже два года безуспешно ловим.

— Угу, горжусь, — буркнул Марко. — Если она такая легендарная, почему я не лишился своего имущества в первый день знакомства?

— Возможно, Катрин показалось, что логичнее тебя обчистить накануне поездки в Питер, чтобы ты в Москве не болтался. Поэтому она благосклонно оставила тебе паспорт и билеты. Или информацией недостаточной владела. А может, ты ей просто понравился, и она решила еще немного поиграть, пряниками тебя угостить, — усмехнулся Майоров. — Мало того, Катрин раскошелилась на экскурсионный билет в Третьяковку! Прежде за ней такой щедрости не наблюдалось.

— Я польщен, — буркнул Марко. — Русские пусинюси обошлись мне в десять тысяч евро, списанных под ноль с кредиток, плюс тысяча евро наличными, плюс айфон, плюс ноутбук, плюс швейцарские часы, плюс фотоаппарат, плюс новые вещи. Жаль, не успеваю в Третьяковку. Хоть какая-то была бы компенсация. Я ведь с ней даже не переспал! — обиженно сказал Марко.

— Ну ты даешь, парень! Профукал такую девочку! — искренне изумился следователь и заржал. Марко насупился. — Шучу, — подмигнул майор. — Катрин со своими клиентами не спит. Соблазняет, подпаивает, а потом доводит до кондиции клофелином, если в этом есть необходимость. Надо отдать ей должное, дозу она умеет рассчитывать грамотно, пока никто не умер. Тебе особенно повезло, тебя клофелином поили два дня подряд.

— Спасибо, утешили. Вот, оказывается, почему у меня дико раскалывается голова второй день подряд и провалы в памяти. Я думал, что дело в некачественном алкоголе.

— Дело не в алкоголе, а в том, что не следует сшибать баб в ночных клубах. Приличные девушки там встречаются крайне редко.

— А где еще баб сшибать? В Третьяковской галерее? — нахохлился Марко. — На самом деле я и не собирался никого снимать. Катрин вообще не в моем вкусе, мне нравятся брюнетки. Я даже хотел от нее отделаться, но неудобно как-то стало. Катрин телефон мне вернула и пряник подарила.

— Да, она девушка смышленая. Все просчитывает до мелочей. Вот такие пряники, — усмехнулся майор. — Ладно, поехали, я тебя до вокзала довезу.

— Спасибо! — обрадовался Марко. — А то у меня даже на метро денег нет.

— Не за что. Разрешаю воспользоваться служебным телефоном. Позвони родителям, пусть перевод денежный тебе пришлют.

— Спасибо, обойдусь. Мама узнает, что меня обворовали, вообще потом никуда не пустит. А папе волнения противопоказаны. Как-нибудь продержусь, не беспокойтесь. Поезд у меня вечером. Погуляю в районе трех вокзалов. А в Питере все заранее оплачено, экскурсии и трансфер до аэропорта. Завтра ночью я уже буду в Берлине.

— Все равно ведь деньги какие-то нужны, поесть, попить. Давай я тебе одолжу. Правда, у меня с собой немного. — Следователь полез за кошельком.

— Да вы что! — заорал Марко. — Я не могу взять у вас деньги. Я не хочу никому быть обязан.

— Тогда давай я у тебя билет в Третьяковку куплю. Раз ты на экскурсию сегодня уже не успеваешь, — неожиданно предложил майор. — Сто лет в культурном месте не был.

— Вы же собирались его как вещдок в дело подшить? — удивился Марко.

— Отпечатков на нем нет. Так что в дело подошьем ксерокс. Зачем добру пропадать.

— А давайте! — легко согласился Марко. — С вас четыреста шестьдесят рублей.

— Ничего себе, как у нас культура подорожала, — присвистнул майор и отсчитал ему положенную сумму.

В машине Марко повеселел, четыреста шестьдесят рублей грели карман. Как все удачно сложилось. Спасибо майору, теперь он точно не пропадет, как-нибудь продержится.

Разглядывая в окно загадочную Москву, встретившую его столь неприветливо, он мечтал, что расскажет друзьям за кружкой пива о московских приключениях: о русских девочках и полицейских, ночном клубе и КПЗ, о любительнице Кафки и Джойса красотке Катрин, которая оказалась воровкой, об эксклюзивном шампанском «Вдова Клико», накачанном клофелином; о тульских пряниках, подозрениях в жутких убийствах и о знакомстве с крутым майором, который лично отвез его на вокзал. Приятели очумеют. Ведь кем он был до поездки в Россию? Мальчиком из обеспеченной семьи, примерным студентом. Единственный экшен в его жизни — игра в футбол. А сейчас он кто? Лох, конечно. Но в то же время настоящий мужчина, потому как неприятности закаляют характер. Про раздолбанную русскую машину следователя Марко решил умолчать, чтобы не портить общего впечатления. Несмотря на кошмарный вид и подозрительные звуки, которые издавал автомобиль майора, до вокзала доехали быстро.

— Что отцу собираешься говорить? — спросил следователь, припарковав машину на стоянке, и Марко вдруг понял, что есть простое решение, которое раньше ему в голову не приходило.

— Скажу, что не нашел Ирину Симакову.

— Про дочь, стало быть, говорить не планируешь?

— Нет! — раздраженно ответил Марко. — Как я скажу? Что? Папа, у тебя в России есть дочь-инвалид, которая без тебя выросла, потому что ты идиот. Завещание составлено, пусть с ним после смерти отца адвокаты разбираются. Я так понимаю, раз Ирина Симакова умерла, ее дочь получит то, что ей причитается, в любом случае. Оспаривать ничего я не собираюсь. Мне эти деньги не нужны. В конце концов, сестра тоже имеет право на них. Вот и все! — Марко скрестил руки на груди, всем своим видом показывая, что менять свое решение он не собирается, а потом вдруг спросил неожиданно для себя: — Нашлась она хоть?

— Твоя сестра пока не нашлась, но мы делаем все возможное.

— А кто убил Ирину Симакову и старушку, не выяснили?

Майоров некоторое время сидел молча, размышляя о чем-то своем.

— Новости у меня для тебя в этом отношении не слишком приятные. На ноже, которым убили Ирину Симакову, отпечатки твоей сестры, кровь матери на ее одежде. Отношения с ней у Алены были в последнее время напряженными. Есть свидетели, которые слышали, как накануне убийства между ними произошла ссора. Судя по характеру травм, убийство спонтанное, а девушка, по словам свидетелей, обладает весьма возбудимой психикой. Несколько лет назад вены себе резала. На орудии убийства старухи Иваньковой тоже отпечатки твоей сестры. Следов пребывания других людей в квартирах не выявлено.

— Лучше бы я не спрашивал, — откашлялся Марко. — Хотите сказать, что моя сестра — убийца?

— Следствие покажет.

Майоров пошарил по карманам, вытащил фотографию и протянул Бензелу.

— На память, — сказал он.

Марко взял в руки фотографию. С карточки на него смотрела миловидная девушка с длинными белыми волосами. Он сразу понял, кто она. Сердце в груди отчего-то бешено забилось, из глаз поперли сентиментальные слезы. «Шайсе! Только этого не хватало», — мысленно выругался Марко и выскочил из машины.

— Ты поосторожнее гуляй в этом районе. Здесь обстановка очень криминальная. Бомжи, попрошайки, проститутки, наркоманы и щипачи на каждом шагу, а ты у нас любитель вляпываться в истории.

— Щипачи — это что? Насекомые? — нервно спросил Марко.

— Воришки это, типа твоей Катрин, только уровнем ниже. Однако обчистят как липку — глазом не успеешь моргнуть.

— Снаряд два раза в одну воронку не падает. Кажется, так говорят русские. К тому же у меня брать уже нечего, — усмехнулся Бензел, сунул карточку во внутренний карман пуховика и шутливо отдал честь майору.

— Бывай, — улыбнулся тот. — Координаты у меня есть, если вдруг найдется твое имущество, я с тобой свяжусь. Хотя это вряд ли, — откашлялся он и дал по газам.

Машина, громко пукая, скрылась из вида. Марко снова достал фотографию и внимательно рассмотрел. На убийцу сестра совсем не походила, а вот на отца была похожа как две капли воды.

Глава 11
ИНТЕЛЛИГЕНТ

— Харе дрыхнуть, Таврическая! Спящая красавица, в натуре, прямо! — гаркнула в ухо Анка и невежливо пихнула ее в плечо.

Алешка вздрогнула и вскочила на ноги. Секунду она не могла вспомнить, где находится, а когда поняла, рухнула обратно на стул. Голова, к ее удивлению, не болела, зато ныло все остальное — спина, попа и ноги, — спать сидя она не привыкла. Во рту было такое ощущение, словно она селедки наелась на ночь. Анка предугадала ее желание и сунула в руку бутылку воды. Сделав несколько глотков, Алешка немножко пришла в себя и поморщилась от зловонных запахов, которые ее окружали. Впрочем, от нее самой пахло тоже далеко не фиалками, хотя она всего лишь ночь провела на вокзале. Просто удивительно, как люди живут тут годами.

— А Павел где? — робко спросила она, не ощутив рядом его дружеского плеча. Анка села рядом.

— Хрен его знает! Сказал, скоро будет. Просил за тобой приглядеть и свалил.

— Ушел, — тихо сказала Алешка.

— Ясен пень, ушел, — вздохнула Анка.

— Навсегда, наверное...

— Ну и скатертью ему дорожка! — воскликнула карманница и добавила с тоской: — Скорее всего, на Павелецкий подался. Да ты не расстраивайся, Таврическая! — уловив смену ее настроения, толкнула Алешку Анка. — Я тебя не брошу, в натуре! Сегодня с утра что-то мне не перло, но еще не вечер. Бабок насшибаю, вещичками разживусь, приодену тебя, чтобы в Интернет пустили, и пойдем. Я там весь персонал на уши поставлю, чтобы информацию для тебя выяснили. Вепрь меня простил и разрешил в спальный вагон перебраться. Так что все в ажуре, сегодня ночевать будем в отстойнике с комфортом в натуре. Ты рада, Таврическая? — заискивающе спросила Анка.

— Рада, — отозвалась она, с трудом сдерживая слезы.

— Ага, вижу, как ты рада, — скептически заметила Анка. — Ну все, забудь. Забудь, я сказала! Это вокзал! Сегодня человек рядом, а завтра тю-тю — нет его. Здесь нельзя никого любить и ни к кому привязываться душой. И вообще, может, это к лучшему, — буркнула Анка. — Паша с виду хороший парень, но какой-то странный, в натуре. Здесь все, конечно, больные на голову, но он... Что-то в нем не так, как у всех. Может, он, в натуре, маньяк! Зарубил всю семью или съел человека. Во! — взволнованно зашептала Анка.

— Ерунду ты говоришь, — возразила Алешка. — Не похож он на маньяка и на психа тоже не похож. Он хороший, я чувствую.

— Много ты понимаешь. Те дяденьки, которые маруху в фарш превратили и меня чуть к праотцам не отправили, тоже не похожи были. Маньяки на то и маньяки, что умеют шифроваться. Или, может, ты про Павла что-то знаешь, чего не знаю я?

— Мне известно столько же, сколько и тебе.

— Во! — воскликнула Анка. — Не знаешь, а говоришь. Я больше разузнала. Вепрь засек Павла две недели назад. Появился парень ниоткуда. Сразу выяснили, что не мент, но за каким хреном здесь отирается, непонятно. Сначала Вепрь решил, что он журналюга, охочий до беспроигрышной темы. Сама посуди, болтается по вокзалу, бомжей втихую щелкает, в беседы ненавязчиво вступает, а потом исчезает. Понаблюдали за ним, поняли, что не журналюга. Они иначе себя ведут. Чаще всего представляются честно или писателями себя величают, бутылку суют и выспрашивают про жизнь. Я таких развожу в два счета. Наплету им ужасей всяких. Они варежку разевают, диктофон в нос тычут, оборжаться. Сенсация! Ребенок в младенчестве выпал из окна поезда! Угодил в сугроб, но не замерз. Его подобрали цыгане, а когда мать прибежала разыскивать, дитя спрятали и не отдали, гы-гы-гы... Вообще все бродяги безбожно врут, чтобы разжалобить других и получить для себя выгоду, но не все это умеют делать убедительно. Я вот умею и таких историй знаешь сколько могу напридумывать.

— Вчера тоже придумывала?

— Нет, — хмуро сказала Анка, помолчала минуту и сменила тему. — Короче, предположили, что Павел частный детектив или родственник чей-то. Ищет на вокзале кого-то из потеряшек — и это не подтвердилось. Не социальный работник и не волонтер — я их всех знаю. А у соцработников вообще клеймо на лбу издали видать. Не скупщик, не продавец краденого, не сутенер, не наркодилер, не торговец оружием. Ролевик — тоже в пролете.

— Кто?

— Да развлекуха такая у богатеньких. Бабы проституток вокзальных изображают, мужики сутенеров, уличных музыкантов или бомжей. В лохмотья наряжаются — и на «плешку» с протянутой рукой. Целый десант ряженых иногда выгружается. Чтобы вонять, они себя редькой тухлой натирают. В натуре, не отличишь запашок. Менты в курсе. Олигархи им приплачивают, чтобы их не трогали и стерегли, пока они на паперти промышляют. Пару часиков посидят миллионеры и сваливают довольные. Пересчитывают барыши, кто больше собрал, тот и крут.

— Бред какой. Зачем это им, если у них есть деньги?

— У олигархов от сытой жизни крышу сносит, с

тоски развлекаются. Короче, Паша точно не из их числа.

— Слава богу! — вздохнула с облегчением Алешка.

— Не знаю, не знаю, — скептически заметила Анка. — Лучше так, чем маньяк. Ладно, харе трепаться. Волонтеры что-то к нам зачастили. Пойдем жрать, а то халявная хавка кончится. Может, получится шмотками теплыми разжиться и обувкой, а то у меня кроссовки порвались, приходится в шлепках ходить.

— Не пойду! — резко ответила Алешка. — Я не буду есть еду для нищих.

— Охренела! — заорала Анка. — Может, у тебя миллион где припрятан?

— Немного денег есть, на еду и Интернет хватит, — сказала Алешка, сунула руку в карман и ничего там не обнаружила. — Ты?.. — возмутилась она.

— Пардон, бес попутал, — виновато залепетала Анка.

— Гони деньги обратно, — разозлилась Алешка.

— Покупать жратву, когда рядом ее дают бесплатно, грех в натуре. Вставай и пошли, не выпендривайся! — рявкнула Анка и попыталась отодрать ее от кресла силой, ухватив за шкирку. Алешка уперлась, вцепившись в сиденье обеими руками. — Вставай, ослица слепая! — не отставала Анка. — Совесть поимей. Я вчера из-за тебя без горячего обеда, в натуре, осталась.

— Так иди, я тебя не держу! — заорала в ответ Алешка.

— Ага, вернусь, а на стульчике трупак, блин. Вчера тебе повезло, но больше на удачу не рассчитывай. У Гаврилы башню окончательно снесло. Ночью он двоих людей Вепря порезал и слинял от возмездия. Чую, рядом он где-то пасется. Таврическая, не хочу тебя расстраивать, но бича на тебе явно заклинило. Ты, видно, на его жену-шлюху похожа. Пока тебя не прирежет, не успокоится. Надежда только на то, что Вепрь прирежет его раньше. Жрать не хочешь — не жри, рядом постоишь. Там Гаврила точно светиться не станет.

Пришлось подчиниться. Оставаться одной было страшно. Шумы и навязчивые запахи вокзала глушили все ее органы осязания. В зале ожидания она чувствовала себя совершенно беспомощной. Впрочем, теперь она нигде не могла ощущать себя в безопасности. Не успела от двух киллеров сбежать, третий на нее охоту объявил. Не слишком ли много для одной незрячей девушки?

По дороге Анка немного смягчилась.

— Ладно тебе, не парься. Мне тоже первый раз стыдно было. А потом че-то в мозгах хрясь, и по хрену все стало. С помойки жрала и не морщилась. А волонтеры нормальную хавку привозят, в местных тошниловках кормят хуже. И компот дают, как в детстве, и суп, и кашу, — с придыханием перечисляла Анка, и Алешка вдруг поняла, что безумно хочет есть. По дороге заглянули в туалетную комнату. Алешка умылась прохладной водой и окончательно пришла в себя. Есть захотелось еще больше. Она словно ощутила вкус компота на губах. Бабушка варила из сухофруктов, груш, кураги и чернослива, сладкий, невыносимо сладкий. Алешка вредничала и не пила. Какой глупой она была в детстве. Сейчас за глоток этого приторного компота она все бы отдала.

На улице похолодало. Промозглый ноябрьский

ветер пробирал до костей, колкий снег царапал руки и лицо.

— Первый снег, в натуре! — обрадовалась Анка, шлепая по площади трех вокзалов. Алешка радости воровки не разделяла. Холод она с детства ненавидела, всегда мерзла и мечтала жить там, где всегда светит солнце и плещется море.

Ближе к «столовой» аппетит снова пропал, запахи еды перемешались с вонью немытых тел, перегаром, табачным дымом. Ругань, склоки, кашель, сиплые голоса. Было такое ощущение, что пирует стая ворон на свалке.

— Анют, меня сейчас стошнит, не могу, — пожаловалась Алешка и закрыла ладонью рот.

— Ишь, прынцесса! Запахи ей нашенские не по нраву, — гоготнула Анка. — Шучу. Меня саму воротит, в натуре, хотя я несколько лет в окружении этих ароматов обитаю. Это ты еще на «трубе» не была, куда самые падшие сползаются, чтобы сдохнуть. Менты туда вообще не ходят. Клоака конкретная. Ладно, стой здесь. Я хавку возьму и вернусь. А то с непривычки вшей насобираешь. Они на чистенькое любят перепрыгивать. Почуешь неладное или привяжется какая-нибудь мразь, ори как потерпевшая — «полиция!». Мигом примчусь, — дала указание Анка и, прислонив ее к бетонной облезлой стене, как куклу, ушлепала за провизией.

Сообщение Анки про вшей привело Алешку даже в больший ужас, чем охота на нее сумасшедшего бича Гаврилы. По коже поползли гадкие мурашки, и все тело зачесалось, словно у нее в самом деле вши завелись. Алешка в панике стянула кепку, встряхнула ее, нервно поскребла ногтями затылок, натянула головной убор обратно и замерла. Кто-то стоял в нескольких шагах и пристально ее разглядывал, чувствовала она.

— Что уставился? — грозно сказала она, перевернула трость и приготовилась дать отпор в случае нападения.

— Простите великодушно, мадемуазель, — прозвучал виноватый мужской голос. — Мы с вами, случайно, нигде не встречались?

— Нет! — резко ответила Алешка, надвинув кепку на лицо. Голос ей был не знаком.

— Вы уверены? Честно говоря, я сам в некотором смятении. Шел мимо, вдруг вы шапочку сняли, и мне показалось...

— Вам показалось! — рявкнула Алешка.

— А не могли бы вы...

— Нет!

— Дело в том...

— Идите с богом, не нервируйте меня! А то накостыляю, — пригрозила палкой Алешка.

Незнакомец, шаркая ногами, отошел на несколько шагов и застыл на месте, явно продолжая ее изучать. Опасности от него она не чувствовала, но навязчивый интерес к ее персоне раздражал. Она не понимала, чего ждать от незнакомца и как себя вести в случае непредвиденных обстоятельств. Одно радовало, что человек точно не полицейский, иначе не стал бы с ней церемониться.

К счастью, вернулась Анка, вручила ей теплую пластиковую плошку и шлепнула на асфальт объемный пакет.

— Ешь здесь. Пока до вокзала добежим, остынет все. Сегодня макароны с тушенкой, а компота не досталось. Все из-за тебя, Таврическая, — сказала Анка, заметила мужика и рявкнула: — А ты че тут топчешься, Интеллигент? Шагай отсюда, не в цирке. — Шаркающие шаги удалились, но мужчина не ушел. — Чего это он к тебе прикопался? — с удивлением спросила Анка, уплетая за обе щеки макароны. — Стоит как приклеенный, на тебя пялится. Щас дожру, морду ему набью, в натуре.

— Не надо, Анют. По-моему, он безобидный. Просто познакомиться пытался, — виновато пожала плечами Алешка.

— Хахаль, значит. Да у него денег не хватит, чтобы знакомиться, — гоготнула Анка. — А безобидный — это точно. Вот я и удивилась, когда увидела, что ты его палкой отгоняешь.

— Ты его знаешь?

— Он недавно на вокзале появился. Болтается тут, как дерьмо в проруби. На потеряшку не похож, явно местный, москвич. Скорее всего, жена из дома выгнала или кинули его с хатой, хотя вроде не алкаш. Черные риелторы обычно наркошей, детдомовцев и алконавтов конченых обрабатывают. Бывают, конечно, исключения, — вздохнула Анка.

— Бывают, — согласилась Алешка и тоже вздохнула. — А почему ты его интеллигентом назвала? — поинтересовалась она, брезгливо попробовала макароны и с удивлением отметила, что ничего вкуснее она в жизни не ела. Разве что бубушкины блинчики и мамины голубцы.

— Не знаю даже, — прошамкала Анка с полным ртом. — Он, в натуре, на интеллигента похож, хотя в жутких лохмотьях ходит, морда вся разбита и на башке полный беспредел. Видела фильм «Назад в будущее», там профессор... Ой, прости, пожалуйста, — смутилась Анка. — Все время забываю, что ты слепая.

— Ничего страшного, — успокоила ее Алешка. — Даже хорошо, что забываешь.

— Так вот... Я шоколадку покупала и случайно подслушала его разговор с буфетчицей. Он че-то втирал про литературу, а Зинка прямо варежку разявила от культурного потрясения. В натуре, страшно образованный чувак. Зинка такая змеюка, куска хлеба не даст, но к Интеллигенту прямо воспламенилась добродетелью, в натуре, и просроченными беляшами его подкармливает. Объедки Интеллигент не жрет, прикинь? Работает, правда, буфетчица два дня через два. Пока Зинки нет, товарищ голодает. К халявной кормежке приходит, но еду попросить стесняется. Постоит, посмотрит голодной собакой из-за угла и уходит. В мусорки тоже не лезет, подаяния не просит. Но это временно. Скоро Зинке надоест его речи поэтические слушать, она свою богадельню прикроет и пошлет его лесом. Придется мужику самому выживать, будет он по помойкам лазить и кашу бесплатную жрать, но все равно не жилец. Зимой ноги протянет. Такие тут не выживают.

— А помочь ему нельзя? — забеспокоилась Алешка.

— Ты себе помоги сначала! Тоже мне, блин, нашлась волонтерша. Доедай и пошли на фиг отсюда. Холодно, в натуре. Я шмоток теплых набрала, две куртки, портки, свитер и ботинки наварила зимние, — похвалилась Анка, ухватив ее за руку.

— Отдай ему мою еду, пожалуйста, — попросила Алешка. — Я больше не хочу.

— Какая же ты дура! — разозлилась Анка. — Ешь давай!

— Я не хочу.

— Сказала — жри! Неизвестно, когда в следующий раз поесть получится. Попробую еще одну порцию взять. Для умирающей на вокзале калеки-матери.

— Что?

— Иначе не дадут. Некоторые пытаются впрок брать, — объяснила Анка и, матерясь на всю округу, удалилась. Вернулась с макаронами, свистнула и поманила Интеллигента к себе. — Сюда греби. У нас лишняя порция еды образовалась.

— Премного благодарен, я не голоден, — сказал тот издалека. В голосе звучали тоска и безнадега. Есть этот человек хотел зверски, но подойти ближе явно боялся.

— Ну и хрен с тобой, — выругалась Анка, поставила плошку на асфальт и, ухватив Алешку под руку, потащила к вокзалу. — Блин, как дикая собака. Миску взял и за нами чешет. Макароны жует на ходу. Вот прилип. Не, я, в натуре, сейчас ему в глаз дам! — не выдержала Анка, оставила Алешку и пошла на разборку. Интеллигент бросился наутек. Анка пробежала несколько метров и вернулась, ругаясь и бурча проклятия. Прошли несколько шагов, воровка обернулась и снова выругалась:

— Не, ну ты подумай, опять за нами прется! Что он прикопался, гнус такой! Пойду все-таки морду ему набью, — сказала Анка и, оставив Алешку, сорвалась с места. Интеллигент понесся от нее прочь. В течение пяти минут они носились по площади, распугивая птиц и прохожих. Анка вернулась ни с чем, злая как собака. — Шлепки скользкие. Иначе я бы догнала его, в натуре, и фейс ему поправила, — буркнула она, тяжело дыша. — По-любому вроде отвязался. А то прямо бесил, блин!

Не успели они войти в зал ожидания, как за спиной послышались знакомые шаркающие шаги. Анка выругалась, но больше попыток набить морду Интеллигенту не предпринимала.

— Устроим склоку здесь — менты вышвырнут. А в отстойнике места забуксованы только с ночи, — пояснила она свое смирение.

— Может, ему просто по пути было, — хихикнула Алешка.

— Ага, щаз! Интеллигент на тебя так таращится. Дырку сейчас в тебе просверлит. Это однозначно любовь! — хихикнула Анка. — Ладно, шут с ним. Пусть живет. Снимай пиджак и переодевайся в куртку, а то как чучело выглядишь.

— Спасибо. Когда мы пойдем в интернет-кафе? — поинтересовалась Алешка, натянув объемную болоньевую куртку поверх пиджака. Расставаться с дедовской вещью было жаль.

— Скоро! — неожиданно огрызнулась Анка.

— Что значит скоро? — почувствовала неладное Алешка.

— А то и значит.

— Отдавай мои деньги, я сама пойду. Два дня по твоей милости потеряла. Неужели ты не понимаешь, что для меня найти эту женщину — вопрос жизни и смерти.

— Нет у меня денег! — закричала Анка.

— Как нет? Куда ты их дела, дрянь? На наркоту

спустила, да? — закричала Алешка и, схватив мало-
летку за грудки, затрясла, как грушу.

— Пусти! Пусти меня, бешеная! Я не наркоман-
ка! — закричала Анка. Алешка отшвырнула девочку
от себя. Анка не удержалась на ногах и рухнула на
пол, подползла к ней и запричитала: — Я не нарочно,
Таврическая. Как-то так само получилось. Я просто
хотела тебя поучить, чтобы ты не расслаблялась.
Нельзя так себя вести на вокзале. Нельзя спать. Всегда надо настороже быть, а то убьют или ограбят.
Деньги стырила и к Вепрю пришла мириться. Попала под горячую руку. Он злой, как черт, из-за того,
что Гаврила его людей завалил ночью. Я тебе наврa-
ла, не простил он меня. Опять избил и деньги все
отобрал. Думала, заработаю, верну сразу. Это ведь не
проблема — на Интернет бабок заработать. Но не
прет, в натуре. Люди от меня шарахаются, как от
чумы. Морда у меня теперь один большой синяк.
Вепрь сволочь, я просила его не бить по лицу. Просила. Не могу я больше так жить! Тошно мне! — завыла Анка.

Алешка нагнулась, обняла девочку и поцеловала
в макушку.

— Все будет хорошо, Анют. Все будет хорошо, —
шептала она, поглаживая девочку по спине. — Мы с
тобой из этого дерьма выберемся. И знаешь, как за-
живем. Я вчера правду рассказала. У меня квартира
есть. В ней целых четыре комнаты. А мама меня не
бросала. Ее убили из-за этой квартиры, я чудом
спаслась. Черные риелторы убили или не знаю кто.
Сейчас они меня ищут. Хотят со света сжить и жил-
площадью завладеть. А в полицию я не могу пойти.
Боюсь нарваться на продажных полицейских. А как

все уладится, я смогу вернуться домой и тебя заберу. Мы будем жить вместе. Я тебе простынку буду каждый день от крошек отряхивать и белье крахмалить до хруста. Не смотри, что я незрячая. Я все умею делать, а что не умею — научусь. Теперь я точно знаю — у меня все получится. И на компьютере тебя научу, и языкам разным.

— Правда? — с надеждой спросила Анка.

— Конечно, правда! Я четыре курса лингвистического вуза окончила.

— Крутая ты девка, Таврическая! Слепая, а можешь на иностранных языках трендеть. А я зрячая, но только пять классов отмучилась. Но ты не думай, я не совсем отсталая. Книги регулярно читаю, журналы и газеты. Просвещаюсь. Знаешь, сколько на вокзале разных книг пассажиры бросают. И детективы, и любовные романы. Фантастика попадается и исторические повести. Я раньше мечтала, как мама, историком стать, но поняла — не мое это.

— Почему?

— Да потому, что ни одного исторического романа не осилила! Открываю, читаю первую страницу и засыпаю прямо сразу. Фантастика мне больше нравится. Про эльфов или про вампиров там всяких. Про вечную любовь и жизнь. Врачом, как папа, тоже мечтала. Но это совсем давно, когда маленькая была. А как на вокзале оказалась и увидела язвы и струпья бомжовые, как руки и ноги гниют у наркошей... Брррр... Передумала. Знаешь, о чем я, в натуре, мечтаю? Только ты не смейся.

— Не буду, — пообещала Алешка.

— Я писательницей хочу стать.

— Обязательно станешь! — улыбнулась Алешка. — Истории ты сочинять умеешь мастерски. Когда мы выберемся отсюда...

— Ладно, проехали, — неожиданно резко оборвала разговор Анка. — Врешь ты все. Свои проблемы решишь и забудешь меня, как страшный сон. Павел тоже заливался вчера соловьем, что поможет. И где он теперь? Свалил и даже не попрощался. Знаешь, я ведь ему поверила, в натуре. Мессия, блин. Свалилась ты на мою голову! — пробурчала Анка. — Пока Гаврила за тобой охотится, я не могу ни на минуту тебя оставить.

— Не волнуйся, я сама о себе позабочусь, — успокоила ее Алешка.

— Угу, вчера ты так прекрасно о себе позаботилась! Пришлось финку из спины выдергивать. Все из-за того, что я бдительность потеряла, расслабилась с вами. Нельзя никогда расслабляться! Слушай! У меня идея! — вдруг оживилась Анка и крикнула в сторону: — Эй ты, Интеллигент! Шуруй сюда, не боись, не трону. Разговор есть.

Интеллигент робко подошел и замер напротив, не решаясь присесть рядом.

— Откуда ты взялся на вокзале? — строго поинтересовалась Анка. — Признавайся, из дурки сбежал или от жены?

— Понимаете, в чем дело, милые девушки... Такой возможности, конечно, исключать нельзя, но точно сказать затрудняюсь. У меня, знаете ли, с памятью что-то стряслось. Ничего не помню, — сообщил Интеллигент и отошел в сторонку.

— Че, совсем ни хрена не помнишь?

— Как вам сказать, милые девушки... Кое-что помню. Например, что мой любимый писатель Чехов. Булгакова и Довлатова я тоже уважаю, а еще манную кашу с докторской колбасой и клюквенный кисель. Вчера на досуге читал меню одного кафе, кашу увидел, и прямо как громом по голове. Мелькнуло перед глазами, что я маленький в детском садике за столиком сижу, мне дают большую тарелку и ложку. Я сую ложку в кашу, и она стоит! А зовут меня вроде бы Ефим Скворцов, — неуверенно представился Интеллигент.

— Как это — вроде бы? — удивилась Анка.

— Имя крутится назойливо в голове, но я это или нет — до конца не осознаю. Какая-то, знаете ли, манная каша в голове. Поэтому затрудняюсь на ваш вопрос ответить. Я совершенно не помню, как оказался здесь. Может, я от поезда отстал?

— Вряд ли, у тебя говор московский. Местный ты, столичный. Шишка на башке присутствует? — поинтересовалась Анка.

— Еще какая, прямо дотронуться больно, — пожаловался Интеллигент.

— Все ясно, амнезия посттравматическая, — вздохнула Анка. — Скорее всего, тебя ограбили. Шибанули чем-то по тыкве, раздели и бросили. К ментам обращался? Может, тебя ищут родственники повсюду?

— Обращался, — протянул Интеллигент. — Первое, что сделал, когда понял, что потерял свое «я», подошел к полицейскому и рассказал о своей проблеме. Приятный оказался человек. Сделал все возможное, чтобы мне помочь. Пробил по компьютеру, выяснил, что никаких Ефимов Скворцовых у них в розыскной базе не числится, но самое главное — криминала за мной нет, меня это, конечно же, порадовало. Потом он сказал, что ничем больше помочь не может, и отправил обратно на вокзал. Иди, говорит, сопри что-нибудь, тогда я тебя трехразовым питанием и кровом обеспечу. А так возиться с тобой никто не будет, и в больницу без паспорта не возьмут. Позвольте, сказал я ему, как это возможно? Я не вор, а честный человек! — воскликнул Интеллигент и застенчиво добавил: — Мне так кажется.

— А какого рожна ты за нами увязался, честный человек?

— Эта девушка... Простите, не знаю ваше имяотчество. Она словно луч света в темном царстве. Вынырнула из темноты сознания и осветила мой унылый путь. Я воспылал надеждой на спасение!

— Ну, я тебе говорила, — Анка ткнула Алешку в бок. — Видишь, как, в натуре, лирично выражается.

— Я вас не знаю, простите, — виновато отозвалась Алешка, испытывая в душе жалость к этому странному человеку.

— Зато я совершенно определенно знаю вас. Я в этом уверен, только вспомнить никак не могу — откуда. Умоляю, не гоните меня! Вы моя единственная надежда на спасение! Вдруг меня с вашей помощью озарит, и я смогу вновь обрести себя. Только не подумайте ничего дурного. Нахлебником я не собираюсь быть. Я бутылки буду собирать, сторожить ваш сон, как преданный пес, и поить вас кофе по утрам, — выдал Интеллигент и на всякий случай добавил: — Обеих.

— О господи! Кофием он нас будет поить. Я прямо, в натуре, расчувствовалась. На вот тебе шмотки. Сходи переоденься, а то воняешь совсем не лирично, — внезапно расщедрилась Анка, покопалась в пакете и выдала Интеллигенту одежду.

— Премного благодарен, — обрадовался он, взял вещи, но уходить не торопился, переминался на месте.

— Да не ускользнет твой луч света никуда. Иди, у нас для тебя дело государственной важности, в натуре. Вернешься — расскажу, — пообещала Анка. Интеллигент скрылся из вида, карманница сладко потянулась и пояснила причину своей щедрости. — Ну все, охрана тебе обеспечена. Какой-никакой, а мужик рядом. Пришлось ему, правда, шмотки теплые отдать и ботинки, а то он совсем изношенный, прямо стыдно. Одно плохо, теперь надо опасаться буфетчицы. Увидит Зинка, что хахаль к тебе переметнулся, взбесится не по-детски. Зинка — тетка ревнивая.

— Прикроет раздачу просроченных беляшей несчастным людям? — нервно усмехнулась Алешка.

— Хуже, ментов натравит. Они у нее кормятся регулярно и совсем не просроченными беляшами. Вся тухлятина транзитникам скармливается, а для стражей порядка только свежачок. Так что до завтра мне надо денег на спальный вагон раздобыть по-любому. Иначе ночевать придется на улице или подъезд искать теплый. А в подъездах жильцы очень злые попадаются, — сообщила Анка. — Ногами могут избить, пока спишь.

Настроение у нее явно улучшилось. На Алешку, напротив, навалилась тоска. Вокзальная жизнь все глубже засасывала ее. Верно Анка сказала, вокзал — это черная дыра, выбраться из которой не так-то просто. Здесь свои законы и порядки, своя иерархия. Здесь жестокий мир со своей моралью, но даже в этой клоаке встречаются хорошие люди, которые стараются ей помочь, пусть по-своему, но искренне и совершенно безвозмездно. Она вдруг поняла, что привязалась к Анке всей душой. Раньше она и представить не могла, что будет водить дружбу с карманницей. Впрочем, о том, чем зарабатывает девушка на жизнь, Алешка старалась не думать. Разве имеет она право судить эту девочку с переломанной судьбой, когда сама не без греха.

Про Павла Алешка пыталась забыть вовсе, но сердце помимо воли прислушивалось к шагам проходящих мимо людей, желая услышать знакомые, а в памяти всплывали эпизоды вчерашнего дня, запахи, звуки, ощущения, его бархатный голос и тонкий аромат спелых яблок — дразнящий аромат любви. Рассчитывать ей было решительно не на что. Она это ясно осознавала, но запретить себе мечтать была не в состоянии.

— Анют, можешь описать, как Павел выглядит? — спросила неожиданно Алешка.

— Все-таки влюбилась, дура! — расстроилась Анка.

— Ничего я не влюбилась, — буркнула Алешка. — Просто интересно стало.

— Интересно ей, — ехидно передразнила Анка. — Ладно, слушай и запоминай. Павел... Он ничего так мужчина, правда, староват, немного толстоват, брюхо, в натуре, как у беременного, чуток горбатый, чуток кривоногий, лицо покрыто гнойными прыщами, на башке плешь, руки грязные и волосатые. В общем, красавец, в натуре!

Секунду Алешка молчала, с ужасом переваривая услышанное, а потом расхохоталась и отвесила Анке подзатыльник. Та не обиделась и тоже загоготала на весь вокзал.

Смех прервал старческий кашель и невыносимое амбре.

— Че тебе, баба Клава? — спросила Анка.

— Девоньки, говорят, посланец божий к нам направлен. Мессия! Исцелять нас будет и деньги раздавать, — ненавязчиво поинтересовалась бабка, обдав Алешку волной перегара.

— Баб Клав, тебя случаем «белочка» не посетила? — вздохнула Анка. — Какой Мессия, в натуре? Иди проспись!

— Не парь мне мозг, деточка. Весь вокзал об этом судачит. Поговаривают, что Мессия с вами вчерашнюю ночь тусовался. Такой крупный интересный мужчина, темноглазый, с вьющимися русыми волосами и бородой. Не будь падлой, скажи, где он? Мне много не надо. Я бы только глазик новенький у него попросила заместо того, что выбили. А больше мне от него ничего не требуется, вот те крест!

— Если бы Мессия с нами тусовался, мы бы туточки не куковали без денег и выпивки, — отшила бабку Анка.

— Выходит, и выпить не дашь? Ну и курва же ты, Анка! — проворчала одноглазая и пошуршала в неизвестном направлении, оставляя позади себя шлейф невыносимой вони.

Некоторое время девушки молчали. Алешка пребывала в шоковом состоянии, Анка елозила на стуле, словно у нее глисты.

— Надо же... Я, в натуре, фигею, — откашлялась она и явно собиралась улизнуть, но Алешка схватила ее за куртку.

— Может, все-таки расскажешь, что все это значит?

— Это значит, что трава, в натуре, убойная была, — крякнула Анка. — Странное дело... Всего-то одному Николе Косому брякнула, что скоро нас всех ждет новая жизнь, — озадаченно сказала она.

— Девки, Мессию не видали? — спросил высокий нервный голос не то мужика, не то бабы, и нос защекотало от резкого запаха ацетона, смешанного с мочой.

— Упаковку шприцев новых хочешь у него попросить и вагон герыча? — ехидно поинтересовалась Анка.

— Мне разик ширнуться, — умоляюще прогнусавило нечто.

— Опоздал, касатик. Улетел Мессия, но просил тебе передать, чтобы бросил ты это пагубное пристрастие и к бабке своей возвращался. Все глаза старуха проплакала из-за такого гнуса, как ты. Ты же даже холодильника ее лишил, падаль этакая.

— Мне бы разок ширнуться...

— Свободен! — раздался громогласный командный голос, и касатик утопал искать дозу в другом месте.

— Карл Иванович, — представила мужчину Анка. — Подполковник в отставке. Коренной житель нашего вокзала. Жертва МММ. Убежденный коммунист. Своим пребыванием здесь он выражает протест против существующей власти. В душе поэт. Зарабатывает тем, что читает патриотические стихи на площади и собирает с прохожих членские взносы на строительство коммунизма. Иногда дают мелочь, иногда в глаз.

— Вчера один бухой иностранец сотку убитых енотов пожертвовал. Чуешь, чем пахнет, Анка! Даже Европа понимает всю важность смены в России существующего режима, — похвалился Карл Иванович и начал издалека: — Аннушка, солнце мое пролетарское! Не видала ли ты...

— Мессия ушел по делам государственной важности, но оставил посредника. Сейчас как раз сеанс связи, — сказала Анка. — Говорите, Карл Иванович, что желаете, пока посредник в коматозном трансе.

— Коммуникативном, — пискнула Алешка.

— Ну да, пардон, в коммуникативном. Транслируйте быстрее, сеанс короткий.

Карл Иванович крякнул и поскреб затылок.

— Раз такое дело, уважьте старого больного человека. Озвучьте мою просьбу. Пусть там наверху распорядятся свергнуть существующую власть и назначить меня на должность генсека. У меня есть план, как поднять нашу великую страну из руин. Как только на пост заступлю, отнимем у подлых олигархов миллиарды и раздадим все бедным.

— Посредник обязательно передаст, Карл Иванович! — пообещала Анка, сдерживая смешок. Алешка впала в транс, только не коммуникативный, а самый настоящий.

— Примите благодарность от нашего сплоченного коллектива борцов! От сердца отры... В смысле, от всего сердца! — сказал Карл Иванович и что-то сунул Алешке в руки.

— Пузырь, — шепнула довольная Анка. — Будет, чем вечером заняться.

Весть о контакте с Мессией разнеслась по вокзалу и окрестностям мгновенно. Через пятнадцать минут в зал ожидания потянулся косяком благоухающий помойкой народ. Анка с удовольствием приняла на себя роль секретаря посредника Мессии, совершенно беззастенчиво принимала дары и передавала их для лучшего контакта Алешке. Через полчаса она была завалена презентами с головой и стала обладательницей чайника, вполне сносных ботинок, полбутылки шампуня, расчески для волос, двух бутылок водки, зонта, настольной лампы, батона хлеба, пакета печенья, шоколадки, мужских семейных трусов, теплых носков не первой свежести, летнего сарафана, шапки-ушанки со звездой и куска мыла. Состояние Алешки приближалось к истерике.

Анка, почувствовав неладное, объявила, что в связи с завершением коммуникативного транса у посредника Мессии прием заявок на улучшение жизни временно завершен. Народ вежливо стал убывать. Тем, кто не понял, Анка популярно объяснила тумаками и пенделями. Бродяги рассосались, оставив после себя шлейф ароматов. В зале ожидания стало как-то подозрительно тихо. Похоже, нашествие бомжей распугало всех транзитных пассажиров и полицию в том числе.

— Живем, Таврическая! — радостно доложила Анка. — Денег почти не дали, но все равно немного мелочи подкинули. На Интернет хватит.

— Это какой-то бред! — простонала Алешка. — Мы обманули несчастных людей, выброшенных на окраину жизни. Нас на куски порвут, когда правда выплывет наружу.

— Ой, да не парься ты, Таврическая. Никто нас не тронет. Уважать начнут больше, если кто-то вообще вспомнит, что сюда приходил. Здесь такой неписаный закон, обмануть лоха — дело святое. Никто их не заставлял лохами себя выставлять, своими ногами притопали. Ботинки, в натуре, в тему, — деловито сказала Анка, скинула шлепки, натянула новую обувь и принялась сортировать остальные подарки, комментируя полезность каждой вещи.

Явился Интеллигент — посвежевший и возвышенный. Самое интересное он пропустил. Пока Алешка вела прием нуждающихся граждан, Ефим Скворцов принимал душ на Ленинградском вокзале. Информацию о коммуникативном трансе и сеансе связи с Мессией он узнал по ходу движения обратно в зал ожидания и немного опечалился, что не поспел к раздаче. Анка, недолго думая, тут же назначила Интеллигента на должность телохранителя посредника Мессии, торжественно вручила ему в качестве аванса семейные трусы и носки и пообещала принять его заявку вне очереди во время следующего сеанса связи с высшим разумом. Интеллигент рассыпался в горячих благодарностях и поцеловал Алешке руку. Она глупо улыбнулась в ответ. Ее вчерашнее пророчество про психушку стремительно сбывалось: она чувствовала, что сходит с ума.

Вспомнился вдруг один услышанный в прошлой жизни репортаж про район трех вокзалов. Одурев от преступности в самом криминальном месте столицы, высшие чины решили задавить ее нахрапом и нагнали сюда табун омоновцев, крепких молодых ребят, для устрашения криминального элемента. Через полгода эксперимент пришлось прекратить. Окунувшись в мир бомжей, проституток, воров, наркоманов и беспризорников, омоновцы начали страдать от психических расстройств и стремительно деградировать. Раз крепкие парни, оказавшись в этом гиблом месте, с ума посходили, что говорить тогда о слабых людях, попавших на вокзал в силу жизненных обстоятельств и трагедий. В репортаже озвучили еще одну парадоксальную вещь, которая сейчас отчетливо всплыла в памяти и стала очень понятной. Вместо того чтобы бороться, несчастные быстро впитывают в себя весь негатив окружающей действительности, лишаются воли, стремительно мутируют и окончательно скатываются в пропасть. Через несколько месяцев такой жизни у большинства полностью меняется мировоззрение, а через год вернуть этих людей обратно в нормальную жизнь невозможно. Они не хотят в нормальную жизнь. Осознание этого было так ужасно, что Алешка болезненно поморщилась. Она в отличие от Павла верила, что у Анки есть шанс. Теперь у нее была двойная цель, чтобы выжить. Отомстить за смерть мамы и вытащить отсюда Анку. Все будет хорошо, оптимистично рассуждала она. Просто это вопрос времени. Она отомстит за маму, отмотает срок за убийство писателя и вернется за этой смешной девочкой.

Разбор и распределение подарков тем временем продолжались. Чайник и сарафан Анка пожертвовала мамаше троих детей, которая проезжала транзитом через Москву в свой город и неожиданно зависла на вокзале на несколько лет, лишившись денег и документов. Жила женщина с двумя детьми в залах ожидания, ухитрилась забеременеть и родить третьего, «не отходя от кассы» Казанского вокзала.

Папаша третьего малыша, гастарбайтер из ближнего зарубежья, завис в столице тоже в силу некоторых жизненных неурядиц. Три года назад он прибыл в Москву на заработки, устроился на стройку, но нарвался на нечистоплотного работодателя, который отобрал у него паспорт, избил и ничего не заплатил. Найти работу без документов оказалось непросто, а возвращаться домой было стыдно, хотя там его ждала семья, старенькие родители. Мужчина без женщины не может, женщина без мужчины тоже. И сошлись два одиночества и стругонули еще одного малыша. О своей вокзальной жене молодой отец заботился, подкармливал ее и дарил нехитрые подарки детям. В остальное время бухал с горя и мотался на «плешку», чтобы найти хоть какую-то работу. Иногда находил, но его перманентно кидали с оплатой. По словам Анки, таких, как он, здесь было пруд пруди.

В довесок к чайнику карманница щедро отсыпала отпрыскам несчастной мамаши печенья и отщипнула половину шоколадки, другую половину бережно припасла для себя.

Настольную лампу Анка тоже решила кому-нибудь переподарить, но ее дипломатично выклянчил Интеллигент. Зачем — Ефим объяснить так и не смог. Вероятно, эта вещь, как и Алешка, напомнила ему о чем-то значительном в докоматозной жизни.

Продовольственные запасы, шампунь, мыло и расческу, зонт и революционную шапку-ушанку Анка аккуратно сложила в пакет и оставила все той же мамаше на хранение, чтобы не таскать вещи на себе до вечера. С лампой Интеллигент отказался расставаться и потащился за девушками в обнимку с абажуром в интернет-салон.

Глава 12
А НЕ ПОШЛИ БЫ ВЫ В ТРЕТЬЯКОВКУ!

— Вер, в Третьяковку не желаешь сходить? — спросил Майоров. — У меня тут билет лишний завалялся. С экскурсионной программой. Дата открытая. — Верочка оторвалась от монитора и с удивлением посмотрела на следователя. — А то я не могу никак пойти, занят по горло, — торопливо добавил Игорь Вениаминович и откашлялся.

— Ясно, — протянула помощница и снова уткнулась в монитор. — Я думала, вы приударить за мной решили.

— Я? — ошарашенно спросил Майоров. — С чего ты взяла?

— Значит, нет? — растерялась помощница.

— Вообще-то да, — крякнул следователь.

— Ну знаете ли! То да, то нет. Не пойду я ни в какую Третьяковку с вами! — заключила Вера.

— А без меня пойдешь? — глупо спросил Майоров.

— А без вас тем более не пойду! — буркнула она и, пока Майоров пытался переварить полученную информацию, выдала отчет о проделанной работе: — Нашла я вашу квартирантку. Зовут ее Тамара Сергеевна Дерезова. Приехала в столицу из Киева в 1987 году. Окончила пединститут. Трудится в должности менеджера в агентстве недвижимости. Не замужем. Детей нет. Зарегистрирована в Кукуево.

— Где?

— В Южном Бутове, — сообщила Вера. — Я там вождением занималась. Туда на оленях только добираться.

— Да, не ближний свет, — вздохнул Майоров, — но ехать все равно придется.

— Зачем? — удивилась Верочка. — Наряд с повесткой разве нельзя отправить?

— Можно, но я сам в этом Кукуево живу и как раз туда сейчас направляюсь. Заеду по дороге, что ребят зря гонять, — сообщил следователь.

— Ой, простите, Игорь Вениаминович. Я не знала. Вы вроде про «Сокол» говорили. Что всю жизнь там.

— Там пока жена бывшая обитает. С разменом никак не договоримся. А я квартиру в Бутове снимаю временно. Знакомые сдают дешево.

— Может, по кофейку? — спешно переменила тему Верочка и сладко потянулась. — Спать хочу — помираю.

— Отличная идея. Сиди, сиди, я сам, — остановил ее Майоров, включил чайник и засуетился с чашками. Зря он про жену брякнул. Верочку смутил. Он вообще не хотел, чтобы о его личной жизни знали коллеги, а Верочка и подавно. Верочка... Когда Майорову навязали молоденькую неопытную общественную помощницу, студентку пятого курса юридического факультета, он сначала сопротивлялся. Дел и так по горло, еще с молодняком возись, но очень быстро Вера Горелова стала для него незаменимой помощницей. Хуже было другое, майор все яснее понимал, что втрескался в миниатюрную умницу, брюнетку по полной программе. Седина в бороду — бес в ребро, ругал себя Игорь Майоров, «любуясь» собой в запотевшее зеркало с утра. В общем-то в свои сорок пять лет он выглядел довольно бодро и вполне мог рассчитывать на взаимность у представительниц прекрасной половины человечества. Правда, после развода особо не хотелось связываться с женщинами и даже смотреть в их сторону. Игорю Вениаминовичу жилось вполне комфортно одному. Никто не пилит за позднее возвращение с работы, никто не зудит, что денег мало, никто не требует исполнения супружеского долга после суток дежурства и ревностью никто не изводит, проверяя карманы и телефон на предмет измены. Развод с женой, с которой он прожил пятнадцать мучительных лет, принес ни с чем не сравнимое облегчение. Два года он жил один, радовался свободе, и вот, пожалуйста. Влюбился в двадцатипятилетнюю девчонку! Мало того что большая разница в возрасте, так еще каждое утро теперь приходится бриться, менять носки и рубашки гладить. Оно ему надо, спрашивается?

Майоров поставил на стол помощницы две чашки дымящегося кофе и сел на стул, сбоку разглядывая курносый Верочкин профиль и ее аккуратное ушко с сережкой-висюлькой. Шея у Верочки тоже была красивая, и контур лица с нежным пушком, и шоколадные глаза, и волосы — темные кудри, которые она собирала заколкой на затылке или стягивала резинкой в хвост. Игорь еще ни разу не видел ее с распущенными волосами. Майоров поймал себя на мысли, что мечтает выпустить ее локоны на волю. Вот и сейчас, отхлебнув обжигающего кофе, Майоров мечтал, что Вера расстегнет свою дурацкую пластмассовую заколку, тряхнет головой, и ее кудри рассыплются по погонам. Совсем одурел! Размечтался, старый козел, вместо того чтобы о деле думать. Все из-за недосыпа, видать.

— Я тоже спать хочу, — пожаловался следователь, чтобы привлечь к своей персоне внимание.

Вера покосилась на него, отхлебнула кофе и снова уставилась в дисплей. — Выспаться после дежурства не получилось из-за нашего доблестного немца, — предпринял еще одну попытку Майоров. — Представь, Бензел опять вляпался в историю. Его обокрали по полной программе, даже по счету отеля денег мальцу не хватило расплатиться. Пришлось разбираться с гостиницей и из кутузки его вытаскивать. На вокзал его отвез, слава тебе, господи!

— Наслышана, — усмехнулась Вера. — Надеюсь, что он благополучно доберется до дома.

— Ладно, поехал я, — допив кофе, сказал Майоров. — Ты тоже собирайся и домой отваливай. Работа не волк, в лес не убежит, — сказал он и зевнул. Верочка тоже зевнула.

— Раз вы такой добрый, закиньте меня по дороге в банк «КомТрастИнвест». Он как раз по пути. Хочу по поводу Симаковой пообщаться. Вам, к слову, тоже информация для размышления. Незадолго до смерти Ирина Симакова хотела взять кредит в этом банке. Я у нее нашла кредитную заявку в компьютере. Сумма три миллиона семьсот пятьдесят тысяч рублей.

— Сколько-сколько? — удивился следователь.

— Вот и я под впечатлением. Целевое назначение кредита — лечение. Я позвонила в «КомИнвестТраст», но по телефону со мной никто разговаривать не стал.

— Дай угадаю, — хмыкнул Майоров. — Симакова хотела операцию на сердце делать. Проня мне результаты вскрытия сегодня прислала, я слегка опешил. Ирина Симакова перенесла два микроинфаркта на ногах незадолго до смерти, а в день убийства у нее случился третий обширный инфаркт.

— Бедная тетка, — вздохнула Вера. — Судя по общей картине, она только о дочери и думала, а о себе вот позаботиться не успела.

— Проня говорит, Симакова по-любому не жилец была. Сердце в таком состоянии, что просто чудо, как она раньше не умерла. Любовь к дочери ее держала на этом свете. Так что вот... И еще один момент меня смущает. Сухарева мне ясно дала понять: судя по характеру телесных повреждений и внутренних травм, можно сделать вывод, что нанесены они человеком крупной конституции, обладающим большой силой. Дочь Симаковой довольно высокая, но худая и совсем не выглядит сильной, скорее хрупкой.

— Даже мелкие бывают сильными. Помните дело, когда двенадцатилетняя школьница отчима до смерти забила за издевательства? Тоже никак поверить не могли, что это она сделала.

— Не путай. Девочка двухкилограммовой гантелей мужика забила, а тут удары наносились рукой в область лица и ногами в живот и грудь. Может, у Елены Симаковой соучастник был? Проня также утверждает, что, вероятно, Симакову перед смертью пытали. Это вообще не укладывается в голове. Одно дело — крыша слетела на почве непонимания и ссоры, другое — четко спланированное преступление. Ты личные контакты дочери Симаковой проверила? Может, прошлый хрюндель, из-за которого она вены себе резала, проявился.

— Спустя столько лет? — скептически заметила Верочка. — Даже если так, то найти концы очень сложно. Глухо, как в танке. Распечатка входящих и выходящих ничего не прояснила. По ней ясно видно, что последние три месяца Елена Симакова общалась только с матерью, соседкой сверху и деканатом своего вуза. Мало того, звонки на ее мобильный прекратились неделю назад. Сам аппарат не пеленгуется.

— Это как раз понятно. Елена Симакова могла купить себе левый телефон, чтобы общаться с соучастником. А так как денег у нее не было, свой сотовый слила барыгам.

— Жуть какая, — поежилась Верочка. — Родишь так ребенка, вырастишь, а он потом — хрясь! Воткнет тебе в сердце нож для бумаги. Не хочу детей, — вздохнула Верочка и натянула курточку с капюшоном.

Майоров тоже оделся и распахнул для помощницы дверь. Верочка сама еще была ребенком, но ее заявление о том, что она не хочет детей, почему-то сильно расстроило майора.

Глава 13
ТРЕТИЙ ГЛАЗ

В интернет-кафе, расположенное чуть дальше Комсомольской площади, их пустили без проблем. Денег как раз хватило на час Интернета. Получив вожделенный чек, они прошли в зал.

Посетителей здесь почти не было. В дальнем углу переговаривались друг с другом и хихикали две подружки. Рядом с ними стучал по клавишам мужчина, который вылил на себя полфлакона туалетной воды. Раньше Алешка в ужас приходила от подобных любителей парфюма, но сейчас, после близкого знакомства с бомжами, она вдыхала запахи нормальной жизни без всякого содрогания.

— Анют, садись. Надо будет вбить в окошко кодовое слово и пароль, которые тебе с чеком выдали. Дальше я скажу, что делать.

Анка вдруг впала в истерическое состояние.

— Я не буду! Нет, я не умею! Не хочу!

— Если тебе сложно, попроси кого-нибудь, — предложила Алешка.

— Тебе надо, ты и проси! Не буду я лохушкой себя выставлять! — огрызнулась Анка.

Алешка попыталась ее успокоить, но тут в ситуацию неожиданно вмешался Интеллигент.

— Милые дамы, что вам надо узнать? — пропел он, отставил лампу в сторону, уселся на стул перед монитором и застучал по клавишам.

Анка тут же успокоилась и сунула нос в экран.

— Круто! Никогда бы не подумала, что ты сечешь в этом деле, — с восторгом сказала она и чмокнула Интеллигента в щеку.

— Для меня это сущие пустяки. Говорите быстрее, дамы, время дорого, — просиял Ефим, но в голосе его сквозило удивление. Похоже, что умение пользоваться компьютером стало и для него полнейшей неожиданностью и внезапным озарением.

Арина Петровская нашлась быстро. В той же социальной Сети, где когда-то регистрировалась Алешка. Вышли на нее по году выпуска школы, но дальше их ждало разочарование. По словам Ефима, Петровская три года не заходила на свою страницу.

— Вероятно, завела ее, поддавшись моде. Несколько лет назад все как с цепи сорвались, кинулись социальные сети осваивать. Пообщалась со знакомыми и забросила. Или страницу взломали, поэтому она войти не может, — предположил он, удивив девушек в очередной раз своими познаниями. — Контакты никакие не указаны, к сожалению. Школа, вуз, где Петровская училась, и... Внимание, дамы! Питерская адвокатская контора, где Арина Петровская трудилась! Это уже кое-что. Нельзя исключать, что ваша знакомая работает там по сей день. Если нам повезет, то найти ее не составит особого труда. Пробьем сейчас контору, выясним ее телефон и позвоним, — оптимистично сказал Ефим и снова застучал по клавишам.

— Ну, ты ваще голова, Интеллигент! Я прямо тебя зауважала, в натуре, — захлопала в ладоши Анка и прочитала: — Адвокатская контора «Козырев и Ко». Адрес: Санкт-Петербург, улица Белоостровская, дом 20, офис 304. Телефон... +7 901 434...

— Запишите, пожалуйста! Боюсь, от волнения информацию не запомню, — попросила Алешка и дала Интеллигенту еженедельник мамы. От радости ей хотелось плясать. — Какое счастье, что Арина адвокат! Это настоящая удача! Я будто чувствовала, что именно ее надо разыскивать. Интуиция меня не подвела. Неизвестно, правда, как она отреагирует на мое появление, но теперь и у меня есть шанс. А значит, он есть у нас всех.

— Записать-то и некуда, — крякнул Ефим, шурша страницами. — Дамы, тут на последней страничке обозначен московский адрес вашей Арины Петровской! Может быть, она в Москве бывает?

— Кого убить? — рыкнула Алешка и с трудом удержалась, чтобы не стукнуть Анку палкой по голове.

— Откуда я знала в натуре! — пошла в наступление карманница. — Я пролистнула первые странички, смотрю, формулы какие-то, захлопнула и в карман эту хрень сунула. Скажи спасибо, что не выкинула в помойку.

— Спасибо, — с раздражением сказала Алешка.

— На здоровье! — нервно отозвалась Анка.

— Запись сделана явно очень давно, — уточнил Интеллигент. — Телефонного номера нет. Возможно, его банально не было.

— Как это не было? — удивилась Анка.

— Если допустить, что адрес сорокалетней давности, то это объяснимо. В те времена в Москве далеко не у всех телефоны имелись.

— Офигеть! — не поверила Анка — дитя, рожденное в век сотовой связи.

— Итак, для общего сведения. В Москве Арина Петровская проживала или проживает на Комсомольском проспекте. Это недалеко от станции метро «Фрунзенская». Отсюда по прямой на метро несколько остановок, потом по переходу, потом пешком минут пять по ходу движения транспорта.

— А говоришь, все забыл, — заметила Анка. — Откуда тот район так хорошо знаешь?

Ефим сосредоточенно почесал лоб.

— Затрудняюсь ответить. Как-то само вышло...

— Может, ты там жил? Или работал? — пристала к нему Анка.

— Не помню! — простонал Интеллигент. — Номер дома увидел, и всплыло в памяти место. Возможно, я там и бывал когда-то.

— Так надо ехать туда! Может, вы что-то еще вспомните! — предложила Алешка. — Заодно выясним все про Арину Петровскую. Даже если она сейчас в Питере, то по старому адресу могут жить ее родственники или знакомые. Денег на поездку в Питер и междугородный телефонный звонок в любом случае у нас нет.

— Едем! — оживилась Анка.

— Позвольте мне пару минут в Интернете посидеть? Полчаса еще оплачено, — робко попросил Интеллигент.

— Сиди, может, про себя что нароешь. А мы пока на улице тебя подождем. Курить охота, — благосклонно разрешила Анка. — Только книжку с формулами не забудь.

— Благодарствую, но смею возразить. В еженедельнике обозначены не формулы. Это что-то вроде домовой расходной книги. Здесь указаны доходы, заработная плата, расходы на еду, лекарства и прочие нужды, расчеты по коммунальным платежам. Еще тут расчеты по оплате за какие-то услуги с некой Тамарой Дерезовой.

— Мама бухгалтером работала, все траты скрупулезно записывала. А Тамара нашей квартиранткой была. Она у нас комнату много лет снимала, — объяснила Алешка.

— Не мать у тебя, а ехидна! — зло сказала Анка. — Дочь родную в интернат для инвалидов запихнула, а сама какую-то козу к себе поселила.

— Господи, сколько можно! — взвыла Алешка. — В сотый раз говорю — моя мама никуда меня не сдавала! Ее убили черные риелторы из-за квартиры. Погоди, что ты сказала? — потрясенно переспросила она и почувствовала неприятный озноб.

— Ничего я такого не сказала, — пролепетала

Анка и попятилась, но Алешка успела ухватить карманницу за руку.

— Ты сказала — козу! Дерезова — коза. Она — Коза! Тамара Дерезова — Коза! Господи! — Алешка закрыла лицо руками и завыла.

— Таврическая, ты это... успокойся! Я больше не буду, — испуганно пообещала Анка. Алешка ее не слышала, выла в голос и топала ногами.

На вопли в зал прибежал менеджер и начал нудно уговаривать их покинуть помещение. Анка, к удивлению, спорить не стала, схватила воющую Алешку за руку и поволокла к выходу, бросив вскочившему на ноги Интеллигенту, чтобы не дергался, спокойно занимался своими делами, потому как западло полчаса оплаченного времени всяким гнусам дарить.

На улице Анка прикурила сигарету и выпустила дым Алешке в лицо. Подействовало. Алешка перестала выть.

К вечеру немного потеплело. Ветер стих, с неба сыпались пушистые хлопья снега. Она подставила лицо снежинкам и глубоко вдохнула несколько раз. Теперь она знала, кто стоял за убийством мамы. Милая незаметная девушка Томочка. Она прожила с ними под одной крышей несколько лет, знала все их семейные секреты и слабости мамы. Она знала об их семье все! Тамара так долго с ними жила и так плотно в квартире укоренилась, что, когда мать тактично попросила ее найти себе другое жилье, устроила настоящий скандал. Каких только слов она не наговорила. Выходит, обиду Тома так и не простила. Затаила злобу и долго вынашивала план мести, а когда крепко встала на ноги, придумала аферу и воплотила ее в жизнь. Никакой Людмилы Петровны в природе не существует. Есть сообщница Козы Тамары, которая помогла ей провернуть аферу. Но это неважно, главное — она нашла мозг операции.

— Коза! — выругалась Алешка. — Не прощу! Отомщу гадине!

— Вот это по-нашему, в натуре, — сказала Анка. — А то у меня уже комплексы из-за твоей непорочности, блин. По адресу гражданки Арины Петровской поедем? Или сначала все-таки в питерскую контору позвоним?

— Каким образом? Все деньги на Интернет спустили, телефона у нас нет.

— Как нет? Все у нас есть, Таврическая! Надеюсь, хозяин этого чудесного аппаратика пополняет баланс вовремя и у него достаточно средств, чтобы сделать один маленький звоночек в Питер.

— Сдурела! Ты что, сперла телефон у кого-то в интернет-кафе? — зашипела Алешка.

— Не у кого-нибудь, а у самого менеджера! — радостно доложила Анка и добавила вредным голосом: — Ничего, не обеднеет. Раз может позволить себе покупать айфоны за сорок штук, с деньгами у него все в ажуре. И вообще, что он такой невежливый! Мог хотя бы кофе принести, в натуре, чтобы утешить рыдающую клиентку. Вместо этого выпер нас на улицу. Короче, звонить будешь или непорочное зачатие из себя строить?

Алешка схватила Анку под руку и потащила подальше от интернет-кафе. Через несколько метров запыхавшаяся Анка ее остановила, и Алешка поняла, что сбилась с тротуара и потеряла в очередной раз все ориентиры. Под ногами хлюпала мягкая почва, пахло деревьями и прелой листвой. От стресса ее занесло неизвестно куда. Одно дело — гипотетически знать, что Анка ворует, и совсем другое — стать свидетелем и соучастником этого нехорошего действа. Но самое ужасное, что бывшего хозяина телефона ей отчего-то было совсем не жаль! Он действительно поступил по-свински. Положим, кофе стоит денег, но воды из-под крана можно было налить?

— Ну ты даешь, Таврическая! Ты меня по всему скверу за собой протащила и все столбы и кусты обошла, в натуре, — с удивлением сказала Анка. — Я тебе больше скажу, ты даже какашку собачью перепрыгнула и не вляпалась. Как это у тебя получилось?

— Не знаю... — ошарашенно сказала Алешка. Происходящее стало для нее полнейшей неожиданностью.

— Слушай, Таврическая, может, у тебя, в натуре, экстрасенсорные способности открылись? После коммуникативного сеанса связи с Мессией? Ты с ним пообщалась по душам, и он в тебе, как его, третий глаз открыл! — взволнованно предположила Анка.

— Что ты мелешь, господи, Анюта! Ты вроде траву не курила сегодня и паленую водку не пила! Какие способности? Какой, на фиг, глаз?

— А че? Вдруг, мы же не знаем. Вдруг оно все-таки состоялось. Сейчас проверим, — сказала Анка, крутанула ее вокруг своей оси и скомандовала «иди». Алешка послушно сделала несколько шагов и врубилась лбом в дерево. — Сейчас еще раз попробуем, — оптимистично предложила карманница.

— Нет! — рявкнула Алешка. — Никаких способностей у меня нет. Это просто случайность!

— Нет, — уперлась Анка, — ты неслась со скоростью молодой антилопы и реально огибала препятст-
вия, словно видела их в натуре! А случайность — это
то, что я вместо тебя в собачью какашку вляпалась,
хотя видела ее прекрасно, — брезгливо сказала Анка,
шаркая подошвой по земле.

— Не расстраивайся, это к деньгам, — рассмеялась Алешка и немного смягчилась. — Давай больше
не будем экспериментировать. Вечер уже. Звони в
Питер, пока рабочий день не кончился. Я потом этому менеджеру все компенсирую, — застенчиво добавила она.

Анка хмыкнула, набрала питерский номер и передала Алешке айфон. Та погладила прохладный
гладкий корпус и вздохнула. Совсем недавно у нее
был такой же аппарат, только с программой речевого
доступа к экрану, подарок любимой мамочки.

В динамике заиграла приятная музыка, щелкнул
автоответчик, приятный женский голос сообщил,
что в данный момент никто из сотрудников ответить
не может. Далее последовала просьба оставить свои
координаты и обещание непременно перезвонить.
Анка активно жалась ухом к телефону с другой стороны.

— Сегодня же воскресенье! — озарило карманницу. — Завтра с утра надо звонить, — сказала она и
сунула телефон в карман.

— Может, нужно от айфона избавиться поскорее? — снова забеспокоилась Алешка. — Вдруг полиция по спутнику вычислит наше местонахождение и
арестует.

— Издеваешься? Никто из ментов и пальцем не пошевелит, чтобы разыскать эту игрушку. Заявление примут и забудут. Другое дело, что по этому телефону с утра мы вряд ли позвонить сможем. Хозяин заблокирует симку в самое ближайшее время. Так что я этот аппаратик держать при себе не собираюсь. Солью барыгам. И будем мы с тобою, Таврическая, при деньгах, — мечтательно пропела Анка.

— Тогда можно я один звонок сделаю?

— Да хоть десять! Звони, мне не жалко, — хихикнула Анка и протянула ей телефон. Потом опомнилась, спросила, на какие цифры жать. Алешка продиктовала нужный номер.

— Ксения Эммануиловна, здравствуйте. Это Алена Симакова. Я звоню, чтобы узнать, когда похороны мамы?

— Алешка, куда же ты запропастилась, девочка моя дорогая! — ласково сказала Ксения, но она уловила в ее голосе вибрацию страха и фальши. Никогда прежде Иванькова не разговаривала с ней в таком приторном тоне, всегда ее недолюбливала и за глаза называла бракованным ребенком.

— Когда похороны мамы, Ксения Эммануиловна?

— С похоронами некоторая задержка. Ты должна кое-какие бумаги подписать, иначе я не могу твою маму похоронить. Где ты, моя девочка? Приезжай. Буду ждать тебя в квартире у моей матери. Тебе совершенно нечего опасаться. Хочешь, я за тобой приеду? Ты только скажи, где находишься, мигом примчусь. Откуда ты звонишь, солнышко? Возвращайся! Следователь сказал, что если ты сознаешься во всех убийствах и будешь сотрудничать, то строго тебя наказывать не будут.

— Ксения Эмануиловна, я не убивала свою маму! И вашу тоже! Я не убивала их! — закричала Алешка. — Их убила Коза! Все из-за квартиры. Но не сама она, агент Хром и нотариус Антон Петрович...

— Солнышко, успокойся! — перебила ее Иванькова. — Конечно, не убивала. Я тебе верю. Если ты не хочешь со следователем встречаться, я ничего им не скажу о твоем визите. Мне просто подпись от тебя нужна, чтобы я могла забрать тело из морга. Подпишешь доверенность, я отвезу тебя туда, куда скажешь, и займусь похоронами твоей мамочки.

— Хорошо, я сейчас приеду, — пролепетала Алешка. — Ждите.

Глава 14
КВАРТИРАНТКА

Дома бывшей квартирантки Симаковых не оказалось. Послушав тишину за дверью, Майоров спустился на первый этаж и замер перед латунной табличкой с надписью «Агентство недвижимости «Космополит-Эверест». Тамара Сергеевна Дерезова была счастливицей. Жить от офиса в двух шагах, не мотаться по пробкам с утра — это просто праздник души какой-то. Судя по такому близкому соседству с агентством, Тамара Сергеевна принимала непосредственное участие в его создании. Вникать в эти тонкости, однако, Майоров не собирался. Цель у него была иная — проверить, не укрывает ли Дерезова сбежавшую незрячую девушку у себя.

Игорь Вениаминович нажал на кнопку звонка офиса, подергал ручку двери, вошел и оказался в крошечной прихожей с рогами оленя на стене. Закинув на рога кепку, он прошел в небольшую комнату, где пахло ацетоном, французскими духами и домашними котлетами.

За столом, уставленном телефонами и бутылочками лака для ногтей, сидела девушка, похожая на спаниеля. Она была единственной, кто находился на рабочем месте.

— Как это вы вошли? — поинтересовалась она.

— Дверь была открыта, — улыбнулся Майоров.

— Дарья опять забыла замок запереть, — покачала головой спаниель. Лицо у нее было вытянутым и печальным. Еще больше оно вытянулось, когда Майоров представился и показал свое удостоверение. Секунду девушка с удивлением рассматривала документ, потом, резко выдвинув ящик стола, стала спешно с громким стуком метать туда бутылочки с лаком. В долю секунды очистив стол, девушка села по стойке «смирно», глядя на следователя с паническим ужасом.

— Вы кто будете? — спросил Майоров.

— Секретарь, — сказала девушка. — Меня Розой зовут.

— А где все, Роза? — спросил Майоров, еще раз окинув взглядом скромный офис, заваленный коробками. Помимо стола секретаря, в помещении было еще два рабочих места, но в данный момент они пустовали.

— Кто? — ошарашенно спросила спаниэлиха.

— Сотрудники, — усмехнулся Игорь Вениаминович, потешаясь над испугом девицы. — В частности, меня интересует менеджер Тамара Сергеевна Дерезова.

— Тамара Сергеевна? Хозяйка? — удивилась девушка, косясь одним глазом на мобильный телефон. — Она с клиентом отъехала. Квартиру показывать. А Дарья Петровна домой свалила. Сегодня сделок нет, вот она и отпросилась.

— Дарья Петровна — это кто?

— Бухгалтер, — сообщила Роза.

— Когда вернется?

— Бухгалтер? — приподняла бровки секретарша.

— Тамара Сергеевна, — уточнил Майоров.

— Да она скорее всего и не вернется сегодня уже! — замахала руками Розочка. — Приходите завтра лучше, чтобы не ждать, — пролепетала она и стала прелестно пунцовой. Бедная девочка совсем не умеет врать, усмехнулся про себя Майоров.

— Я подожду, вдруг все-таки она вернется, — сказал Игорь Вениаминович, взял со стола газету и без разрешения сел за соседний стол.

— А хотите, я Тамаре Сергеевне позвоню? Уточню? — спросила Роза и потянулась к телефонной трубке.

— Сидеть, — строго сказал майор.

Розочка отдернула руку от мобильника, пожевала нижнюю губу.

— Кофе, чай, какао? — фальшиво-любезно поинтересовалась она.

Игорь Вениаминович отказался. Секретарь пожала плечами, снова выдвинула ящик стола, достала оттуда клубки шерсти и спицы и принялась со скоростью электровеника вязать разноцветный шарф. Майоров отчего-то вспомнил бывшую жену. Алла всегда вязала, когда на него злилась. А он злился на Аллу, когда та вязала.

Дверь бесшумно распахнулась, и на пороге появилась крупная дама с кудрявыми волосами и одышкой. Одета она была в зеленое болоньевое пальто и напоминала крупную жабу.

Роза уронила вязанье на пол, вскочила и попыталась жестами сообщить хозяйке о нежеланном, судя по всему, посетителе. Тамара Сергеевна замерла с озадаченным лицом, глядя то на корчащую невероятные рожи секретаршу, то на Майорова.

— Вот! Человек из органов к нам пришел! Опять, — устав от глупости хозяйки, сообщила Розочка и рухнула обратно на стул с таким обреченным видом, что Дерезова побледнела.

— Тамара Сергеевна, я давно вас жду! — воскликнул Майоров. — Мне один знакомый из следственного управления вас рекомендовал. Он для своей любовницы через ваше агентство квартиру снимал. Пришел вот квартирку себе в аренду присмотреть. Не для любовницы, для себя. С женой развелся, мотаюсь теперь по чужим углам.

Дама тяжело опустилась на стул напротив следователя, стянула шелковый шарфик с короткой толстой шеи, протерла им вспотевший лоб и метнула в сторону секретарши многозначительный взгляд.

— Кофе, чай, какао? — пролепетала Роза.

— Воды принеси! — рявкнула Тамара Сергеевна. — Только без газа. А вам? — поинтересовалась она.

— Кофейку покрепче, без сахара, — попросил следователь.

— Кофейку покрепче, без сахара, — распорядилась хозяйка, словно секретарь была глухой. Роза упорхнула на кухню, Тамара Сергеевна сняла пальто, отбросила его на соседний стол и уставилась на

Майорова. — Какие у вас предпочтения? — вяло поинтересовалась она. Энтузиазма к работе у нее явно не было. — Полагаю, вас однушки интересуют бюджетные. Вам повезло. Есть у меня одна подходящая в этом районе. Чистенькая, с мебелью, телевизором и стиральной машиной. Как раз только вчера освободилась. Условия такие. Оплата за месяц вперед, плюс залог за один месяц, плюс комиссия пятьдесят процентов. Цена вот такая, — Тамара Сергеевна чиркнула на листе сумму и подвинула следователю. — Смотреть сегодня будете? Здесь недалеко.

Вернулась Роза с кофе и водой, расставила чашки на столе. Тамара Сергеевна жестом попросила девушку выйти. Роза на цыпочках попятилась за дверь. Не секретарь Роза, а просто Розовая Пантера, хихикнул мысленно Игорь Вениаминович.

— Нет, не буду. Дорого, — сказал Майоров. — А вот вашу квартирку я бы с удовольствием осмотрел.

— В каком смысле? — ошарашенно спросила Дерезова, выпила залпом стакан воды и вытерла рот тыльной стороной ладони, размазав ядовито-розовую помаду по лицу.

— Давайте так, Тамара Сергеевна. Я прекрасно знаю, чем вы у себя в конторе занимаетесь, но меня это мало интересует. Вы честно говорите, где девушка, и я забываю о том, что в вашей конторе договора оформляют на продажу и покупку квартир по цене ниже рыночной, а разницу кладут в карман, укрываясь тем самым от налогов и обогащаясь за счет государства, — сказал Майоров, назвав самую распространенную схему работы большинства подобных агентств.

— Ага, озолотилась по полной программе! За десять лет на однушку себе заработала в Бутово! — огрызнулась Тамара Сергеевна. — Давайте так, как вас...

— Игорь Вениаминович.

— Давайте так, Игорь Вениаминович. Сейчас вы встанете, пойдете вон из моего офиса и больше сюда не вернетесь! — рявкнула Дерезова. — Ничем противозаконным я в своем агентстве не занимаюсь. Считаете иначе — назначайте проверку, ордер, что там у вас еще принято. Понимаю, конечно, что при желании даже при идеальном ведении бизнеса можно найти, к чему придраться, но я не собираюсь с вами церемонии разводить. Я твоему предшественнику сказала, что ни копейки больше не дам. И тебе повторяю! Вон пошел отсюда, иначе я напишу в следственный комитет заявление о вымогательстве, — перешла на «ты» Тамара Сергеевна, поднялась и царственным жестом указала следователю на дверь.

— Кажется, вы меня неправильно поняли, — ошалел Майоров. — Я совсем по другому вопросу. Я девушку ищу, которая, по оперативным данным, укрывается у вас.

— Какую девушку? — с раздражением спросила Тамара Сергеевна.

— Елену Симакову.

— Алешку? — искренне удивилась хозяйка агентства. — А что случилось? Почему вы ее у меня разыскиваете?

— Два дня назад в своей квартире была убита Ирина Симакова.

— Ирочка? — охнула Тамара Сергеевна и снова вытерла шелковым платком лоб. — Господи, несчастье-то какое. Как же теперь Алешка без матери управится? Совсем одна осталась, бедняжечка.

— Бедняжечка, как вы ее назвали, скрылась из дома и объявлена в федеральный розыск. Против Елены Симаковой выдвинуты очень серьезные обвинения. Девушка подозревается в нескольких тяжких преступлениях. Мой вам совет: если она у вас, в ваших интересах мне все рассказать.

— В своем ли вы уме, гражданин начальник? — покачала головой Тамара Сергеевна. — Слепую в убийстве матери подозревать! Да, иногда они не ладили. Алешка тихим ребенком росла, а потом вдруг словно бес в нее вселился. Свободы девочке хотелось, самостоятельности, но Ирина ее берегла. Она ее любила больше жизни. Все для нее делала и никого близко к дочери не подпускала, кроме бабки.

— По мнению экспертов, у девушки, возможно, серьезное психическое расстройство. Ей нужна помощь высококвалифицированных специалистов.

— Мне очень жаль, но я ничем вам не могу помочь, — вздохнула Тамара Сергеевна. — Не верите — пойдемте, я квартиру свою вам покажу. Чтобы вы убедились, Алешку я не укрываю.

— Для риелтора найти жилье не проблема, — заметил Майоров.

— Да что ж такое! — в сердцах бросила Тамара Сергеевна. — С чего вы решили, что я Алешку прячу? Даже если бы дочь Иры ко мне явилась, я возиться с ней не стала бы. Да и не прибежала бы она ко мне, учитывая, как мы с ее матерью расстались.

— У вас был конфликт с Ириной Симаковой?

— Как вам сказать... Я жила у них несколько лет, со всей душой к ним относилась, но они меня выставили за дверь. Я очень сильно обиделась и наговорила Ирочке всяких нехороших слов. Только не думайте, что я обиду на них держу. Дело прошлое.

— Почему Симакова попросила вас съехать? — спросил Майоров.

— Скупердяйка она была, вот почему. Я когда в Москву приехала учиться, мне родители денег высылали регулярно, помогали. Они не хотели, чтобы я в общаге жила. Боялись, что я поддамся тлетворному влиянию. Сами знаете, какая жизнь в общагах, курят все, пьют, разгульную жизнь ведут. Жить у Симаковых мне нравилось, квартира у них шикарная, кухня огромная, никто никого не притесняет. Пока родители помогали, я всегда платила вовремя, и у Ирины ко мне претензий тоже не было. Потом они на пенсию вышли и помогать мне больше не могли. Я как раз институт окончила и на работу устроилась. В школу учителем младших классов, но зарабатывала очень мало. А Ира каждый месяц жестко требовала денег за комнату, никакого продыху мне не давала, хотя сама зарабатывала в пять раз больше, чем я, — с неприязнью сказала Тамара Сергеевна, и Майоров понял, что обида на семью Симаковых так и не прошла. — Чтобы как-то снизить аренду, я пыталась ей по дому помогать, — продолжила Тамара Сергеевна. — Нянчилась с Алешкой, хотя она непростой ребенок была. Но Ирине от меня нужны были только деньги. В один прекрасный день она попросила меня съехать.

— Значит, Ирина Симакова попросила вас съехать, потому что вы перестали платить за комнату? — уточнил Майоров.

— Да, перестала! Мне на свое жилье надо было копить. Ира — человек интеллигентный. Конечно,

она в лоб мне не сказала, что жаба ее душит. Заявила, что планирует ремонт делать и хочет для Алешки
отдельную комнату обустроить.

— Вообще-то Ирина Симакова имела на это
право, — вскользь заметил Майоров, поражаясь, что
люди бывают на удивление бесцеремонны и эгои-
стичны. Жила несколько лет в чужой квартире, а потом решила, что платить за жилье не нужно. А когда
ее попросили и честь знать, смертельно оскорбилась.
С какой такой стати?

— Конечно, имела, но ведь у Симаковых четыре
комнаты на троих! — возразила Тамара Сергеевна. —
Алешка жила с бабушкой, Ира много работала и постоянно торчала в кабинете, в свою комнату только
спать уходила. Кабинет, правда, небольшой, но она
совершенно спокойно могла бы там разместиться и
спать на диванчике. Диванчик очень удобный был.
А дочку к себе в спальню от бабки переселить. Все
были бы довольны, а я бы накопила денег спокойно, — рассуждала Тамара Сергеевна, а Майоров тихо
одуревал. Теперь стало понятно, из-за чего вышел
конфликт. Тамара Сергеевна всерьез решила, что
комната, где она проживала, по праву принадлежит ей. А раз комната ее собственность, то и платить
за нее не надо.

— Как потом устроились? — поинтересовался
Майоров.

— Пришлось крутиться, чтобы выжить, — вздохнула Тамара Сергеевна. — Я даже в школе неделю
спала, пока новую жилплощадь искала. Но видите,
как все хорошо сложилось. Я Симаковым даже благодарна. Алешка об этом знать не может. Сами посу-

дите, стала бы она ко мне бежать? Меня с этой семьей ничего не связывает больше пятнадцати лет.

— Откуда вы в таком случае знаете, что Елена Симакова осталась одна после смерти матери? — в упор спросил следователь.

— Откуда? — Тамара на мгновение смешалась, но быстро взяла себя в руки. — Да не помню я откуда. Кто-то мне говорил, что бабка Симаковых умерла, — объяснила она. — А вот кто, хоть убейте, не помню. Мне столько информации приходится в уме держать, что все лишнее из головы мигом вылетает.

— Скажите, Тамара Сергеевна, к кому могла девушка податься? Может, у вас есть какие-то предположения?

— Понятия не имею. Симаковы жили очень замкнуто. Ира даже со своей единственной подругой перестала общаться из-за Алешки.

— Как подругу звали, помните?

— Аринка звали, а фамилия... Сейчас... На башню кремлевскую похожа.

— Угрежская? — блеснул эрудицией Майоров.

— Нет, Петровская. Точно. Арина Петровская. Яркая такая дама была. Мужики головы сворачивали. Да и сейчас Арина ничего. Эффектная дамочка, подтянутая, ухоженная, не то что я — разжирела, как корова, на нервной почве. Работа у меня совсем не сахарная.

— Могла Елена Симакова к Петровской обратиться за помощью?

— Вряд ли. Во-первых, Арина живет в другом городе. Во-вторых, Алешка совсем маленькая была, когда Ира с Ариной перестали общаться. Жаль, они подружками были закадычными со школы. Даже имена у них созвучны.

— Почему они разбежались? Поссорились?

— Да вроде не было у них ссоры как таковой, — пожала плечами Тамара Сергеевна. — Просто интересы по жизни разошлись. Ирина, когда Алешку родила, сосредоточилась на дочери, а Аринка на карьере. Надо сказать, Петровская в своем деле весьма преуспела. Умная баба и молодец. Ира мне как-то рассказывала. Выросла Арина в неблагополучной семье. Мать родила ее рано, потом вроде вышла замуж, но отчим зашибал сильно и Ариночку бил. А матери все до лампады было. Глаза зальет и песни воет в окно, дочь она в упор не видела. В их однокомнатной квартирке ребенку даже уроки делать негде было. Вечные пьянки и гости непотребного вида. Притон, одним словом. Арина к Ирочке бегала заниматься. Умница, сумела вырваться из этого кошмара и сделала неплохую карьеру. Правда, без протекции влиятельного мужа, полагаю, не обошлось. Петровская очень удачно вышла замуж за известного питерского адвоката Андрея Васильевича Козырева и туда уехала. К сожалению, счастье длилось недолго, муж умер через пару лет после свадьбы. Он был старше Арины на много лет, — вздохнула Тамара Сергеевна.

— Петровская в Москву после смерти мужа не вернулась? — рассеянно поинтересовался Майоров. В данный момент он думал о своем, о личном. Вот к чему приводят браки с молоденькими, с ужасом размышлял он.

— Не вернулась. Зачем? Петровская дело мужа унаследовала и его чудесную квартиру. Впрочем, в

Москве она тоже иногда бывает. Я ее видела не так давно. Пару недель назад. Случайно столкнулись в нотариальной конторе.

— У вас контактов ее, случайно, нет? — поинтересовался следователь.

— К сожалению, не имею, — развела руками Тамара Сергеевна. — Если у вас больше нет вопросов, то прошу меня извинить. Мне работать надо.

— Спасибо за информацию, — поблагодарил Майоров, поднялся и положил на стол визитку. — Если надумаете заявление в следственный комитет писать, позвоните. Обещаю посодействовать.

— Одних посадят, на их место другие придут. Тоже голодные и жадные, — хмуро сказала Тамара Сергеевна, и Майоров с сожалением отметил, что хозяйка агентства недвижимости совершенно права.

* * *

На улице валил снег. Майоров, щурясь, посмотрел на небо и стукнул себя по лбу. Вечно он свою кепку везде забывает. Пришлось возвращаться. Дверь оказалась не заперта. Тамара Сергеевна с кем-то разговаривала по телефону. Решив не отвлекать хозяйку, Майоров потянулся к кепке и замер с вытянутой рукой.

— Антон Петрович, голубчик. Поищите у себя контактик Арины Петровской, будьте любезны. Визитку куда-то сослепу задевала, а в телефон номерочек не забила за ненадобностью, — проворковала Дерезова в трубку. — Вот спасибо, дорогой! Записываю.

— Может, мне контакт тоже дадите? А то запрос делать очень утомительно, — попросил Майоров.

Тамара Сергеевна выронила ручку и резко обернулась, с недоумением глядя на следователя.

— Что-то вы зачастили в мой офис, — нервно усмехнулась она.

— Кепку на рогах забыл, а погодка нынче не располагает к хождению без головного убора. Можно полюбопытствовать, зачем это вам вдруг так срочно понадобилась Арина Петровская? — спросил Майоров.

— Профессия вас погубит, — покачала головой Дерезова. — Нельзя с таким подозрением к людям относиться. Сами разве не понимаете — зачем? Когда человек умирает, принято извещать знакомых о его смерти, — со скорбным лицом сообщила Тамара Сергеевна. — На похороны Арина вряд ли приедет, но помянуть лишний раз покойницу не помешает.

* * *

Помянуть покойницу не помешает. Да, конечно! Так он ей и поверил, ругался Майоров, глядя на заметенную снегом дорогу. Врет! Сказала бы честно: посплетничать захотелось, выдать давним знакомым сенсационную новость о том, что Симакову убили, а слепая дочка ударилась в бега и подозревается в убийствах. Правильно Симакова эту бабу из квартиры выставила. В ней нет ни грамма сострадания и души. Звонок телефона застал Майорова, когда он уже подруливал к дому и мечтал упасть носом в подушку. Звонила помощница.

— Мы ее засекли, Игорь Вениаминович! — заорала Верочка в трубку. — Симакова только что звонила Ксении Иваньковой, интересовалась, когда похороны матери. Звонок был с неизвестного сотового номера из района трех вокзалов. Владельца выясняем. Иванькова наплела девушке, что с похоронными документами не все в порядке, и попросила приехать на квартиру своей матери. Симакова обещала быть. В район трех вокзалов и к Иваньковой я группы отправила. Вы домой или как?

— Или как, жди, сейчас буду, — вздохнул Майоров и развернул машину в сторону центра.

Верочка встретила его слегка взволнованная.

— У меня для вас новости, — сообщила она.

— Опять! Надеюсь, хорошие? — пошутил Майоров.

— Даже не знаю, хорошие или нет. Я изложу, а вы сами решайте. С президентом «КомИнвестТраста» мне поговорить не удалось. Он отбыл вчера в командировку на Валдай в одно из отделений банка. Когда вернется — неизвестно, но я очень благотворно поболтала с его референтом. Она, когда про Ирину Симакову услышала, аж с лица спала. Оказывается, деньги на кредит Ирина Симакова пыталась выбить на лечение своей дочери. Вела она себя как одержимая. Всех менеджеров достала и пыталась пробиться к президенту. Павел Зургин, так банкира зовут, заявку не подписал и Ирину Симакову на порог даже не пустил. Секретарь попыталась за нее вступиться, но Зургин ничего не желал слушать.

— Что это референт вдруг такую инициативу проявила?

— Дочку Симаковой ей жалко стало. Ирина уверяла, что эти деньги — единственный шанс для девочки обрести зрение. Так как ее доход не покрывал даже проценты по кредиту, Симакова предлагала в залог свою квартиру. Денег она просила всего на полгода. А теперь самое интересное, Игорь Вениаминович. Девочку она планировала определить в научный медицинский центр, с которым у нее якобы была договоренность о том, что потом они все деньги за лечение ей вернут.

— Что за бред?

— То же самое сказал Зургин, попросил помощницу проводить Симакову на выход и посоветовал ей обратиться в кредитный центр, где оформляют кредиты под залог недвижимости, или в благотворительный фонд. «КомИнвестТраст» в самом деле не выдает кредитов под залог недвижимости. Симакова пришла в бешенство, сняла со счета все свои сбережения и ушла, громко хлопнув дверью и проклиная Зургина последними словами. Через несколько часов ее убили. А денег у нее при себе было один миллион рублей. В квартире их не обнаружили.

— Деньги могла взять с собой Елена Симакова, когда ударилась в бега, — предположил Майоров.

— Если у вас в руках миллион, вы станете потрошить копилку с мелочью?

— Думаешь, жадный банк к убийству Симаковой причастен? Для банка это не деньги. Станут они мараться из-за такой пустячной суммы. Но теперь ясно, что искали в квартире и кабинете. Бабки. Впрочем, искать миллион могла сама Елена Симакова.

— Не знаю. Почему тогда референт Зургина мне солгала про командировку шефа?

— Зургин никуда не уезжал?

— Может, и уехал, но на Валдае ни одного отделения банка «КомИнвестТраст» нет. А в компьютере и документах Ирины Симаковой нет никаких договоров с научным медицинским центром. Переписка тоже отсутствует. Нет ничего! Ирина Симакова была педантична до крайности. Все записывала. Вела домовые книги. У нее в компьютере целая подборка статей на тему лечения амавроза Лебера. Она все собирала и внимательно следила за научными исследованиями в этой области. Зарубежные ученые уже продвинулись в лечении этой болезни. Какой-то хитрый вирус придумали. И наши питерские генетики грозятся победить недуг в самое ближайшее время. Так вот, я созвонилась с одним профессором, который этим занимается. Он мне четко сказал, что врожденную слепоту вылечить нельзя. И невозможно будет еще лет сто. Только ведь ни одна мать, которая надеется вылечить своего ребенка, никогда в это не поверит.

— Да, скорее она поверит шарлатанам, которые посулят ей это сделать. Работает такой метод эффективно. Иначе у нас люди не тратили бы столько бабок на мифические таблетки, способные вылечить от рака, грыжи, поноса, диабета, гепатита и кашля, причем одновременно. И не бегали бы вместо химиотерапии к знахаркам отгонять липовыми вениками неизлечимую хворь.

Их диалог прервал звонок мобильного. Майоров ответил на вызов. Это был криминалист.

— Вера, мне надо срочно поспать. Я совсем ничего не понимаю. Каримыч мне залепил, что на ноже для бумаги, которым убили Ирину Симакову, содержатся микрочастицы крови другой группы.

— Дочери?

— У нее вторая группа крови, а на ноже микрочастицы четвертой, — пробурчал Майоров. — С образцами крови, изъятыми с ковра в кабинете, такая же, грубо говоря, фигня. Кровь Ирины Симаковой и кровь хрен знает кого.

— Ну, что я вам говорила! — обрадовалась Верочка. — В квартире в момент убийства еще кто-то был помимо Елены Симаковой.

— А что ты радуешься, я никак не пойму? Мало нам трупов?

— Почему обязательно трупов? Вроде бы Каримов пол под ковром внимательно осмотрел и никаких покойников там не обнаружил. Но я поняла вашу мысль. Надо обзвонить травмопункты на предмет, не обращался ли кто с колото-резаной раной за помощью.

— Не трать время. Это бесполезно, — заявил следователь. — Собирайся, поехали в гости к Иваньковой. Завтра сводку посмотрим. Не удивлюсь, если там найдется свежий труп, сбежавший из квартиры Симаковой.

Глава 15

НЕКРОЛОГ

— Совсем ты дура беспробудная, я смотрю! — Анка вырвала телефон у Алешки из руки и зашвырнула его в кусты. — Пошли отсюда быстро! Надо срочно Интеллигента из кафе забрать. Скоро здесь мусоров будет как грязи. Неужели не врубилась сразу, что тетка специально время тянет. Ее номер на контроле! А я какая дура, в натуре! — заорала Анка. — До последнего тебе не верила! Думала, не только я сказки умею сочинять.

— Мне надо к Ксении Эммануиловне. Документы на похороны подписать, — как робот повторила

Алешка. — Она мой законный представитель. Я доверенность уже подписывала, но она говорит, что этого недостаточно. Иначе она маму не сможет похоронить.

— Очнись, Таврическая! Какие документы! Пургу она гонит, твоя Эммануиловна! Приедешь, а там тебя ждут мусора с распростертыми объятиями. Сядешь — не выберешься. Знакомая одна рассказывала, как ее закрыли с помощью бесплатного адвоката. Пять лет за булку дали, суки. Все, Таврическая, не спорь. У меня чутье на это дело. Свяжешься со своей крутой адвокатшей, расскажешь ей все, пусть она решает, куда тебе ехать и что подписывать.

Алешка больше не спорила. Она снова впала в оцепенение и шла за Анкой, не чувствуя и не разбирая ничего вокруг.

Интеллигент встретился им по пути. Судя по голосу, Ефим был страшно опечален.

— Ничего не нашел? Не расстраивайся, Ефимушка. Ты обязательно вспомнишь все и найдешься, — подбодрила его Анка и хлопнула Интеллигента по спине.

Тот ойкнул и осел на асфальт, постанывая, как роженица во время схваток.

— Что случилось? — обеспокоенно спросила Алешка.

— Спину прихватило, — прокряхтел ее телохранитель. — Не волнуйтесь, дамы, сейчас пройдет, — оптимистично сказал он, попробовал встать, но не смог. Дамы попытались Ефима поднять и с большим трудом усадили несчастного на скамейку.

— Похоже, прострел, — со знанием дела сказала Алешка. — У меня у бабушки радикулит был. За пять минут это дело не проходит. Есть одно недорогое средство, мигом на ноги поставит. Надо смешать мазь арники с эфирными маслами розмарина, зверобоя и сосновой хвои и спину натереть. Еще неплохо бы грелку, теплый шарф вокруг поясницы обмотать, горячий чай и ноги попарить.

— Ага, оренбургский пуховый платок не хочите? — ехидно заметила Анка. — Ноги попарить, это ж надо! — гоготнула она и выдала высокохудожественную фразу. — Как же вы меня достали, ядрен батон! Жила я без вас спокойно, горя не знала! Ждите меня здесь, убогие! — заорала она.

Алешка села рядом со своим телохранителем на лавку, настороженно прислушиваясь к шагам и звукам. До места, где Анка выкинула ворованный сотовый, было от силы метров сто. Очень не вовремя у Ефима спину прихватило, но не бросать же его на холоде одного с радикулитом.

Интеллигент чиркнул спичкой и закурил. Алешка вздрогнула. Смесь до боли знакомых запахов проплыла мимо носа.

— Папиросы? — спросила она.

— Да, с утра получилось несколько бутылок сдать в обход местной бомжовой мафии, — с гордостью доложил Интеллигент. — Купил вот самое дешевое, что продавалось в ларьке. Простите великодушно. Наверное, я вас совсем задымил?

— Курите спокойно. Просто мне кое-что вспомнилось. Бабушка моя тоже папиросы курила и страдала радикулитом.

— Сколько у нас совпадений с вашей бабушкой, — пошутил Интеллигент, потер спину и закряхтел от боли.

Через несколько минут послышался странный гул, ближе Алешка различила катящуюся телегу. Анка ухитрилась спереть на вокзале тележку для багажа, куда и загрузили несчастного Интеллигента, чтобы транспортировать его в зал ожидания.

Немного не доехав до Казанского вокзала, Анка притормозила.

— Рецепт еще раз диктуй, — деловито попросила она. — В аптеку слетаю.

— Ты же говорила, на Интернет все спустили. Опять деньги зажулила? — обрадовалась Алешка.

— Не зажулила бы, что бы вы тогда делали? — буркнула карманница, выслушала названия лекарств и хлопнула дверью. Вернулась, гремя пузырьками. — Аптекарша знакомая на меня как на умалишенную посмотрела. Все за дозой, а я за арникой, — хмыкнула она.

— В аптеке продают наркотики? — ошарашенно спросила Алешка.

— В аптеке продаются таблетки, из которых торчки варят наркотик, замену герычу. Дешево и сердито. Правда, потом торчки начинают гнить заживо, в натуре, но это их не колышет. Они уже не люди, зомби. Соскочить с этого дела невозможно. Арника, блин! В наших краях все приличные люди водкой лечатся, а не розмарином. Интеллигенты, блин, в натуре. Сейчас бы водку на батарее нагрели, спину натерли, и все дела. Что это вообще за говно такое — розмарин? От него че, в натуре, размаривает?

До зала ожидания Анка продолжала бухтеть и ругаться. Алешка пребывала в шоке от услышанного. Как же это возможно, что в обычной аптеке продают смерть? Почему эти таблетки любой наркоман может приобрети без рецепта?

На вокзале Анка позаимствовала у многодетной мамаши собачью подстилку, на которой та выгуливала своих отпрысков, выгрузила на нее простреленное тело Ефима и вызвалась съездить по нужному адресу, оставив их вдвоем.

Интеллигент интеллигентно постанывал и смущенно извинялся за доставленное беспокойство. Алешка смешала настойки, втерла в спину несчастного страдальца и вдруг почувствовала, что сходит с ума. Страшный вечер, когда она случайно утопила известного писателя Коновалова, прокручивался в голове, как испорченная пластинка.

Через полчаса Ефиму полегчало, он перестал стонать и уснул. Алешка, напротив, чувствовала с каждой минутой, что состояние ее приближается к той критической точке, за которой начинается другое измерение. Она там однажды побывала, когда вены себе сдуру порезала из-за неразделенной любви, и больше туда не хотела.

— Ефим? — потрясла она за плечо своего телохранителя. — Ефим, а кота у вас случайно не было когда-нибудь? — спросила она.

— Кот? — встрепенулся Интеллигент. — Кажется, был. Да-да-да! Был у меня кот — это очевидно! Я подобрал его около ветклиники на улице Россолимо, — заявил Ефим и, кажется, сам одурел от собственного ответа.

— Что вы там делали?

— Не знаю, — озадаченно сказал Ефим.

— Вспоминайте! Немедленно вспоминайте, иначе я сойду с ума! — закричала Алешка и накинулась на Интеллигента с кулаками.

— Я вспомнил! — закричал тот.

Алешка перестала его бить и замерла.

— Ну? Что вы вспомнили?

— Ничего, — промямлил Ефим и покашлял. — Я так специально сказал, чтоб вы об меня кулачки не отбили. Я довольно твердый, — пошутил он.

— Простите, — всхлипнула Алешка. — Что-то с головой приключилось. У меня такое ощущение, что я вас убила.

— Напротив, вы меня спасли! Спину почти отпустило, — с облегчением вздохнул Ефим. — Большое вам спасибо.

— Да нет, вы неправильно меня поняли. Неделю назад я гуляла по набережной и случайно уронила в воду одного человека... — договорить она не успела. К ним на всех парах неслась Анка, топая, как слон.

— Люди добрые, да что это делается, в натуре! Вы только посмотрите! — закричала она и швырнула в руки Алешки газету. — Блин, опять забыла, что ты слепая, — извинилась Анка и забрала газету обратно. — Короче! Здесь написано, что завтра состоятся торжественные похороны нашего Интеллигента! — выдала она. — Ефимушка, это ведь твоя морда в траурной рамке на первой полосе отпечатана? Или у тебя брат-близнец в наличии имеется?

— Э-э-э-э... — промычал Ефим, говорить он решительно не мог.

— Прощание пройдет в Центральном доме литераторов на Большой Никитской, куда будет доставлен гроб с телом трагически погибшего неделю назад известного писателя, публициста и критика Льва Борисовича Коновалова. Лично я бы сходила, — гоготнула Анка, — чтобы посмотреть, как провожают в последний путь великих русских писателей. К сожалению, в связи с трагической кончиной многолетний труд писателя — сага о жизни и смерти типичного героя нашего времени Ефима Скворцова — так и осталась недописанной. Однако интерес к творчеству автора настолько велик, что одно из самых крупных издательств России готово выкупить права на незавершенное произведение у убитой горем супруги литератора и опубликовать его с альтернативным концом! — торжественно провозгласила Анка. — Про конец я не въехала, честно говоря. Ты потом мне популярно объяснишь, да, Лев Борисович? — гоготнула она и вручила Интеллигенту газету.

— Вот зараза! Я же просил! Просил Людочку похоронить меня просто. Без всяких церемоний и помпы! — возопил типичный герой нашего времени Ефим Скворцов, он же писатель Лев Коновалов, и рухнул без чувств к Алешкиным ногам.

Она нежно погладила его по голове, хотела тоже хлопнуться в обморок, но передумала и осталась сидеть с загадочной улыбкой на лице.

— Пусть чуток отдохнет, — философски заметила Анка и присела на корточки напротив Алешки. — Прикинь, как родственники и знакомые обрадуются, когда писатель воскреснет на собственных похоронах. Шуму будет! — мечтательно сказала Анка. — Костюмчик, что ль, ему праздничный спереть из местного бутика, в натуре, а то как-то несолидно в обносках в приличное место идти. Все-таки Дом литераторов.

— Господи, счастье-то какое, — заторможенно

сказала Алешка, продолжая дебильно улыбаться. — Вот почему Интеллигент ко мне пристал, когда без кепки увидел. Я его последнее смутное воспоминание из прошлого. Как же так вышло? Если он писатель Коновалов, то кого завтра будут хоронить вместо него?

— Да бича какого-нибудь. Я вот что по этому поводу думаю. Твой «убиенный» писатель благополучно выплыл, но на берегу его ждал очередной сюрприз. Коновалова ограбили, раздели, карманы подчистили и по башке чем-нибудь шарахнули. А может, писатель сам до того шарахнулся и уже ничего не помнил, когда его раздевали. Неважно. Потом не повезло тому, кто шмотки и документы писателя прикарманил. Либо его убили и в воду скинули, либо сам спьяну утоп. Его тело выловили, нашли в кармане паспорт Коновалова и родственникам предъявили труп. Родственники по одежде его опознали, и все дела. В статье сказано, что хоронить писателя будут в закрытом гробу. Значит, с лицом у утопленника полный аллес капут, как говорят немцы. Рыбы обожрали или крысы, винтом по фейсу могли пройтись, пока тело в реке плавало. Я однажды видела утопленника, которым раки пообедали. Зрелище, скажу я тебе...

— Господи... — Алешка заплакала и обняла Анку. — Анюточка, родненька, ты не представляешь, что ты для меня сделала. Какой тяжкий грех с души сняла. Я же дышать не могла, жить не могла! И Павел, Павел ушел, потому что была я недостойна его помощи.

— Да ладно... Я ничего такого не сделала, просто сперла газету в киоске, чтобы в сортире не скучно было сидеть, — смутилась Анка. — Павел ушел, потому что козел. Была бы я на его месте, никогда бы от такой потрясающей девушки не ушла.

— Дурочка, я же слепая!

— Да не ты слепая, а он. Счастье свое проглядел, в натуре, — буркнула Анка. — Ты это, не расслабляйся, Таврическая! На тебе еще два трупа висят. Твоя морда лица по всему вокзалу расклеена. Ты объявлена в федеральный розыск как опасная преступница, совершившая ряд тяжких преступлений. Уезжать тебе надо, Таврическая! Срочно!

— Куда? — всхлипывая, спросила Алешка.

— Ты куда собиралась?

— В Питер.

— Вот и поедешь в город на Неве! Мне на Комсомольском проспекте питерский домашний адрес твоей адвокатши крутой за пузырь водки без всяческих затруднений выдали. Там ее престарелая мать-алкашка живет и еще какой-то сброд. Неудивительно, что Арина Петровская в Питер сбежала. Подальше от всего этого дерьма. Твой поезд отходит через десять минут с Ленинградского. Билет в вагон СВ. Поедешь как принцесса. Сейчас мы тебя только под иностранца замаскируем и пойдем.

— Какого иностранца? — ошарашенно спросила Алешка.

— Гражданина Германии. Ты ведь умеешь шпрекать по-немецки? Скоро у тебя будет возможность попрактиковаться. Запомни, теперь тебя зовут Марко Бензел. На бошку сейчас напялим вместо кепки шапку-ушанку со звездой, которую нам бомжи за связь с Мессией подарили, а вместо благотворительной куртки — его пуховик.

— Кого его пуховик? Боже мой! — взвыла Алешка. — Ты ограбила иностранца?

— Грабят с применением силы, а я просто изъяла в добровольном порядке. Он даже не проснулся. Просто хотела курточку обновить. Мерзну, в натуре. Смотрю, парень спит на полу в зале ожидания Ленинградского вокзала, а под головой аккуратненько свернут пуховичок. Не удержалась от искушения, тырк его. В туалете проверила, а в кармане паспорт и билет в Питер. Там еще был билет в Берлин, но тебе ведь в Берлин не надо, поэтому я его в унитаз спустила. Короче, открываю паспорт, а там ты. Ну прямо в натуре ты, только стриженная. Это судьба, Таврическая! Такой шанс упускать нельзя.

— Я не могу! Я не могу, Анюта! — запричитала Алешка.

— Послушай меня внимательно, дура беспробудная. Для немца это просто билет и паспорт. Он в консульство придет и все проблемы свои решит за пять минут. Это мы своей стране на хрен не нужны. А за любого европейца консульство глотку всем перегрызет и в беде его не бросит. Их здесь дольше одного дня не бывает. Для тебя этот паспорт — шанс выжить! Потом вернешь ему деньги на билет, если захочешь. К тому же кошелек я немцу оставила. Куда-то он его захерил, гад, в пуховике только мелочь, четыреста шестьдесят рублей, — с сожалением сказала Анка. — Переодевайся быстро! Кепку твою я пока поношу, — скомандовала карманница, сдернула кепку и напялила ей на голову шапку-ушанку со звездой. Пуховик Алешка с неохотой надела сама.

— Европейский турист, в натуре! — с восхище-

нием воскликнула Анка. — Что с тобой, Таврическая? Ты бледная какая-то вдруг стала.

— Лимонный запах с лакрицей! — прошептала
Алешка. — Я знаю этот запах... Этот человек пришел
за мной. Он не иностранец, а киллер! Я согласна ук-
расть у него паспорт и билет.

— Ну вот, видишь, как все хорошо сложилось, —
крякнула Анка. — В смысле...

— Здесь что-то в кармане внутреннем, — сказала
Алешка.

— Дай гляну, — оживилась Анка и запустила
свои шустрые ручки в карман. — Вот дерьмо! — заорала она. — У него твоя фотография в куртке! Офигеть! Он киллер в натуре! Тебя ему заказали, Таврическая! Я же говорила, что тебе в Питер надо валить, — забеспокоилась Анка. — Сейчас, только
Интеллигента предупрежу, — сказала карманница и
со всей дури звезданула писателя по физиономии.

Лев Борисович застонал и сел.

— Сиди тут, никуда не уходи, а то вдруг опять
потеряешься. Я Таврическую на поезд посажу и вернусь. Решим, как тебя воскрешать, чтобы твоя супруга кони не двинула.

— Я с вами, дамы! Обязанности телохранителя с
меня никто не снимал, — сказал Интеллигент и бодро поднялся, но потом снова сник. — Что-то я боюсь
воскресать, девочки. Опасаюсь, что супруга Людочка
меня сразу же опять убьет, но уже взаправду. Она
мне так и сказала, если утопишься — домой не пущу!
Может, я пока на вокзале поживу? Бутылки собирать
я уже научился...

— Лев Борисович, ну вы как маленький, в самом

деле, — рассмеялась Алешка. — Боитесь собственной супруги. Никто вас не убьет.

— Вы просто не знаете Людочку, — трагично
вздохнул Интеллигент. — Все, девочки! Решено, я
остаюсь! Идемте!

— Дело ваше, но, надеюсь, вы передумаете, —
сказала Анка и сунула Алешке в руку бутылку. —
Чуть не забыла. Пей, Таврическая!

— Я не хочу пить, — заныла Алешка.

— Пей, кому сказала. Пару глотков. От тебя должно алкоголем пахнуть. Палку Интеллигенту отдай.
Я тебе потом ее в купе верну. Лев Борисович, бери
трость, как выйдем с Казанского, делай вид, что хромой. А ты, Таврическая, притворись, будто ты зря-
чий пьяный иностранец. Можешь прямо сейчас начинать тренироваться.

Алешка отхлебнула водки из бутылки, закашлялась, выдохнула и глотнула еще.

— Хватит! — отобрала у нее бутылку Анка.

— А если немец к поезду придет? — спросила
Алешка.

— Не придет. Если он киллер, то тут же исчезнет
с вокзала, чтобы менты его без документов не повя-
зали. И в полицию заявлять не станет. Ну с богом!
Включай свое третье око, Таврическая. Скоро оно
тебе очень пригодится.

Алешка перекрестилась, взяла Анку под руку и,
пошатываясь, пошла. Интеллигент заковылял рядом, громко стуча палкой по полу. Он решил сразу
вжиться в роль хромого. Впереди маячил Ленинградский вокзал.

На кухне в квартире Иваньковых из крана капала вода, и это действовало на нервы. Майоров поднялся с табурета и попробовал завинтить вентиль. На секунду вода капать перестала, потом начала с новой силой.

В кухню заглянула Верочка.

— Игорь Вениаминович, мне кажется, ждать бессмысленно. Не приедет сюда Симакова. Наверное, она догадалась, что Ксения Эммануиловна ее обманула.

— Да что же это за дела! — хлопнул он по столу. — Слепую девчонку поймать не можем!

— Поганка такая! — зло сказала Иванькова. — Я думала, она купится на мою уловку с документами. Не верила, что это она убила. До последнего не верила. Теперь у меня нет никаких сомнений, что Алешка — убийца.

У Верочки запиликал сотовый. Она вышла в другую комнату. Майоров тоже вышел, оставив Иванькову на кухне в компании двух оперов. Ребятки с тоски развлекались игрой в карты, что следователя раздражало. За каким лешим сюда поперся? Лежал бы сейчас в теплой постельке и видел сны. Вера разговаривала по телефону, стоя к нему спиной, и немного пританцовывала. Темно-синие джинсы и кремовый свитер соблазнительно облегали ее фигуру. Вот за этим лешим он и поперся, пришел к неутешительному выводу Майоров.

— Игорь Вениаминович, нашли и опросили хозяина телефона, с которого Елена Симакова звонила, — доложила Верочка. — Он работает менеджером в интернет-кафе недалеко от трех вокзалов. Уверяет, что телефон у него украли клиенты. Их было трое. Пожилой мужчина, лысая молоденькая девушка и еще одна девушка в очках, с палочкой, он ее сначала принял за парня. Менеджер понял, что она девица, когда у нее случилась истерика. В ней, собственно, менеджер только что опознал Елену Симакову.

— Я смотрю, наша незрячая даром времени не теряет. Компанию себе нашла. Что за лысая девочка и пожилой мужчина? Ты что-нибудь понимаешь? — Верочка пожала плечами. — На почве чего истерика случилась? — спросил Майоров.

— Менеджер говорит, что сначала клиенты вели себя адекватно, что-то искали в Интернете. Потом у девушки-парня начался припадок. Она стала кричать, обзываться и топать ногами. Менеджер попросил ее выйти на улицу.

— На кого обзываться?

— Менеджер говорит, что вроде бы Симакова свою лысую подругу козой обзывала. Кричала «коза, коза» на все интернет-кафе. Лысая схватила ее в охапку и потащила на улицу. А пожилой мужчина остался еще на некоторое время за компом. Потом тоже ушел, и телефон менеджера ушел вместе с ним, как он говорит. Правда, менеджер не сразу обнаружил пропажу. Сначала решил, что телефон где-то на рабочем месте посеял.

— Опять коза. Иваньковой она по телефону тоже сказала: их убила Коза! Все из-за квартиры. Но не сама Коза, а агент Хром и нотариус Антон Петрович... Из-за квартиры. Хром... Знакомое погонялово, — задумался Майоров. — Удалось выяснить, что они искали в Интернете?

— Да, менеджер пошел нам навстречу. Они искали информацию про Арину Петровскую, пробили питерскую адвокатскую контору «Козырев и К°» и еще набирали в поисковике имя Ефим Скворцов.

— Арина Петровская — школьная подруга матери и хозяйка этой адвокатской конторы. Все ясно. Звони транспортникам. Дай новую ориентировку на парня в очках с палочкой в компании лысой девушки и пожилого мужика. Пусть прочешут Ленинградский вокзал и проверят электрички и поезда, следующие в ту сторону. Симакова намылилась в Питер. Она хочет попросить школьную подругу матери обеспечить себе защиту. Елена Симакова не убивала свою мать.

Верочка схватилась за телефон. В кармане у следователя тоже запиликал сотовый. Звонила Маша Сухарева.

— Майоров, у меня для тебя сюрприз, — пропела Проня в трубку.

— Маш, может, без сюрпизов обойдемся сегодня, — простонал Майоров и потер глаза кулаком. — А то у меня сплошные неожиданности весь день.

— Недавно я выезжала на труп неопознанного наркомана с передозом. Так вот, у гражданина свежее прижизненное проникающее ранение плеча, ему не больше двух суток.

— А я тут при чем?

— Какой ты сегодня занудный, Майоров! Короче, Склифасофский, мне некогда. На ноже, которым убили Симакову, есть две характерные зазубрины, которые на ране оставили две маленькие бороздки. У наркоши та же фигня, как говорится.

— Уверена?

— На все сто. Раны один в один. Ребятки пальчики сняли. Знаешь, кто клиент?

— Дай угадаю. Это Хром?

— Ты оракул у нас, что ль, Майоров? — удивилась Маша.

— Я тебе больше скажу. У этого Хрома четвертая группа крови, — сказал с убеждением следователь.

— Феноменально! Горжусь тобой, Игорь Вячеславович. Да, Хром. Он же Михаил Залепин, он же Константин Курдюков, он же Семен Зацепа и так далее. Настоящее имя Святослав Копейкин. Находится в федеральном розыске по делам, связанным с махинациями с недвижимостью. Символичная фамилия — не находишь? На этом все. Не прощаюсь, а говорю вам до свидания, — пропела Маша и отключилась.

Майоров сунул телефон в карман и повернулся к Верочке.

— Проня звонила. Ты была недалека от истины, Вера. Ирина Симакова пала жертвой развода мошенников. Сбежавший труп из квартиры Симаковых нашелся. Принадлежит он одному из участников шайки, которого Елена Симакова назвала «агент Хром». Только умер он не дома у Симаковых и не от ножевого ранения. Передоз. Не исключено, что его свои убрали, потому что наследил. Думаю, он получил ранение во время разборок с Ириной Симаковой. Это она пырнула Хрома в плечо.

— Она настоящая мать, — сказала Верочка. — Я бы хотела стать такой же для своих детей.

— Ты хочешь детей? — переспросил Майоров.

— Странный вопрос. Естественно, я хочу детей, — удивилась Верочка. — Только не прямо сейчас, а немного попозже.

Майоров отчего-то обрадовался, хотя сам не понял, с чего вдруг.

— Настоящее имя Хрома — Святослав Копейкин. Я его вспомнил. Занимался он тем, что регистрировал фирмы-однодневки по фиктивным паспортам. Так называемые частные кредитные организации, выдавал ссуды под залог недвижимости, а когда срок погашения подходил к концу — исчезал на полгода.

— Не поняла, в чем фишка?

— В том, что кредитор не в состоянии ссуду погасить заимодателю. Заемщик банально не может найти кредитора, чтобы отдать долг в срок, и нарушает тем самым условия контракта. Проходит полгода, и квартира автоматом переходит в собственность фирмы. Ее благополучно продают и снова исчезают с бабками, чтобы зарегистрировать новую контору и дать ссуду очередному лоху. Жертвами таких махинаций становятся, как правило, люди малограмотные, пьющие, одинокие, пожилые и не подкованные юридически. Все они оказываются на улице или исчезают бесследно. Ирина Симакова в их число не входит. Хром совершенно точно действовал не один. Мошенники серьезно с ней поработали. Посулили то, от чего женщина не смогла бы никогда отказаться, и стали подталкивать ее к тому, чтобы Симакова заложила квартиру. Только преступники все равно недооценили Ирину. Она бухгалтер и человек педантичный до крайности.

— Поэтому, когда ей назвали стоимость лечения, она пошла первым делом в свой банк и попросила ссуду там, — заметила Верочка. — Если бы ей дали кредит, то, возможно, она потеряла бы только деньги. Получается, когда Симаковой в банке отказали, она согласилась на сделку с мошенниками.

— Получается так, но во время сделки что-то не заладилось. Вероятно, Симакова в последний момент поняла, что ее хотят обмануть, и отказалась подписывать документы. Тогда ее попытались вынудить подписать бумаги силой и силу не рассчитали. В любом случае от нее бы избавились и от дочери тоже. Наверняка Симакова это поняла, поэтому сопротивлялась изо всех сил. Теперь самое важное. Эту семью не случайно взяли в оборот. Симакова — не типичный клиент. Аферу тщательно затачивали под нее. Жили они замкнуто, в свою жизнь никого не пускали, но преступники знали про нее все. Здесь что-то личное. И Елена Симакова об этом догадалась сегодня в интернет-кафе. Коза — это организатор преступления и человек, который близко знаком с Ириной Симаковой.

— Я поняла! Коза — Тамара Дерезова! Бывшая обиженная квартирантка Симаковых. Хозяйка агентства недвижимости.

— Алена Симакова тоже так думает, поэтому едет в Питер, но ошибается. Коза — это Арина Петровская, хозяйка адвокатской конторы «Козырев и Ко».

— Но почему?

— Когда я был у Дерезовой, она мне сказала, что о смерти матери Ирины Симаковой ей сообщил кто-то из знакомых. А потом поведала, что недавно столкнулась с Ариной Петровской в нотариальной конторе. Как позднее выяснилось, у знакомого нотариуса, некоего Антона Петровича. Тогда я не придал этому значения, но сейчас, когда мы знаем, кто был в квартире Симаковых в ту ночь, выводы напрашиваются определенные. Арина Петровская внимательно отслеживала жизнь бывшей подруги и ждала момента, когда она сможет осуществить свою мечту — получит во владение шикарную квартиру с видом на Москву-реку. Она ждала, когда мать Симаковой умрет и Ирина вступит в права наследства. Наверное, Петровская мечтала об этом с самого детства, когда сбегала от своей пьяной мамаши и садиста-отчима из загаженной однушки делать домашние задания к закадычной подруге Ирочке. Ее махинации не просто способ наживы — это месть тем, кто лишил ее детства. Дочери Симаковой повезло, Елена спаслась каким-то чудом. Ангелы были явно на ее стороне. Да, жаль, что придется Елену привлекать по делу писателя Коновалова. Жена у него настоящая стерва. Добилась своего. Дело взяли под контроль наверху, — с раздражением сказал следователь. — Ладно, главное, жизни девушки больше ничего не угрожает. Сейчас свяжемся с коллегами из Питера. Возьмем организатора, а дальше раскрутится вся их шарашкина контора. Скоро адвокат Арина Петровская будет сама защищать себя в суде, надеюсь, ей это не поможет.

— Бедная девочка, она стала свидетелем истязаний и убийства матери. Может, она просто спряталась где-нибудь, когда бандиты Ирину убивали? Квартира большая, она там каждый закуток знает. Спряталась, а утром пошла к старухе Иваньковой помощи просить, но нарвалась на еще один труп. Зачем они старуху убили, если девчонки в квартире не было?

— Старуху?

Майоров задумчиво уставился на встроенную антресоль, которая располагалась над дверью в комнату. При первоначальном осмотре он не обратил на нее внимания.

— Слушай, Вер, а откуда Ксения Эммануиловна банку с бабками достала — не помнишь? — спросил Майоров.

— Из буфета, — сообщила Верочка.

— Уверена?

— На сто процентов! А что?

— Ничего, просто подумалось вдруг: почему в этой комнате оказалась кухонная табуретка? Вряд ли убийца побежал сначала на кухню, а потом вернулся с табуретом, чтобы прибить Иванькову. Сейчас, одну минуточку, — Майоров вернулся на кухню. — Табуреточку позволите? — спросил он у Иваньковой, не дожидаясь разрешения, вышел с табуретом в комнату, поставил ее под антресоль, встал на него ногами и распахнул дверцы.

В комнату влетела Иванькова.

— Что вы делаете? — возмутилась Ксения Эммануиловна. — Немедленно прекратите хозяйничать здесь, как у себя дома. Вы не имеете права лазить по моим шкафам!

— А баночка-то с бабками тут стояла. След от нее еще пылью не зарос, — с довольным видом сказал Майоров, слез с табуретки и отряхнул руки. — Интересно, кто ее переставил в буфет? Не вы ли, случайно, Ксения Эммануиловна? После того, как убили свою мать?

— Да что же вы наговариваете на бедную женщину! Это Алешка! Она убила! — пролепетала Иванькова. — Ее отпечатки на скамеечке.

— Да, но мы не нашли на ней ваших отпечатков. Довольно странно, учитывая то, что вы постоянно навещали вашу мать, а генуборку в этой квартире не делали довольно давно. Если вообще когда-то делали. На табурете должны были остаться ваши пальцы в любом случае.

— Ее убил кто-то другой! — возразила Иванькова.

— Кто-то другой — очень щедрый человек. Убил вашу мать, достал с антресоли банку с деньгами и положил ее в буфет. Чтобы вам легче было ее найти, видимо. Кому-то другому ваша мама не открыла бы дверь. Вы сами ее открыли ключом и вошли. Ваша мать в это время спала. Вы прекрасно знали, где она хранит свои капиталы, взяли табуретку на кухне, влезли на антресоль. Вы надеялись, что мать не проснется. Но она проснулась, увидела, что ее обворовывает собственная дочь, и, само собой, возмутилась. Вы испугались, что она лишит вас наследства, и стукнули ее табуретом по голове. Потом вы стерли отпечатки с табурета, банку с деньгами положили в буфет и поехали домой, не запирая дверь на ключ, чтобы создать иллюзию, что в квартире побывал кто-то посторонний. Вы планировали вернуться сюда с каким-нибудь свидетелем? Из дома вы позвонили на сотовый матери со своего стационарного телефона, чтобы обеспечить себе алиби, но нарвались на соседку. Это совсем не входило в ваши планы, но сыграло на руку. Вы позвонили в полицию, поехали сюда и разыграли перед полицейскими спектакль.

— Какая чушь! Какая несусветная чушь! — Ксения Эммануиловна заломила руки.

Доисторический телефонный аппарат на журнальном столике вдруг зазвонил. Иванькова вздрогнула и с удивлением посмотрела на следователя.

— Возьмите трубку, Ксения Эммануиловна, — попросил он. — Вдруг это Елена Симакова.

Иванькова ответила, руки у нее заметно дрожали.

— Нет, спасибо, у меня есть Интернет, — тихо сказала она, повесила трубку и опустилась в старенькое засаленное кресло.

— А говорили, тихий звонок и мать его не слышит. У меня буквально мозг от этого звука взорвался, — усмехнулся следователь. — Все-таки вам надо было поменять маме аппарат, гражданка Иванькова.

— Я не хотела ее убивать, — тихо сказала Ксения Эммануиловна. — Все вышло случайно. Прошлый месяц я совсем ничего не заработала. Совсем ничего, а надо было платить кредит. Не хватало всего пяти тысяч. Просить у матери я не хотела. С возрастом она стала просто невыносимой! Постоянно мне нервы трепала и издевалась. Я решила съездить и взять деньги сама, пока она спит. Я не собиралась ее грабить! Я хотела деньги взять в долг, а потом вернуть в самое ближайшее время. Если бы она засекла пропажу, то мне бы пришлось лихо. Вставала мама не раньше половины девятого утра. На квартиру я приехала к семи. Все остальное вы знаете. Да, я знала, где лежат деньги. Взяла табуретку в кухне, залезла на антресоль, и тут она проснулась. Какими словами она меня поливала! И снова завела песню, что отпишет квартиру Алешке. Не знаю, что на меня нашло... Я ничего не соображала. Такая обида и злость захлестнули. Схватила табуретку и треснула ее по голове, чтобы она замолчала! Мать рухнула на пол, захрипела, задергалась в конвульсиях и затихла. Я стояла, смотрела на ее тщедушное тело и поверить не могла, что наконец-то свободна. Я стерла свои отпечатки с табурета, а потом вспомнила, что забыла банку вернуть обратно на антресоль. Плюнула и поставила ее в буфет.

— Почему вы деньги не взяли с собой?

— Зачем? Тогда бы пришлось их где-то прятать, трястись, что в любой момент нагрянет полиция с обыском. Я ведь прекрасно понимала, что стану первым человеком, которого будут подозревать. Да, я не закрыла дверь, потому что планировала вернуться с подругой, чтобы она стала моим свидетелем. Кто-то должен был рассказать следователям, что дверь была не заперта. Я рассчитывала, что позвоню матери, не дождусь ответа, потом свяжусь с подругой и, рыдая, попрошу поехать со мной. Дескать, подозреваю, что случилось страшное, но ехать одна боюсь, хоть и похоронный агент. Поэтому не заперла дверь, а просто прикрыла. К подруге обращаться за помощью не понадобилось.

— Не боялись, что кто-то влезет в квартиру и деньги украдет?

— Во-первых, вероятность того, что сюда влезет вор за час-полтора моего отсутствия, была ничтожной. Во-вторых, я подумала, что даже если вор влезет и наткнется на труп, то вряд ли у него возникнет желание лазить по шкафам. Одно дело срок мотать за кражу, и совсем другое — за убийство. Поэтому, когда я приехала и увидела, что тут не только Алешка побывала, но и неизвестный парень, у меня крышу снесло. Я в самом деле испугалась, что нас ограбили. Так что спектакль у меня вышел незапланированный. Как жаль... Как жаль, что я не поставила банку обратно на антресоль. Я уже купила билет в Египет. Хотелось хоть раз по-человечески отдохнуть.

— Скоро отдохнете. Собирайтесь, вам придется проехать с нами, — сказал Майоров и вызвал для Иваньковой машину.

— Игорь Вениаминович, — окликнула его Верочка. — Только что с вокзала звонили.

— Девчонку задержали? — обрадовался следователь.

— К сожалению, нет. Вы не поверите. У вашего хорошего знакомого на Ленинградском вокзале сперли куртку, где были паспорт, билеты и деньги. Сейчас он томится в линейном отделении. Они просят подъехать, подтвердить его личность.

— Так не бывает! — не поверил Майоров и тяжело вздохнул.

Глава 17
МОСКВА — САНКТ-ПЕТЕРБУРГ

До платформы к поездам дальнего следования Ленинградского вокзала вся троица добралась благополучно. Предстояло пройти путь к вагону, где полиции, по словам Анки, было полно. Сердце в груди у Алешки застучало как сумасшедшее. Пьяного изображать больше не пришлось, от страха ноги ее держали с трудом на самом деле.

— Адрес Арины Петровской я написала на листочке и в карман пуховика сунула. Запомни на всякий случай. Вдруг потеряешь, — дала последние указания Анка и продиктовала координаты адвоката. — Поезд прибудет в Питер примерно в восемь утра. Попросишь кого-нибудь в такси тебя посадить. Деньги я тебе тоже в карман сунула. Четыреста шестьдесят рублей. Есть большая вероятность, что адвокатша будет дома. А если нет, подождешь. В общем, сама сообразишь, не маленькая. Все, вспоминай немецкий.

Анка подвела ее к нужному вагону.

— Здрасте, — поздоровалась она с проводницей. — Гражданин Германии малость перебрал. Я до купе его провожу?

— Guten Abend! Wie geht's?[1] — заплетающимся языком сказала Алешка и икнула для убедительности.

— Guten Abend! Beeilen Sie sich bitte, — лучезарно улыбнулась проводница.

— Че? — переспросила Анка.

— Быстрее, блин, говорю, затаскивайте своего гражданина Германии в купе и на полку ложите. Через две минуты отправляемся.

Подхватив Алешку под руки, они нашли купе и с облегчением вздохнули. Кажется, пронесло. В купе никого не было. Интеллигент оставил трость, пожелал Алешке счастливого пути и дипломатично вышел, закрыв за собой дверь. Почувствовал, что девочкам надо побыть наедине.

— Ну все, Таврическая! Давай прощаться. Не люблю я этого, блин, в натуре, — бодро сказала Анка. — Желаю тебе их всех победить! Я в тебя верю... — Голос ее задрожал.

_____

[1] Добрый вечер! Как поживаете?

— Ты плачешь?

— Нет.

— Я же слышу, плачешь. Не надо, ведь мы ненадолго расстаемся, — ласково сказала Алешка, расстегнула куртку, достала свою куклу и протянула Анке.

— Нет, я не возьму! Не надо. Это же твоя любимая кукла.

— Я прошу, пусть Манюня пока побудет у тебя, ладно? Через нее у нас с тобой будет коммуникативная связь, — улыбнулась Алешка. — Я тебя очень люблю. Ты теперь мне как сестра. Я за тобой обязательно вернусь, Анечка.

— Можно, я твою кепку тоже пока поношу? — спросила Анка.

— Конечно, — улыбнулась Алешка. — Только потом верни. Она дедовская.

— Отправляемся! Просьба провожающих освободить вагоны! — крикнула из коридора проводница, стукнув по двери купе костяшками пальцев.

Анка взяла куклу, всхлипнула и вылетела из купе.

Поезд дернулся и застучал по рельсам, увозя Алешку от вокзала в другую жизнь. Она упала лицом в подушку и тихо зарыдала.

Показалось, что Анка ее зовет. Она оторвала голову от подушки и сквозь пелену горя услышала далекий голос Анки:

— Таврическая, берегись!

— Я буду себя беречь. Не волнуйся, Анечка, — прошептала Алешка и отвернулась к стене.

* * *

Анка пробежала несколько метров за поездом, упала, поднялась, снова побежала, пока хвост поезда не скрылся из вида. За ней вприпрыжку несся Интеллигент.

— Что случилось, Анюта? — запыхавшись, спросил он.

— Гаврила! Отморозок один. У них с Алешкой счеты. Мы поэтому тебя наняли. Поезд тронулся, и я увидела бича в окне. Он сел в этот поезд. Господи, Таврическая одна в купе. Он ее зарежет! Он ее зарежет, Лев Борисович! — закричала Анка, схватила Интеллигента за грудки и затрясла. — Что же делать? Что делать?

— В полицию сообщить, другого выхода нет, — сказал Лев Борисович. — Они свяжутся с дежурным.

— Тогда Таврическую арестуют и посадят.

— Зато живая будет, — заметил писатель. — А я немедленно воскресну! Потом свяжусь с адвокатом Ариной Петровской, все ей расскажу и попрошу об услуге. Эх... Как же я сразу не сообразил, что надо делать!

— Я не могу в полицию. Они меня там знают прекрасно и зуб имеют. Несколько раз ловили, но выпускали за недостаточностью улик. Никто меня слушать не будет. Пошлют в лучшем случае.

— Так и незачем тебе туда ходить. Я сам схожу. К тому же у меня там знакомый лейтенант работает. Очень хороший человек. Жди меня на Казанском, где всегда. Я скоро вернусь.

Анка кивнула, крепко прижала куклу к себе и прошептала:

— Сестричка, держись!

* * *

Интеллигент тактично постучал в стеклянное окошко, за которым томился суровый дежурный.

— Любезнейший! Я хочу сделать заявление и сообщить о готовящимся покушении! — сказал он.

— На президента? — поинтересовался дежурный, окинув Льва Борисовича оценивающим взглядом. Интеллигент пригладил волосы и поправил куртку.

— Я серьезно, молодой человек! — сурово сказал он. — Одна девушка пребывает в данный момент в страшной опасности! Ее хотят убить!

— Кто? — равнодушно спросил дежурный.

— Совершеннейший отморозок, зовут Гаврила. Он местный бич. У девушки с ним старые счеты. Она сейчас едет в поезде Москва — Санкт-Петербург. По имеющимся у меня сведениям, этот негодяй находится в том же поезде и готовится совершить непоправимое. Надо немедленно принять меры, иначе она погибнет! Очень вас прошу!

— Паспорт давай, — с неохотой попросил дежурный. — Заявление оформим, и я передам его дежурному следователю.

— Премного благодарен! — поклонился Интеллигент. — Только у меня паспорта при себе нет.

— Анонимные заявления не принимаем.

— Почему же анонимные? Неужели, любезнейший, мое лицо вам ни о чем не говорит? Меня зовут Лев Борисович Коновалов! — с достоинством сказал Интеллигент. — Я известный русский писатель и критик. Не смотрите, что я так непрезентабельно выгляжу. На вокзале собираю материал для книги.

Коновалова кто-то похлопал по плечу. Лев Борисович обернулся. За спиной стоял знакомый лейтенант, который пробивал его по розыскной базе в первый день пребывания на вокзале.

— Здорово, дружище! — нехорошо улыбнулся он. — Лев Борисович, говоришь? В прошлый раз тебя вроде бы Ефимом Скворцовым звали. Опять людям пришел надоедать?

— Как замечательно, что я вас встретил! — обрадовался Интеллигент. — Сейчас я вам все объясню. Вы не представляете! Ко мне память вернулась! Я снова обрел себя. А Ефим Скворцов — это типичный герой нашего времени. Я его сам придумал. Вот он ко мне в мозг и запрыгнул. Понимаете?

— Понимаю, — протянул лейтенант. — Как не понять. Что только в мозги не запрыгивает. Чаще, конечно, черти, но бывает, что конкретно Наполеоны или Бонапарты.

— Наполеон Бонапарт — это один человек, — машинально уточнил Коновалов и понял, что совершил роковую ошибку. Дежурный громко загоготал, а глаза лейтенанта налились кровью.

— Пошел отсюда, умник. Будешь надоедать, я тебя в изолятор к нашему российскому Доктору Лектору закатаю. Он как раз еще не ужинал, — зашипел лейтенант, схватил Коновалова за шкирку и вышвырнул из отделения, отвесив напоследок смачный пендель.

Лев Борисович на секунду растерялся. Он слышал, что сегодня на вокзале задержали каннибала, которого разыскивали семь лет. Коновалов читал о нем в прессе — он расчленил и съел больше дюжины человек. Попасть в клетку к маньяку Льву Борисовичу совсем не хотелось, но если он не вернется в отделение — его Муза может погибнуть! Такого допустить Лев Борисович никак не мог, пригладил волосы, одернул куртку и смело вошел в двери.

— Вы не имеете права! Я буду жаловаться в следственный комитет! Я вас всех выведу на чистую воду, если вы немедленно не примете у меня заявление! — заорал он с порога и понял, что совершил вторую роковую ошибку.

— Ах ты сука! Угрожать вздумал! Да я таких, как ты, как клопов давил и давить буду, — сказал лейтенант, схватил Льва Борисовича за шкирку и вышвырнул за дверь.

— Ах ты сука! — сказал Интеллигент, потер мягкое место, распахнул дверь, ворвался в отделение и дал лейтенанту с разбега в глаз.

Лев Борисович понял, что совершил третью роковую ошибку, но было поздно. Лейтенант отходил его дубинкой по печени и швырнул в изолятор. Свое слово он, похоже, сдержал. У одной стены, исписанной похабными надписями, на возвышении из досок спал здоровый лохматый мужик в военной куртке.

Лев Борисович остался стоять, прижавшись к решетке спиной. Мужик заворочался, поднялся и уставился на Интеллигента темными глазами.

— Который час, не подскажете? — спросил он и почесал бороду.

— Время ужина еще не пришло, — пролепетал Лев Борисович.

Мужик медленно поднялся, с хрустом потянулся и пошел на него. Коновалов зажмурился.

— Эй! — крикнул мужик ему в ухо. — Долго вы меня здесь держать еще собираетесь? Повторяю в сотый раз — это ошибка! Я не каннибал, вашу мать! Я банкир. Меня зовут Павел Сергеевич Зургин! Я президент банка «КомИнвестТраст»!

— Да видали мы таких банкиров в гробу в белых тапочках, — отозвался охранник. — Сколько людей сожрал, падаль такая, и даже не подавился.

— Следователя позовите! — заорал Зургин и изо всей силы ударил ногой по решетке. — Я хочу сделать заявление.

— Подождешь, — отозвался охранник. — Сейчас следователь с обворованным иностранцем закончит и тобой займется.

— Мне тоже очень требуется следователь! — влез Коновалов. — Скажите, пожалуйста, милейший. Когда я могу рассчитывать на прием?

— Сегодня можешь не рассчитывать. Отдыхай до завтра.

— Как до завтра? Я не могу до завтра. Мне срочно надо сделать заявление!

— Всем срочно! Вас, мразей, много, а он один, все остальные на выезде. Каннибал и тот в очереди несколько часов ждал, — отозвался охранник.

Каннибал еще раз шибанул ногой по решетке и сел. Писатель тоже сел, с отчаянием обгрызая заусенцы на пальцах и молясь, что Анка сообразит — он попал во вражеский плен и надо срочно менять тактику действий.

Через пять минут охранник звякнул ключами. Они оба вскочили.

— Каннибал, на выход! Невеста за вами явилась и подтвердила, что вы банкир. Страна, видно, правда в кризисе, раз у нас такие банкиры, — философски изрек охранник и отпер дверь камеры.

— Господин банкир, — ухватил его за руку Интеллигент и зашептал. — Я не бомж. Я писатель Лев Борисович Коновалов. Пришел сделать заявление, но меня не захотели слушать и в изолятор посадили. Не могли бы вы следователю передать, что одна девушка в опасности. Это крайне важно! Вопрос жизни и смерти.

— Знакомая ситуация. Ладно, передам. Как вашу девушку зовут? — спросил Зургин.

— Премного благодарен! У девушки очень своеобычное имя — Алешка. Она...

— Что? Что с Алешкой? Отвечай! — Зургин схватил Коновалова за грудки.

* * *

— Что вы так беспокоитесь, господин Зургин? Сейчас позвоним дежурному по поезду, и он примет незамедлительные меры, — сказал следователь, заполняя протокол. — На каком поезде, вы говорите, она едет?

— «Северная Пальмира». В половине десятого отправился.

— А сейчас у нас, — следователь посмотрел на часы, — почти десять. Всего-то двадцать пять минут в пути.

— Чтобы зарезать человека, хватит и одной минуты.

— Это точно. В каком, вы говорите, она вагоне и купе едет? — поинтересовался следователь и снова склонился над своими писульками.

— В СВ она едет. Третье купе! Звоните уже! Бюрократ несчастный! — заорал Павел. Ему хотелось звездануть следаку по башке телефонным аппаратом.

— Я попросил бы вас не выражаться! — прогундел тот, взял наконец трубку и потыкал в кнопки. — Дежурный пока не отвечает. Опять, что ли, с проводницей кувыркается. Пойду выяснять, ждите.

Следователь вышел из кабинета. Зургин бросился за ним и столкнулся в дверях с невестой.

— Ну что, герой, поехали домой? Пока ты новых дел не наворотил. Тем более никакой необходимости в твоем пребывании здесь уже нет, — улыбнулась Лариса и чмокнула его в щеку. Поцелуй показался ему холодным и чужим.

— Что ты имеешь в виду? — тихо спросил Павел. Он смотрел на невесту, на ее красивое холеное лицо, синие глаза с серой окантовкой, нос, губы и с ужасом понимал, что совершенно ничего не чувствует. В его сердце теперь живет другая. Незрячая девушка в нелепой кепке, очках и мешковатом пиджаке, которая помогла ему прозреть.

— Не хочу тебя расстраивать, но проект закрыт. Мне только что звонил продюсер. Канал передумал запускать это шоу. Редакторы считают его нецелесообразным по коммерческим соображениям. Он предложил эту идею на другие каналы, но там тоже не заинтересовались. Так что наше пари аннулируется по форс-мажорным обстоятельствам.

— Уф, слава богу! — с облегчением сказал Павел. — Сам хотел все отменить.

— Я рада, что ты понял наконец простую вещь. Твой шанс этим людям не нужен.

— Нет, Ларис. Я понял совсем другое. Люди,

даже те, кто оказался за чертой нормальной жизни, не заслуживают быть куклами для развлечения толпы. А любому человеку, попавшему в беду, надо помогать просто так, по велению сердца, даже если у него нет никаких шансов.

— Любому? — усмехнулась Лариса. — Как же, как же. Дурак ты, Зургин! Кого ты пытаешься обмануть? Я тебя насквозь вижу! Я чувствую, ты мне изменил. Надеюсь, ты переспал не с вокзальной шлюхой? Сознавайся, это была какая-нибудь премиленькая несчастная пассажирка, отставшая от поезда, которую ты решил утешить? Или молоденькая авантюрная туристка, следующая транзитом через Москву в Мурманск? Молчишь? Меня всегда бесила твоя сентиментальность. Вся эта твоя пошлая тяга к романтике. Вертолеты твои, — с раздражением сказала Ларочка. — Ладно, я тебя прощаю. Папа ждет нас сегодня на ужин. Ему не терпится узнать подробности, как ты провел время на вокзале в окружении бомжей. Помыться тебе тоже не помешает. — Лариса потянула его за руку.

Павел спустился с ней по лестнице вниз. Навстречу им шел следователь.

— Есть новости? — спросил он.

— С поездом пока не получилось связаться. Какая-то хренатень со связью, в зону такую попал, как обычно. Да вы не волнуйтесь. Скоро наладится. Сомневаюсь, что с вашей знакомой произойдет что-то плохое в ближайшее время. Сами посудите, какой смысл устранять ее на полпути? Приблизительно через час сорок поезд прибудет в Тверь. Там по расписанию пятиминутная остановка. За это время связь наладится. Если нет, что, уверяю вас, категорически маловероятно, я отправлю туда наряд из тверского линейного отделения.

— А после Твери какая следующая остановка по расписанию? — спросил Зургин.

— Вышний Волочок.

— Это случится между Тверью и Вышним Волочком, — сказал Зургин. — Гаврила оттуда родом. Он там планирует сойти.

— Вот видите, как хорошо. Езжайте домой спокойно. Я позвоню, когда будут новости.

— Павел, пойдем, — снова потянула его за руку Лариса. — Папа ждет!

Зургин с раздражением высвободил свою руку.

— Вы говорите, поезд в Твери будет через час сорок?

— Точнее, через час сорок пять. Прибудет в двадцать три часа сорок три минуты.

— Отсюда семьдесят километров до Истры, до авиаклуба. Это час. И приблизительно сто двадцать километров до Твери — сорок минут. Итого час сорок. Я успею. Ларочка, прости меня. Мне надо ехать. Понимаешь, я должен. Я должен быть рядом с ней.

— У-у-у-у-у, как все запущено, — протянула Лариса. — Все гораздо хуже, чем я думала. Значит, ты меня бросаешь. Отец этого не простит. Он тебя раздавит и разорит, Зургин. Подумай, у тебя есть еще время, чтобы все изменить.

— Да мне плевать на твоего отца, — сказал Павел.

— А как же я?

— Лариса, милая, — он взял ее за плечи и заглянул в глаза, — нам было очень хорошо вместе. Ты чудесная, яркая, потрясающая девушка. Но ты же меня не любишь! Ты все придумала, девочка. Ты написала себе бизнес-план, в который я отчего-то был вписан одним из пунктов. Ты большая умница. Только нельзя включить любовь в бизнес-план, понимаешь? Наш брак не принес бы счастья ни тебе, ни мне. Тебе нужен совсем другой человек, — сказал Павел и побежал к выходу.

— Зургин, подожди! — окликнула его Лариса. Павел нехотя обернулся. — Лови ключи от моей «бэхи». На ней ты вмиг до своего аэроклуба домчишься. Только не думай, что я из благотворительных побуждений. Вроде как после расторжения помолвки невеста обязана швырнуть в морду жениху кольцо. Так вот, даже не надейся, Зургин.

— Тогда с тебя еще мобильник, — улыбнулся Павел. — Мне надо в вертолетный центр позвонить, чтобы машину к вылету подготовили.

— Нахал, — сказала Лариса, отдала ему ключи, документы и сотовый.

— Увидимся в офисе, — подмигнул Павел и побежал к выходу.

— Все мужики — идиоты. Сплошные гормоны и вертолеты в башке, — вздохнула Лариса.

Она вышла из отделения, подняла воротник длинного кашемирового пальто, сунула руки в карманы и побрела к выходу с вокзала.

— Катрин! — окликнул ее знакомый голос. Лариса прибавила шаг. — Катрин! Ты от меня не убежишь! — Ее схватили за плечо и резко развернули.

— Привет, мой маленький Пффафинюсик! —

улыбнулась Лариса. — Какая неожиданная встреча. Ты же должен был уехать в Питер?

— Как видишь, я все еще в Москве, — усмехнулся Марко. — А тебе идет темное каре. Такой ты нравишься мне больше.

— Спасибо, это мой натуральный цвет. В это невозможно поверить, но я рада тебя видеть. Я скучала по тебе, — сказала Лариса и провела рукой по белобрысому ежику. — Что делать планируешь? В полицию меня сдать? Или, может, пойдем кофе пить?

— В полицию? Сегодня я там уже несколько раз был. Пойдем лучше кофе пить. Только платишь ты. От обеда я тоже не откажусь. Я по твоей милости совсем без средств остался.

— Не боишься, что я снова тебя обману?

— Три раза подряд снаряд в одну воронку не падает, — усмехнулся Марко. — Заодно расскажешь, зачем такая невероятно красивая и образованная девушка занимается подобными глупостями.

— Тут нет никакой загадки. Когда с раннего детства все есть, ужасно скучно жить. Я пыталась делать карьеру, но, когда добралась до верха, мне тоже стало скучно. Вот я и придумала себе такое маленькое хобби для стимула. Полагаю, без папиных генов тут не обошлось.

— А кто у нас папа?

— Бывший криминальный авторитет, — вздохнула Лариса.

— Ничего себе я попал. Когда приедешь ко мне в гости в Берлин, пожалуйста, не говори об этом маме. Она очень скептически относится к русским криминальным авторитетам.

Глава 18
В НЕБЕСАХ

«Дворники» методично счищали с лобового окна липкий снег. Зургин напряженно смотрел на мокрую дорогу и гнал автомобиль на предельной скорости. До вертолетного центра он рассчитывал добраться за час, в запасе было еще полчаса, но из-за снега на Новорижском образовалась пробка, где он потерял бесценных пятнадцать минут. Нагнать это время в воздухе не проблема. Хуже было другое. Чем ближе он подъезжал к Истре, тем сильнее становился снегопад и ухудшалась видимость. При такой погоде никто его с базы не выпустит. А главное, вылететь и долететь. Успеть на этот гребаный поезд, где сейчас она одна, а рядом бродит убийца. На полицию надежды мало. Он на своей шкуре испытал эффективность ее работы. Проверит поезд какой-нибудь говнюк вроде того, что упрятал его по подозрению в каннибализме за решетку. Или такой тормоз, как следователь. Он должен быть рядом с ней. Должен. Если что-то случится с Алешкой, он себе никогда этого не простит. Ведь она из-за него попала в беду. Из-за него погибла ее мама. Три миллиона семьсот пятьдесят тысяч рублей. Что ему стоило дать этот кредит? Его игрушка, которая стоит в ангаре на вертолетной базе, в шесть раз дороже. Что ему стоило хотя бы принять эту женщину, поговорить с ней, предупредить об опасности. Он ведь сразу понял, что просительницу втянули в какую-то аферу. Ничего бы тогда не случилось.

Вчерашнюю ночь он не спал. С утра решил, что

обязан Алешку спасти. Что пора кончать с глупой идеей шоу, забрать Алешку с вокзала, нанять адвокатов и вытаскивать ее из беды. Он шел, чтобы позвонить Ларисе и договориться о расторжении пари, но угодил в полицию и на своей шкуре испытал, что такое быть бомжем. Без паспорта ты вроде и не человек вовсе.

Наконец впереди замаячили ангары аэроклуба. Небеса услышали его. Снег прекратился. Ребята не подвели. Машина была готова к вылету.

— Мы договорились, что тебя примут на вертолетной площадке областной клинической больницы в Твери, — сказал инструктор. — Оттуда до вокзала рукой подать. Удачи!

— Понял, спасибо. Ну, «Робинсон», не подведи, — сказал Павел, надел наушники, завел двигатель и зажал в руках штурвал. Вертолет легко взмахнул в воздух и взял курс в направлении Твери. Часы показывали двадцать три часа ровно. В запасе у него было сорок три минуты.

Через тридцать восемь минут вертолет завис над площадкой ОБК.

— Вот дерьмо, — глядя вниз, выругался Зургин.

Площадка была занята. Из вертолетов выгружали какие-то коробки. Время шло, коробки не кончались. Сорок две минуты. Черт! Сорок три. Черт! Черт!

Зургин развернул вертолет и направил его к привокзальной площади города Твери. Поезд подходил к станции. Зургин сажал вертолет на площадь. В ухо матом орал диспетчер, что за это дело он не только прав на вождение лишится, но и под статью попадет. Зеваки и полицейские, ошалев, наблюдали за приземлением вертолета рядом с парковкой машин.

— Всего и делов, — сказал Зургин, выключил двигатель, выбрался из «Робинсона» и зашагал к платформе. Поезд уже остановился. На перроне кучковался народ и сотрудники транспортной полиции. Не дозвонились, с ужасом подумал Павел. Двери распахнулись, показалась сонная проводница. Зургин, распихивая всех, первым вошел в вагон, быстро добрался до третьего купе и распахнул дверь. Алешка лежала на койке и спала, закрывшись с головой пледом. Павел бросился к ней, сдернул одеяло и... притих. На койке лежал мужик в форме полицейского, ухмылялся и целился из пистолета ему в лоб.

В этот момент Зургину заломили руки и бросили лицом на пол.

— Ребята, вы меня не за того приняли, — прокряхтел он. — Я только что на вертолете прилетел.

Ответом ему было громогласное ржание. Судя по всему, ему никто не поверил.

— Это не он, — тихо сказала Алешка. — Отпустите его, пожалуйста.

Зургин встал, отряхнулся и потрясенно замер. Перед ним стояла неземная девушка с длинными белыми волосами.

— Как ты здесь оказался, Паша? — спросила блондинка Алешкиным голосом.

— Я же говорю, на вертолете прилетел. Хотел тебя спасти, но вижу, что спасателей тут без меня предостаточно.

— Следователь передал по рации, что в поезде Гаврила. Меня переселили в другое купе, а дальше ты видел. Еще я разговаривала со следователем Майоровым. Он вел дела об убийствах. Он сказал, что с меня сняты все подозрения. Представляешь, оказывается, за убийством моей мамы стояла ее школьная подруга Арина Петровская, к которой я собиралась обратиться за помощью. Эту женщину уже арестовали в Санкт-Петербурге. Ее подельник нотариус Антон Петрович задержан в Москве, а второй, тот, кто убил мою маму, найден мертвым, он умер от передоза. Так что мне больше незачем ехать в Питер. Я могу вернуться в Москву и отдать паспорт моему брату. Представляешь, у меня есть брат. Он приехал из Берлина. Но это уже другая история. Мне так много надо тебе рассказать.

— Мне тоже надо многое рассказать. Поэтому я тебя забираю из этого дерьмопоезда, где одного вшивого убийцу найти не могут, — сказал Павел, подхватил ее на руки и, букой глядя на завистливые мужские рожи — так ему показалось, — понес Алешку к выходу из вагона.

— Куда ты меня тащишь? — поинтересовалась она, когда они выбрались на улицу.

— В вертолет, — сказал Павел, тяжело дыша.

— Всегда мечтала научиться летать и взлететь в небеса.

— Я научу, — прокряхтел он.

— Спасибо. Только поставь меня, пожалуйста, пока на землю. А то ты так дышишь, что, боюсь, до небес мы не дотянем. Во мне, между прочим, семьдесят килограммов.

— С виду ты легче, — сдался Павел и поставил ее на ноги.

— Я в деда. Дохлая, но с тяжелой костью. Так говорила моя мама. Ой, я бабушкину трость в поезде забыла, — спохватилась Алешка. — Она старинная и очень мне дорога. Поезд еще не тронулся. Ты не мог бы, если тебе нетрудно, сбегать за ней? А я тебя тут подожду, мы вдвоем не успеем.

— Конечно! Я сейчас, — сказал Павел и бросился обратно к вагону. Он пробежал несколько метров, а потом вдруг резко остановился и обернулся, словно почувствовав опасность. — Алешка, нет! — закричал он, побежал назад, но было поздно. Гаврила, сделав характерный жест рукой, ударил Алешку ножом в живот, и она упала на землю.

Потом все смешалось. Крики, топот, выстрелы. Гаврила упал ничком, раскорячившись на платформе, как краб. Пуля пробила бичу затылок.

Павел встал на колени перед Алешкой. Из ее живота торчал нож, но она была еще жива.

— Паша, не волнуйся! Со мной все в порядке! Просто на ногах не удержалась, — сказала она, встала и выдернула нож. Зургин тоже вскочил и задрал ей свитер. На асфальт с характерным картонным звуком выпал альбом, в котором теперь было две дырки. — Я Манюню Анке отдала, и спереди место освободилось. Вот я его сюда и засунула.

— Тебя одну ни на минуту оставить нельзя! Обязательно что-нибудь в тебя втыкают. То спереди, то сзади, — буркнул Зургин и крепко прижал Алешку к себе.

ЭПИЛОГ

«Багряное солнце опустилось за кроны деревьев. Город погрузился в темноту. На дереве закуковала кукушка. Их время пришло. Они лежали на влажной траве, держали друг друга за руки и не могли пошевелиться от избытка чувств. «Обрати меня», — прошептала девушка. «Нет! Я не могу! Не могу в натуре!» — воскликнул темноглазый вампир».

— Анютка, руки мой и кушать иди! Я оладушек напекла.

— Сейчас, теть Люд, главу допишу.

— Остынет все, иди немедля! Потом допишешь. На голодный желудок писать вредно. Это я тебе как жена знаменитого русского писателя говорю.

Анка покорно захлопнула крышку ноутбука, сбегала в ванную, включила воду, посмотрела на свое отражение, заправила за уши кудряшки и воду выключила. Все, что угодно, но мыть руки перед едой — увольте! Зачем, если они не испачкались?

— А что, Льва Борисовича ждать не будем? — усаживаясь за стол, спросила Анка и накидала себе в тарелку несколько ароматных оладушек.

— Да ну его! То у него встреча с читателями, то интервью, то съемки. Как стал популярным, совсем меня забросил. Одна теперь у меня радость — ты.

Хорошо, что Левушка тебя привел с собой. Я давно мечтала иметь дочку.

— Минуточку! Это не он меня привел. Это я его за шкирку приволокла. Он воскресать боялся. Думал, вы его прибьете сразу.

— Правильно делал! Еще раз утопится — убью, — хлопнула рукой по столу Людмила. — Кушай блинчики, кушай. Твоя сестрица тоже глиста в скафандре. Совсем ее Зургин не кормит. Может, у отца с братом в Берлине хоть немного отъелась.

— Завтра проверим. Поеду с Манюней встречать ее на вокзал, — улыбнулась Анка и сунула в рот блинчик.

— С кем? — не поняла Людмила.

— Да так, кукла одна, страшная, как атомная война. Но для нас с Алешкой она дороже миллиона.

Литературно-художественное издание

ДЕТЕКТИВНЫЕ ТАЙНЫ

Мария Брикер

НЕБО ПОД ЗЕЛЕНЫМ АБАЖУРОМ

Ответственный редактор *О. Рубис*
Редактор *Т. Семенова*
Художественный редактор *С. Груздев*
Технический редактор *О. Лёвкин*
Компьютерная верстка *Г. Клочкова*
Корректор *М. Колесникова*

ООО «Издательство «Эксмо»
127299, Москва, ул. Клары Цеткин, д. 18/5. Тел. 411-68-86, 956-39-21.
Home page: **www.eksmo.ru** E-mail: **info@eksmo.ru**

Подписано в печать 03.02.2012.
Формат 84×108 $^1/_{32}$. Гарнитура «Таймс».
Печать офсетная. Усл. печ. л. 16,8.
Тираж 6000 экз. Заказ 926

Отпечатано с готовых файлов заказчика
в ОАО «Первая Образцовая типография»,
филиал «УЛЬЯНОВСКИЙ ДОМ ПЕЧАТИ»
432980, г. Ульяновск, ул. Гончарова, 14

ISBN 978-5-699-55014-2

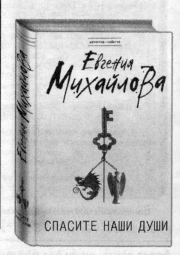